Minuit
au bord du monde

ALIZÉE GAU

Minuit au bord du monde

le cherche midi

Ce roman est librement inspiré de faits réels et constitue une œuvre de fiction.
À ce jour, la Zaramestrie n'existe sur aucune carte ; les communautés yassimile et zaratienne n'ont été étudiées par aucun ethnologue. Si certains personnages et situations sont librement inspirés de rencontres, de recherches et de séjours dans plusieurs régions du monde touchées par des conflits, la correspondance de la Zaramestrie et de ses habitants avec un pays spécifique ne saurait être que fortuite.

À Miha, Orhan, Raymond,
qui m'ont ouvert un monde ;
à mes deux grands-mères, Jeanne et Josette.

Un jour je te raconterai les murs de Solvic
Enfant à naître, enfant à aimer
Toi dont le rire coulera entre les barbelés
Comme une langue étrangère au chagrin.

Et si ce n'est pas toi, je devrai t'inventer
Car jamais un mur n'est tombé sans paroles
Car cette histoire, qui te concerne,
A le poids des silences emmurés.

Anja GIRIJKA, « De l'autre côté de la nuit »

Prologue

Maman vient me chercher dans la salle d'attente et me serre longuement dans ses bras. Je n'ai pas le temps de détailler son visage ; sa masse de cheveux sombre m'entoure aussitôt d'odeurs connues, rassurantes. J'expire. Sentir d'aussi près sa détresse anesthésie la mienne. Les dernières embrassades d'une telle intensité remontent à l'enterrement de Min', mon grand-père. Tout ira bien, je me répète mécaniquement. C'est le moment d'être là pour elle.

Je suis sa silhouette mince et discrète dans le couloir jaunâtre et vide. Personne à cette heure-là. Trop tard, ou trop tôt. J'ai à peine fermé l'œil depuis trente-six heures, mes yeux brûlent et ma tête bourdonne.

Rien de solide ne s'imprime dans mon esprit. J'avance dans un rêve, dans la continuité confuse des scènes précédentes. Il n'y a pas de sas entre Plavitza et Paris, pas de sentiment d'être revenue quelque part, seulement un enchaînement de trajets interminables dans une dimension parallèle. Maman ralentit le pas à la porte 403 et pousse doucement le battant, comme dans la crainte de réveiller un jeune enfant dans son sommeil. Voilà ; nous y sommes.

J'avance de quelques pas et scrute le visage de mon frère en retenant mon souffle. Je mets du temps à le reconnaître. La moitié de sa figure est boursouflée et recouverte d'hématomes violacés. L'autre est d'une pâleur glaçante. Trop de tubes sortent de sa bouche, de ses bras, de son buste. Son crâne rasé recouvert d'un bandage ressemble à celui d'un pantin sans la tignasse qui descend d'ordinaire jusqu'à ses épaules.

Maman me presse le bras : comme si elle voulait, par ce geste, me donner quelque chose. Elle me regarde, et je ne parviens pas à détourner les yeux. Je voudrais pleurer, la serrer dans mes bras, sortir dans le couloir, hurler sur le premier médecin venu... N'importe quelle réaction ferait l'affaire. La seule chose dont je me sens capable à cet instant, c'est de faire face à Mathias, lui dire par le regard que je suis là.

Maman s'approche, pose une main sur la partie indemne de son visage et l'embrasse discrètement. Elle lisse machinalement la couverture remontée sur son buste puis s'assoit sur la chaise près du lit. Elle est ici depuis le début. Je réalise avec malaise qu'elle a peut-être déjà eu le temps de se faire à cette nouvelle version de mon frère, d'outrepasser les stigmates sur le corps pour ne voir que le fils, son enfant.

Je me résous à l'imiter. Je m'assois de l'autre côté du lit

et contemple en silence les paupières scellées, la peau fine sillonnée de veines bleues et violettes. Je baisse les yeux vers le bras découvert où est reliée la perfusion, et presse délicatement la main. Je suis surprise par sa chaleur. Je finis par sentir son pouls, calme et régulier. Rassurant, comme une ligne de basse.

Je croise le regard cerné de maman. Je tente d'imaginer le combat qui se joue derrière son propre front soucieux. Je contourne le lit, déplace ma chaise à côté d'elle. J'attrape l'autre main de Mathias et pose mon bras sur son genou.

« Mathias... Mathias ? C'est moi. C'est Leila. Ça y est, je suis rentrée. Oh, tu peux faire le mort, ignore-moi si tu veux. Personne ne va te laisser tranquille, tu sais ça ? On va se traîner ici tous les jours, te raconter nos vies, les films pourris qu'on a vus, le temps qu'il fait... Les gens sont capables de parler seuls très longtemps, tu ne savais pas ? »

Maman agrippe ma main et sourit faiblement en faisant blanchir mes jointures.

Quelque chose se délie doucement, alors je tire sur la pelote, pour que mes mots forment des phrases, mes phrases, une histoire, puisqu'il paraît que nous avons tout notre temps, puisque j'en ai des choses à dire, après tout, sur la Zaramestrie, l'école de Milan et ce séjour à Plavitza.

1.
LES MURS

Nous avons arrêté de nous battre parce que nous n'en avons plus les moyens. Ne croyez pas que la Zaramestrie soit un pays en paix. C'est l'argument qu'ont invoqué les forces étrangères pour passer leur échec sous silence et se désengager progressivement.

La position divergente des Yassimils et des Zaratiens face au reste de l'Europe a fait de ces deux peuples des alliés précoces, c'est vrai. La propagande anti-yassimile durant l'occupation nazie et la fracture de la guerre froide ont eu raison de cet équilibre. L'État qui s'est constitué après la Seconde Guerre mondiale a muselé les divergences entre les camps pour tenter de les faire disparaître ; les antagonismes ont continué de grandir, dans l'ombre.

Quand le pouvoir s'est effondré et que la guerre civile a éclaté, l'Est comme l'Ouest étaient occupés à autre chose. La situation s'est envenimée jusqu'à un point de non-retour. Si le pays n'avait pas fait les frais d'une politique aussi discriminante sur près de quarante ans, et si la communauté internationale était intervenue à temps, oui, nous aurions sûrement évité le pire. Mais l'Histoire est un jeu à sens unique, qui ne s'encombre pas des indécis.

Générale Vladarostov, novembre 2016

Propos recueillis par Judith Balden pour le *New York Times*

Mathias renifle à côté de moi sur la terrasse, le visage éclairé par son écran de téléphone. Aucun de nous n'a envie de parler pour le moment.

Les autres sont à l'intérieur. On entend le murmure des conversations qui s'effleurent dans un bruissement d'ailes, les mots qui tentent de combler le silence qui a déjà tout dit. Je sais que je devrais retourner au salon pour maman. Lui serrer discrètement la main, l'aider à faire bonne figure. Demain, il n'y aura plus de larmes, tout le monde sera rentré chez soi et la vie reprendra son cours. Je ne me résous pas à m'arracher à cette chaise dure et humide, ni à décoller mes yeux du jardin plongé dans la pénombre. J'ai besoin du silence et de l'obscurité, encore un peu. Un lampadaire brille faiblement sur les pavillons alentour. Le goutte-à-goutte du toit bat comme un métronome. Tout est comme d'habitude. À cela près que Min', notre grand-père, n'est plus là.

Les personnes âgées décèdent, c'est dans l'ordre des

choses. Tout ira bien. J'ai beau me répéter ces mots depuis tout à l'heure, vouloir faire bonne figure devant mon jeune frangin qui n'en mène pas large non plus, les syllabes sont bloquées dans ma trachée. Aujourd'hui, j'ai écouté trois fois son répondeur, aux toilettes. À force, les mots perdent leur sens, plus rien d'autre n'importe que la chaleur de ses consonnes, les *r* roulés de son accent, ce souffle qui préserve tout cela du côté de la vie.

Mathias remue dans sa chaise longue. Il a relevé le nez de son smartphone et regarde le jardin devant nous. Comme si, tout occupés que nous avons été à gérer le présent, il posait pour la première fois les yeux sur notre avenir proche.

« On va s'y faire », murmure-t-il, comme pour se convaincre.

J'allonge mes jambes repliées sous mon plaid et tire mes épaules en arrière. Mes crampes me rappellent que j'ai un corps, qui a froid, sommeil, et encore un peu faim. Je jette un coup d'œil à mon frère, son visage éclairé par en dessous d'une lumière bleutée. Ses traits se sont affinés pendant l'été ; son entrée à la fac a eu raison de sa figure de chérubin. Une tignasse incoiffable s'épanouit maintenant au sommet de son crâne et lui donne des airs de Gaston Lagaffe.

« Mourir en dormant, je soupire, on ne peut pas rêver mieux. Il aurait juste fallu que ça arrive dix ans plus tard.

— On n'en sait rien, s'il est vraiment parti pendant son sommeil », rappelle mon frère.

C'est vrai. La voisine l'a pourtant retrouvé avec un livre ouvert sur la figure. *Don Quichotte*, volume deux. Min' n'avait pas pour habitude de veiller tard, peut-être a-t-il sombré au milieu d'un chapitre, oubliant au passage d'éteindre sa veilleuse... Nous ne saurons jamais si cet arrêt cardiaque est venu interrompre brutalement sa lecture, ou s'il dormait déjà paisiblement quand son cœur a lâché.

« Peut-être que c'est ce qu'il voulait, remarque Mathias. Mourir avant de devenir trop vieux. »

Je hausse les épaules. Min' avait encore de belles années devant lui, nous le savons tous les deux. Maman disait qu'à s'occuper de nous il vivait une seconde jeunesse et que le temps lui avait simplement glissé dessus. Je l'aurais imaginé devenir centenaire, gérer une horde d'arrière-petits-enfants, voir tous ces arbres plantés au fil des ans donner leurs fruits. Au lieu de ça, il faudra vendre la maison. Maman a trop à faire avec ses gardes à la clinique, et ni Mathias ni moi n'aurons le cœur à revenir ici.

Trop de souvenirs ont poussé dans ces herbes hautes et me font de l'œil. Il y a deux mois à peine, j'aidais Min' à bêcher ce terrain, les ongles pleins de terre et la mine renfrognée. C'est peut-être normal, que tout ressorte en vrac. Les soirées ici sur les marches de la terrasse, le son de nos violons par-dessus les bruits de l'obscurité, le grain de sa voix sèche comme du bois prêt à prendre feu. Les après-midi d'ennui dans l'atelier, aussi loin que je me souvienne, aussi loin que j'aie pu marcher, l'odeur du bois et du vernis qui est devenue son odeur, les premières fausses notes, les archets cassés. Tout, absolument tout.

Je refrène un hoquet. Mathias attrape ma main maladroitement. Je lui réponds par une pression légère.

Je croise les bras sur ma poitrine, frigorifiée, et referme les yeux pour mieux sentir la nuit. Qu'arrive-t-il à l'amour que l'on porte à quelqu'un quand ce quelqu'un s'en va ? Une semaine plus tôt, cette présence était là, nulle part, partout, elle se concentre maintenant dans la gorge et je dois déglutir pour ne pas qu'elle s'échappe.

Quand j'ouvre à nouveau les paupières, je suis frappée par la blancheur de la lune. J'aperçois Min' sur son vélo, son violon sur le dos, quelque part entre ciel et terre. Je souris. Il tourne vers nous son long visage ridé, ses yeux ironiques et sa barbiche impeccable. Il secoue sa grande paluche dans le ciel comme si rien de tout ça ne devait être pris au sérieux. *Tout ira bien*, nous dit-il. J'ai envie de le croire.

« Madame la générale...

— Appelez-moi directement générale, s'il vous plaît. »

Balden s'éclaircit la gorge.

« Générale, nous arrivons de Miralem, où on célèbre encore les commémorations. Que pensez-vous de la situation du pays, quinze ans après la guerre ?

— Dramatique, évidemment.

— Pourriez-vous en dire plus ? »

Un léger contre-jour dessine les contours de la silhouette militaire. Les yeux gris minéral nous détaillent sans hâte. Une cicatrice brune court de la clavicule jusqu'à la base de la mâchoire. Le reste du visage est un tissu froissé puis retendu entre les deux oreilles, une gueule qui a bouffé trop de douleur pour accorder une émotion à la légère.

« Nos politiques nationalistes continuent d'entretenir les divisions communautaires, notre jeunesse s'enfuit à l'étranger, et vous n'êtes pas sans savoir que notre économie s'embourbe.

— Comment expliqueriez-vous cette situation à nos lecteurs ?

— Contrairement à l'Europe occidentale, nous n'avons pas reçu de plan Marshall après nos accords de paix... »

La vieille s'interrompt et inspire lentement. Il faut un temps pour se faire à son timbre rouillé mal assorti à son corps maigre. Aucune fragilité dans les membres noueux, collés aux os comme une écorce. Ses mots s'échappent au compte-gouttes ; la douleur doit la rendre économe. La voix nous vient de la poitrine, trop rauque pour s'extraire du buste plat et étroit :

« Un accord de paix comme celui que nous avons signé il y a maintenant quinze ans empêche le recours à la violence physique pour régler un conflit. C'est tout. Contrairement à ce que les journaux laissent entendre, il n'y a jamais de réconciliation automatique après un traité.

— Vous voulez dire que la guerre continue autrement ? »

Un premier signe d'agacement plisse le visage rigide. Dans le genre glacial, difficile de faire mieux. Pour autant, on pouvait s'y attendre ; Balden n'est ni plus ni moins renseignée que la plupart des journalistes qu'on me demande de promener dans le secteur pour remplir en trois jours leur besace d'histoires.

« Qu'est-ce qu'une guerre civile selon vous, madame ? »

La journalise passe ses doigts dans ses cheveux ras pour se donner une contenance.

« Eh bien, un affrontement armé entre les habitants d'un même pays.

— D'accord. Enlevez à ces habitants leurs armes et leurs munitions, que se passe-t-il ?

— Un cessez-le-feu.

— Précisément. La suite dépend de la rapidité de prise en charge des dégâts humains et matériels, du travail de la justice, de la politique d'apaisement menée par les gouvernements... Sans cela, la paix, la réconciliation ne sont que des mots creux. »

Je relève un sourcil. Le tic-tac de l'horloge marque sans hâte le passage des secondes. Aux murs, des cartes, des coupures de journaux. Une série de trophées alignés en haut de la bibliothèque. Nous avons devant nous la légende locale qui a tenu le siège de Miralem. À l'époque déjà, la générale Vladarostov faisait jaser. Sans elle, la capitale serait tombée aux mains des Zaratiens et l'affrontement aurait fini en bain de sang.

« La société civile n'a pas aussi son rôle à jouer ? demande Balden pour relancer. Dans le processus de paix ?

— La société civile est schizophrène ; elle désire la paix autant que la vengeance. Notre système fait tout pour creuser cette polarité.

— Croyez-vous que cela aurait pu être évité ? Cette guerre entre les communautés yassimile et zaratienne ? Il existait une relative bonne entente entre les camps avant la guerre, n'est-ce pas ?

— Vous posez un grand nombre de questions à la fois, siffle la générale d'une voix lasse. Je vais essayer de vous répondre, point par point. »

Elle boit une gorgée d'eau et marque un temps d'arrêt en observant la journaliste. Sa poitrine se soulève et s'affaisse lourdement. En s'arrêtant régulièrement pour reprendre son souffle, elle se lance dans une explication sur l'histoire médiévale de la Zaramestrie ; la persécution des Yassimils pour leurs rites hérétiques partout en Europe, et la relative tolérance des Zaratiens à l'arrivée de ces derniers sur le territoire. Le rayonnement scientifique et commercial du pays lors des siècles suivants, puis les ravages de l'occupation nazie, le musellement des divergences nées entre les deux camps après la Seconde Guerre mondiale, le putsch militaire des années quatre-vingt, et l'éclatement consécutif d'une guerre civile. Balden a le bon goût de ne pas l'interrompre. Vu l'état de santé de la vieille, une telle profusion de paroles est un changement inattendu. Quand elle s'arrête enfin, elle porte sa main à sa gorge et son visage se crispe imperceptiblement. Sa tirade l'a vidée de son souffle.

Le râle de sa respiration durcit, puis retombe. Balden finit de noircir son calepin, je profite de la trêve pour shooter une image. Les yeux gris sont plantés dans le vide et dissèquent une rage froide. Au bruit de mon déclencheur, ses paupières se plissent comme pour chasser un insecte. Il est temps d'abréger. Balden pose ses dernières questions sur un ton d'excuse :

« Générale, vous êtes célèbre en Zaramestrie pour avoir retourné votre veste contre votre propre camp pendant la guerre. Je sais que vous avez déjà témoigné de nombreuses fois à ce sujet, mais... Pourriez-vous expliquer à nos lecteurs ce revirement ?

— Je suis née de parents zaratiens, mais j'ai toujours servi mon pays en tant que Zaramestre, récite-t-elle mornement. Quand mon prétendu camp a pris le contrôle de l'armée, les Yassimils étaient vulnérables. Mon devoir moral revenait à défendre les civils assiégés. J'ai apporté mon aide aux forces armées yassimiles pour structurer le siège. En retour, j'ai réussi à les convaincre d'épargner tous les habitants restés à Miralem. C'est ce qui nous a garanti plus tard la complaisance des forces étrangères quand celles-ci se sont finalement décidées à agir.

— Quelle est la position des Zaratiens à votre égard aujourd'hui ?

— Ils souhaitent ma mort, bien entendu », répond la vieille sans tiquer.

Balden range son calepin et son enregistreur puis me jette un coup d'œil. J'invite la générale à se lever pour se placer en face de la fenêtre. Une large carte de la Zaramestrie me sert d'arrière-plan. Parfait. Debout, sa maigreur frappe d'autant plus. Je lui signale par quelques gestes la position des mains, l'inclinaison du buste et du visage. Elle s'exécute et me regarde sans sourire. Ses cheveux ternes sont retenus dans un chignon. Une statue androgyne aux yeux mobiles, en train de prendre la poussière dans la bibliothèque d'une vieille maison de campagne. Un pli froisse par moments le bas de son visage. Les traits sont durs, disgracieux, la silhouette revêche, mais il y a au fond des yeux ce surplus d'humanité qu'il suffit de cueillir. Je prends un dernier cliché et lui signale que c'est fini d'un mouvement de tête. Les yeux gris s'attardent sur mon visage.

« J'ai cru comprendre que vous étiez ici pendant le siège et que vous résidez actuellement à Miralem.

— C'est exact. »

C'est ce que j'ai glissé à l'assistant quand je l'ai contacté, et très probablement ce qui nous a permis d'obtenir l'entrevue. Vu son état, pas étonnant qu'elle refuse la plupart des sollicitations.

« La Zaramestrie sans guerre ne vous ennuie pas ? » reprend-elle.

Sarcasme à peine voilé. Je croise son regard.

« Tout le monde a besoin de s'ennuyer de temps en temps. »

Nous échangeons une poignée de main, remballons nos effets et ressortons sur le perron. Déjà l'obscurité qui tombe. Le ciel est gris comme une lame de couteau, probable que la neige arrive avant la nuit. Je grille une clope en vitesse à côté de Balden qui regarde dans le vide, secouée.

« Sacré personnage, souffle-t-elle.

— Mmh mmh.

— Tu ne l'as jamais croisée avant ? Quand tu couvrais le siège ?

— De loin, une fois.

— Cette blessure... Tu sais comment elle se l'est faite ?

— Tu ne veux pas savoir », dis-je en haussant les épaules.

Elle me dévisage bizarrement, comme si cette cicatrice était la mienne. Bien sûr, elle ne va pas se contenter de ça. J'écrase mon mégot sous ma semelle et nous regagnons la voiture. La maison de campagne s'éloigne dans le rétroviseur.

À la bifurcation, je tente un autre itinéraire vers Miralem, histoire de nous soustraire à une nième série de pots-de-vin.

Je sors plus tôt que d'habitude ce soir-là pour rejoindre les autres à la répétition. Je nettoie ma paillasse à la hâte, pressée de changer d'air.

« Laisse, je m'en occupe », propose gentiment ma collègue Myriam.

Elle sait que j'ai le moral dans les chaussettes. Mon entretien avec mon supérieur ce matin ne s'est pas réellement passé comme je l'espérais. Je la remercie d'un sourire, termine de nettoyer mon plan de travail et troque ma blouse contre mon instrument rangé dans mon casier.

Dans le métro, je remarque un appel en absence de mon père. La rame est étonnamment calme, le wagon serpente librement au-dessus des toits parisiens. L'espace de quelques secondes, j'envisage de le rappeler, puis me ravise : je n'ai pas l'énergie de me lancer dans une conversation avec mon paternel à cet instant. Ce soir, le monde me semble gouverné par de vieux abrutis et le seul vieux qui vaille s'en est allé il y a dix jours. J'appuie ma tête contre la vitre, indifférente à la saleté de la paroi, bercée par les gargouillis métalliques et les annonces synchronisées de chaque nom de station.

Je descends à Belleville et traverse la rue saturée d'odeurs, en laissant derrière moi les néons rose fluo des enseignes asiatiques. Deux cents mètres plus loin, je pousse la porte d'un immeuble résidentiel et descends à la cave qui nous tient lieu de salle de répétition. Je suis la dernière arrivée. Avec les pluies récentes, le local sent le renfermé ; il faut quelques minutes pour se faire à l'odeur de chaussette mouillée qui suinte du plafond.

Je m'installe discrètement ; Lucas accorde sa contrebasse. Pendant ce temps, Jim et Adèle débattent avec passion des problèmes de balance du concert de samedi dernier. Leurs babillages m'arrachent un sourire : ils chipotent, pour le principe. Si nous avons passé un cap à cette dernière soirée, aucun de nous ne saurait dire pour le moment à quoi cela s'est joué. J'ai des souvenirs de foule, de vague, de flux et de reflux allant et reculant tout autour de la scène. Hommes, femmes, couples et célibataires, danseurs timides et clubbeurs chevronnés, buveurs exubérants et mélomanes silencieux. Tout ce monde subitement réuni et transporté par cette musique, la nôtre. Après l'enterrement de Min' cinq jours plus tôt, j'étais pourtant montée sur scène à reculons, résignée à offrir le minimum syndical. Comme Jim, Adèle et Lucas, je me suis finalement laissé porter, oscillant chaque seconde de la concentration extrême à l'abandon jouissif.

Nous avons terminé la nuit dans le bar, dansant avec les autres face au DJ qui avait pris la suite. Je n'avais rien pu avaler avant d'entrer en scène, et me contrefichais allègrement de tout, pourvu que cet état persiste. À mon troisième verre, j'ai bu directement aux lèvres de Raphaël, le barman. Je ne sais plus combien de fois je suis revenue au comptoir. J'ai su le lendemain en me réveillant dans son lit que j'avais largement dépassé ce que mon corps sait assumer sans faire d'histoires. Ma bouche était pâteuse et sèche, mon cerveau aussi flasque qu'une méduse échouée. J'ai vérifié le niveau de conscience de mon voisin de lit – en l'occurrence endormi comme un bienheureux – avant de soulever du bout des doigts la couverture de coton blanc : son caleçon était à sa place. Je n'avais moi-même égaré en route que mon pantalon, jeté en travers d'une chaise.

Qu'il ne se soit rien passé de si torride cette nuit-là, Lucas, Adèle et Jim ne peuvent évidemment pas le savoir. Sans surprise, une nuée de questions goguenardes m'attendent en embuscade. Je laisse leurs railleries s'essouffler et souris patiemment tout en accordant mon violon.

La répétition commence sur l'une de nos récentes compositions, un air de folk métissé avec une rythmique bossa. Mon esprit divague et peine à se fixer sur la musique. Le long visage de Min' ne cesse de revenir devant mes yeux comme une image subliminale. J'ai onze ans, peut-être un peu plus. Nous sommes dans un train. Je place mes écouteurs dans ses oreilles poilues pour lui faire découvrir un très mauvais morceau de rock. Il simule bravement l'intérêt. Sa peau ridée trop expressive ne parvient pas à masquer complètement les ondes d'effroi qui glissent à la surface de son visage au moment du refrain...

Je rate à deux reprises un départ de morceau.

« Leila, tu reviens parmi nous ? »

Derrière ses faux airs de poète, Jim est le sergent-major du groupe : un virtuose de la guitare, et le plus rigoureux d'entre nous. À ses heures, il a aussi la fâcheuse habitude de jouer les rabat-joie.

« J'ai réfléchi à des paroles, intervient Lucas en guise de diversion. Sur la super mélodie que Leila proposait la dernière fois... »

Je pose mon violon sur mes genoux et souris à Lucas d'un air reconnaissant. Les autres acquiescent, curieux. Il pose avec précaution sa contrebasse contre le mur, enjambe les câbles couleur réglisse qui serpentent entre les pupitres et sort de son sac une feuille A4 pliée en deux. Je replace mon violon et joue une première fois la mélodie en guise d'introduction. Adèle ferme les yeux. La voix chaude de notre parolier roule sur les murs de la cave pour évoquer les souvenirs de son dernier voyage en train. Jim improvise quelques notes discrètes sur les mots de Lucas :

J'ai pris la première place laissée par le hasard
Qu'importe le nom des villes que l'on ne retient pas
Et la couleur des champs qui passent.

Les visages touchés par la mélancolie des grands espaces
S'observent dans les vitres striées de cicatrices
Le ciel est aussi blanc qu'une feuille de canson
Où l'œil se repose, ou dessine
Il me vient à rêver que ce train n'arrive jamais en gare...

Les pensées pesantes de ma journée se dissolvent dans l'atmosphère de la cave comme des bulles de savon. Adèle lit le texte à son tour et entreprend une mélodie. Elle obtient de meilleurs résultats en slam. Sa voix naturellement sensuelle s'accorde sans à-coups aux paroles. Un instant plus tard, elle s'accompagne elle-même à la batterie. Jim et moi tentons de reproduire le chuintement d'un train en marche en étouffant nos cordes. L'effet fonctionne. Nous sortons de la cave une heure plus tard, corps et cerveaux vidés.

Le goudron est humide d'une averse récente. Nous remontons la rue vers le métro. Nous passons devant L'Odyssée, le bar où nous jouions deux soirs plus tôt. Quelques buveurs en terrasse bravent les courants d'air de l'automne, la mousse aux lèvres. Je me détache discrètement du groupe et leur adresse un signe de la main avant de tourner les talons : nous nous revoyons dans deux jours.

Me voilà seule sur le trottoir, face au néon rouge et bleu de la devanture. Une bonne idée ? Bof. Ma lâcheté habituelle me souffle de passer mon chemin.

Je franchis le seuil du bistrot malgré tout et sens mon

cœur accélérer en reconnaissant Raphaël de l'autre côté du comptoir. Il me tourne le dos ; j'en profite pour m'installer directement au bar. Ses yeux marquent un temps de surprise en me reconnaissant, puis reprennent aussitôt contenance.

« Salut, je sors de répète, je passais dire bonsoir, dis-je trop rapidement.

— Quel honneur », sourit-il.

Petit silence gêné.

« Je te sers quelque chose ?

— Une tisane, c'est possible ? »

Il attrape une tasse et dépose la boisson devant moi sans commentaire. L'un des clients installés en terrasse le réclame pour passer commande. Hormis le groupe à l'extérieur, le bar est presque vide. Il n'y a qu'un seul couple dans le fond de la salle, qui bavarde à voix basse autour d'une bouteille de vin. C'est à peine si on remarque la scène qui se dessine discrètement derrière eux, où nous jouions samedi dernier. Raphaël est trop affairé à préparer son troisième cocktail consécutif pour faire attention à moi. Je promène machinalement mon sachet dans sa tasse comme un poisson rouge désœuvré et l'observe à la dérobée. En me réveillant dans son lit dimanche dernier, j'ai fait l'état des lieux de la situation avant de finalement me rendormir, nauséeuse, trop ivre encore pour trouver mieux à faire. Il était midi passé quand j'ai décollé à nouveau les paupières, seule, en chien de fusil au centre du matelas. Aucune trace du barman dans l'appartement. En évidence sur la table, il y avait simplement un bol de muesli, une serviette-éponge bleue et un mot griffonné sur un bout de papier :

Je n'avais pas le cœur de te réveiller. Quand tu sors, claque simplement la porte, ça sera suffisant. Raphaël

Ainsi ai-je appris son prénom.

Je suis repartie en laissant un mot de remerciement au dos du premier message, que j'ai pris soin de signer à mon tour, sans laisser toutefois de numéro.

Raphaël sert au barbu son quatrième cocktail puis se tourne vers moi. Il porte un tee-shirt noir uni. La face gauche de son visage et de son buste est éclairée par le néon bleuté au-dessus du comptoir, dessinant l'arête de son nez, ses pommettes hautes, son visage anguleux, et le relief attirant de son avant-bras. Cet homme appartient à une espèce que je ne sais pas comment aborder sans alcool.

« Ta répétition s'est bien passée ? demande-t-il.

— Plutôt, oui. »

J'avale une gorgée de tisane et me brûle la langue au passage.

« On compose un nouveau morceau.

— La barre est haute, après le concert de ce week-end.

— Tu as vu comment Adèle tenait la foule ? Je ne l'ai jamais vue aussi survoltée.

— Celle qui fait aussi de la batterie ? Elle s'est donnée, c'est vrai... »

Il attrape un gobelet et se sert une rasade de bière.

« J'ai surtout retenu ce que tu as fait au violon à la fin. Pendant cinq minutes, je me suis cru dans un pub irlandais pendant la Saint-Patrick. »

Je souris, surprise. Mon cœur accélère légèrement.

« Les violonistes irlandais doivent sûrement boire autant que moi !

Remarque stupide. Je m'en veux aussitôt.

— J'ai travaillé trois ans dans un bar à Belfast, sourit-il. Crois-moi, tu as de la marge. »

Je le regarde avec curiosité. Nous venons souvent à L'Odyssée après les répétitions, j'y ai croisé Raphaël plusieurs fois. C'était seulement le serveur charmant du quartier. Nous avons échangé quelques vannes, quelques sourires, sans jamais engager de véritable conversation, et encore moins franchir la barrière des prénoms ; c'est dire que je ne sais rien de lui.

« Qu'est-ce qui t'a donné envie d'aller vivre en Irlande ? je demande.

— Apprendre l'anglais, voir du pays... »

Il porte son verre à ses lèvres.

« Belfast, c'est abordable, pas comme Londres, reprend-il. Il y a moins de touristes et c'est à peine plus loin. Dans le pub où je travaillais, il y avait des musiciens tous les soirs. Beaucoup de violonistes, d'ailleurs. »

Le couple installé dans le fond s'approche du comptoir. Raphaël encaisse la note puis traverse la salle pour nettoyer leur table. Je termine ma tisane. À l'extérieur, de grands éclats de rire ponctuent de notes joyeuses le brouhaha de l'avenue.

« Tu veux une autre tisane ? demande Raphaël en toisant ma tasse vide.

— Ça ne serait pas raisonnable. »

Il me jette un regard amusé. Il est près de minuit, je dois partir maintenant si je veux attraper le dernier RER. Comme pour impulser un mouvement, les derniers clients à l'extérieur rassemblent leurs affaires. Je m'aperçois que Raphaël me regarde depuis quelques secondes. Il cherche ses mots.

« Tu sais, quand je t'ai servie samedi dernier, tu avais l'air de bien tenir l'alcool. Je ne me suis pas rendu compte sur le moment que tu étais ivre. Si j'avais su, je t'aurais ramenée chez toi plutôt que dans mon lit. »

Je le regarde avec surprise et réalise ce qu'il cherche à me dire.

« Je me doute que tu n'as pas besoin de saouler une fille pour la ramener chez toi, tu sais... Et j'habite à Bagneux. Ce n'est pas une petite promenade d'aller jusque là-bas. D'ailleurs, il faut que j'y aille, je vais rater mon RER. »

Je me lève brusquement, attrape mon sac et l'étui de mon violon à mes pieds puis me penche légèrement au-dessus du comptoir pour lui dire au revoir.

« Attends deux minutes. Je ferme, de toute façon. »

Le bar, effectivement, est à présent complètement vide.

J'acquiesce en zippant mon blouson. Il débarrasse les derniers verres, lance un ultime lave-vaisselle et éteint les néons. Nous sortons dans la rue encore animée. Il extrait de sa poche un grand trousseau, verrouille la porte principale et abaisse dans un bruit de fracas le store d'acier recouvert d'un graff multicolore. Son scooter est à quelques pas, la bouche du métro droit derrière moi.

Confuse, j'entreprends cette fois-ci une accolade en guise d'adieu. L'effet est maladroit. Un baiser impromptu atterrit cependant dans mon cou. Nous nous écartons légèrement pour que nos lèvres se rencontrent. Ses deux bras se referment doucement autour de mon dos à la manière d'un boa. Une chaleur diffuse irradie mon bas-ventre et, l'espace d'un instant, je ne pense à rien d'autre qu'au contact de nos corps entre les couches de vêtements trop nombreuses.

J'attrape le dernier RER de justesse à la gare de Châtelet. J'ai dû courir, et je m'affale sur la banquette, essoufflée. J'échange un sourire avec la dame voilée assise quelques mètres plus loin, qui a suivi ma course depuis le quai et m'observe avec de grands yeux de hibou. Le train démarre dans un soubresaut. Je m'affaisse. J'occupe les vingt minutes du trajet à repenser aux lèvres de Raphaël, à l'odeur de Raphaël...

Mon téléphone vibre dans mon sac. Je suis contente qu'il n'ait pas mon numéro. Pas encore. Nous nous sommes séparés sur le trottoir sans rien nous demander et j'ai aimé ça. Je sais où le trouver si je veux le revoir. Les choses pourraient s'arrêter là, ce serait une belle conclusion à l'aventure de samedi dernier. Un baiser innocent et lucide par-dessus cette marée d'ivresse. Mais le goût que j'ai sur les lèvres...

Adèle m'envoie un lapidaire « Alors ? », assorti d'un smiley. Je souris et rédige une réponse évasive. Je sors à Bagneux et parcours à pied les deux kilomètres qui me séparent de la maison. Les rues sont désertes et la nuit a fraîchi, je marche d'un bon pas. Il me tarde de pouvoir déménager dans mon propre appartement, plus proche de Paris. Je repense à l'entretien de ce matin avec mon supérieur. Un renouvellement de six mois n'achètera la confiance d'aucun propriétaire, à moins que je ne falsifie mon contrat de travail. L'idée flotte dans mon esprit de façon inquiétante, comme si ce genre de méfait me conduirait irrémédiablement à braquer mon banquier quelques années plus tard.

Après mon diplôme, j'ai mis plus de huit mois à décrocher ce CDD : le temps qu'il m'a fallu pour passer de l'état de cellule à celui de bébé. Nous sommes *vraiment* plus efficaces au début de nos vies. Les premiers mois, je me suis entêtée à chercher quelque chose dans ma spécialité, admettons. Les dérèglements cellulaires liés aux hormones de stress, hélas, sont encore le Far West pour les laboratoires privés. À l'ère des burn-out et des antidépresseurs, j'avais cru prendre une voie pionnière. Probablement trop bien-pensante pour notre époque, où la lutte contre le vieillissement cutané, les problèmes érectiles et les débuts de calvitie l'emportent haut la main dans le grand marathon des budgets de recherche privée.

Il est près d'une heure du matin quand je pousse la porte de notre résidence. L'appartement est plongé dans l'obscurité. J'ôte mes chaussures dans le vestibule et traverse le couloir en silence. Un rai de lumière déborde sous la porte de la chambre de maman. Je m'en étonne et toque deux coups discrets : le mardi soir est en principe sa nuit de garde.

« Oui ? »

Elle est adossée à sa tête de lit, un livre entre les mains. *Don Quichotte*. Ses cheveux sombres zébrés de mèches grises ondulent librement jusqu'à ses épaules maigres. Je suis frappée par l'épaisseur des cernes sous ses yeux noirs et par les traits tirés de son visage. Elle ne dort plus beaucoup depuis que Min' est parti. Je n'avais pas pensé à lui depuis au moins une heure, et la réalité revient dans ma poitrine par petites bouffées tristes.

Maman tourne ses yeux vers moi et sourit bravement.

« Tout va bien ? je demande à voix basse. Tu ne travailles pas cette nuit ?

— Je devais passer chez le notaire en fin de journée. Une collègue a accepté de me remplacer. »

Elle enlève ses lunettes et me fait signe d'approcher. Je m'assois sur le lit.

« Ta répétition s'est bien passée ?

— Oui. On est sur un nuage depuis le concert de samedi.

— Tant mieux... »

Je vois à son regard que son esprit est complètement ailleurs.

« Tout s'est bien passé, chez le notaire ? »

Ses yeux reviennent à moi avec un air d'excuse.

« Oui, rien de passionnant. Je ne sais pas trop ce qu'on va faire de la maison. »

Elle marque quelques secondes de silence et ajoute :

« Nermin t'a légué cinq violons.

— Cinq ?

— C'est curieux, hein ? Je ne sais pas ce qu'il avait en tête... Il t'a aussi laissé une lettre. Je l'ai mise sur ta table de chevet. »

Je hausse les sourcils. *Une lettre.* Un message de lui. Mon cœur accélère bien avant que mon cerveau ne prenne acte de l'information. Min' est parti en bonne santé à soixante-dix-huit ans et les médecins lui prédisaient une longue vie. Je n'aurais pas imaginé qu'il prenne ce genre de précaution. Peut-être est-ce quelque chose de plus commun que je ne l'imagine, passé un certain âge. J'embrasse maman sur la joue pour lui souhaiter bonne nuit et m'éclipse de la chambre en me forçant à ralentir le pas.

Je gare ma voiture derrière l'immeuble délabré. Deux mioches jouent dans la cage d'escalier et me regardent passer en essuyant leur morve. Je commence l'ascension, m'arrête au quatrième pour reprendre mon souffle. Les commandes ont chuté depuis la fin des commémorations, je m'encroûte.

Balden est repartie comme les autres au bout de quelques jours, la tête farcie de témoignages suffisamment nombreux pour dresser le portrait du pays pour le nième anniversaire de ses accords de paix – le dernier marronnier qui fasse encore parler de la Zaramestrie, et surtout d'un passé plus digne d'intérêt que le présent, dans la presse étrangère. Tous les reporters qu'on m'envoie glanent les mêmes informations, m'interrogent sur mes souvenirs du siège, pourvu qu'il y ait du drame et du sordide à faire remonter. Je joue à la fois les fixeurs et les preneurs d'images. Par la force des choses, la photographie apporte ce filtre qui permet d'observer le malheur d'un nouveau point de vue, de l'extraire de la masse. Le problème maintenant, c'est qu'on en donne trop à voir : les rétines saturées vomissent tout, sans tri. Les rédactions croulent sous les propositions de photographes qui rêvent de faire ce que je fais.

Je m'arrête au septième, traverse le couloir. C'est bien là. Les rires et les éclats de voix débordent sous l'embrasure de la porte. Tatjana vient m'ouvrir, ses cheveux rouges relevés dans une coiffure sophistiquée. Une ligne de rouge à lèvres vermeil souligne son sourire.

« Tim ! Je ne pensais pas que tu viendrais. »

Elle s'écarte pour me laisser entrer. L'intérieur de l'appartement est moins misérable que ce que laisse imaginer le bâtiment de l'extérieur. Ici, les gens se donnent un mal de chien à creuser un terrier convenable, à défaut d'avoir prise sur le monde extérieur. Je suis Tatjana dans le couloir et dépasse la cuisine, où deux femmes discutent à l'écart. Une demi-douzaine de Yassimils et de Zaratiens se tassent dans le salon étroit. Les regards me dévisagent quelques secondes, avant de revenir à leur conversation. Un poste de télévision muet diffuse des spots publicitaires décérébrants en arrière-fond.

Je repère Anton près de la fenêtre. Il se lève et vient me serrer la main.

« Bienvenue chez les fous », sourit-il en me décapsulant une bière.

Il suit la trajectoire de mon regard. Sur un pan de mur rouge refait à neuf, le couple a encadré mon tirage dans les ruines du QG du ZPR. Anton et Tatjana se détachent au sommet d'un monticule de gravats. Les bras nus de Tatjana sont à moitié ensevelis sous ses cheveux rouges et enserrent à la taille le long corps maigre de son mari. Le profil d'Anton se noie dans l'ombre d'une casquette vert criard. Les couleurs vives de leurs vêtements contrastent avec le fond gris terne et la blancheur crayeuse des éboulis. Au premier plan, quelques gouttes de pluie s'accrochent aux feuilles des fougères. J'ai désaturé les graffitis pour que les deux silhouettes ressortent des décombres et j'ai accentué les ombres qui dissimulent leurs visages, par sécurité. J'ai remis le tirage au jeune couple il y a deux jours à peine. Ils ont été vite en besogne pour l'encadrer ici.

« Tous vos invités, ils se connaissent déjà ? » dis-je en jetant un regard circulaire aux hommes et femmes autour de nous.

Anton secoue la tête.

« Il faut une bonne raison et un peu d'inconscience pour rassembler autant de Yassimils et de Zaratiens dans la même pièce, dément-il. C'est Tatjana qui a fini par me convaincre d'organiser cette expérience pour son anniversaire.

— Elle a le goût du risque.

— Maintenant qu'ils t'ont vu, ils vont bien se tenir », sourit-il.

J'étouffe une quinte de toux et termine cul sec ma bouteille de bière pour apaiser ma gorge.

J'ai rencontré le couple par hasard deux semaines plus tôt. J'étais dans un mauvais jour ; une crève me clouait au lit depuis la veille. Je n'avais rien à avaler, pas même un cachet d'aspirine ; ma piaule puait l'humidité et les pensées morbides. Je me suis rassemblé pour sortir prendre l'air.

J'ai poussé l'excursion jusqu'à la pharmacie la plus proche, dans le district zaratien voisin. La pharmacienne obèse a rechigné à me filer des antibios tout en gardant les yeux rivés sur son portable. J'ai lâché un billet de mille zars pour ressortir avec ce dont j'avais besoin. Ensuite, j'ai dérivé dans le quartier, porté par mes jambes au hasard. Pas un chat dans les rues ; en cette saison, la vie à Miralem se concentrait derrière les murs, abandonnant ses façades sales aux affiches politiques. La ville s'acheminait vers les élections – en attestaient toutes ces gueules constipées placardées en série.

J'étais déjà à bonne distance du centre quand la pluie m'est tombée dessus. Il y avait non loin les ruines du vieux QG du ZPR. Vingt ans plus tôt, j'avais photographié un groupe de miliciens sur le toit de ce même bâtiment ; l'une des images qui m'ont permis de me faire un nom. C'est maintenant un fantôme d'immeuble comme on aime en garder par ici, pour la mémoire ou parce que l'argent prévu pour les rénovations est détourné depuis toujours.

La pluie ruisselait sur mon crâne. Je suis entré sans frapper dans l'ancien hall souillé de boue. Des orifices gros comme des poings rongeaient les murs porteurs. Messages rageurs sur les parois encore debout, tripes de béton à nu. Les détritus se mélangeaient aux éboulis. Il n'y avait de vivant que les fougères les plus coriaces qui étaient parvenues à crever le béton et ployaient sous la pluie. J'ai trouvé un endroit abrité sous un reste de plafond et je me suis assis-là, près des cendres froides et des ordures récentes d'un groupe d'anarchos. J'ai fixé mon attention sur la pluie, son odeur. Son bruissement par-dessus le grésillement de mes acouphènes. L'humidité m'entrait dans la moelle. Mes paupières étaient lourdes, une écrasante envie de dormir. J'ai macéré sur place un temps douteux jusqu'à ce qu'une voix me tire de mon absence :

« Monsieur ! Tout va bien ? »

Un homme et une femme se tenaient à l'entrée. Allez savoir depuis combien de temps. J'ai tourné vers eux ma gueule de molosse détrempé. Mon faciès occidental les a encouragés : l'homme s'est approché, la femme derrière lui.

« Vous habitez près d'ici ? »

Il faisait l'effort de parler en anglais, malgré son accent à couper au couteau. Un Yassimil. J'ai hoché la tête comme un ivrogne.

« Ce bâtiment peut s'effondrer à tout moment, vous savez.

— Et tu risques ta vie pour venir me sauver ? »

J'ai allumé une cigarette, déplié mes articulations engourdies et me suis relevé dans mes vêtements humides. Il fallait attendre le soir pour voir les premiers effets des antibios que je venais d'ingurgiter. Le saint-bernard m'a fixé quelques secondes, entre la surprise et l'indignation.

« On veille sur les étrangers, ici, a-t-il rétorqué froidement. Même quand ils sont complètement stupides.

— Tu prends plus de risques que moi à traîner dans un quartier zaratien, abruti », me suis-je entendu lui répondre.

Il a jeté un regard à la rousse, plutôt jolie, qui affichait un demi-sourire. J'ai percuté en la regardant qu'elle était zaratienne.

« D'où venez-vous ? » a-t-elle demandé en me jaugeant à distance.

Contrairement à l'autre, elle parlait parfaitement anglais, comme la plupart des siens.

« Du Soudan.

— Je vous demande votre pays d'origine », a-t-elle répliqué sans marquer de surprise.

J'ai expulsé une longue bouffée de cigarette qui s'est noyée dans l'air humide. Ils s'accrochaient, malgré mes manières de clochard. La jeunesse de ce bled manque cruellement de distraction. Le type a amorcé un geste d'abandon, mais la fille m'a regardé sans être pressée de partir.

« Je suis né à Berlin, si tu veux tout savoir.

— Vous êtes diplomate ?

— Non.

— Journaliste ?

— Photographe. »

Elle a enjambé un éboulis pour s'approcher du Yassimil.

Sa main a effleuré le bras du type. Un couple mixte. Ils devaient avoir vingt-cinq ans, peut-être un peu plus.

« Que faites-vous en Zaramestrie ? a renchéri son homme.

— Je prends des photos. »

Il regardait en biais pour masquer son agacement. Les Yassimils sont toujours trop polis. Ils ont l'accueil et l'humilité dans le sang. L'inverse des Zaratiens, froids et arrogants au premier abord.

« Vous êtes photographe de guerre, a décrété la rousse.

— Bravo.

— Vous arrivez en retard, notre guerre à nous s'est terminée il y a quinze ans.

— Je ne suis pas revenu ici pour couvrir un conflit, ai-je rétorqué sur un ton calme.

— Revenu ? »

La pluie avait faibli, une colonne de lumière pâle tombait par moments du plafond. J'ai écrasé mon mégot de cigarette sous ma semelle avant de l'envoyer vers un paquet de chips calciné.

« Je peux vous photographier ensemble », ai-je proposé avec naturel, sans relever la dernière remarque.

Ils se sont regardés, pris de court.

« Maintenant ?

— Non, je n'ai rien sur moi. Demain, au même endroit. Un peu plus tôt pour la lumière. Disons à quatorze heures.

— Que comptez-vous faire des photos ? a demandé la rousse.

— Aucune idée, il faut d'abord voir ce que ça donne. Je ferai en sorte qu'on ne puisse pas vous reconnaître », ai-je précisé face à leur silence.

Ils ont échangé quelques mots en zaramestre et ont hoché la tête. Méfiants, mais curieux. Depuis trois mois que j'étais retourné dans ce pays, sans véritable but, je n'avais pas croisé de couples mixtes. Pendant la guerre, j'en avais photographié quelques-uns, probablement tous morts à l'heure qu'il est. J'ai griffonné mon numéro sur un ticket de caisse au cas où ils changent d'avis, histoire de garder un contact. Puis je suis ressorti des ruines en pataugeant dans mes chaussures spongieuses. Nous nous sommes séparés à l'entrée de l'immeuble.

Anton me désigne une chaise libre et s'assoit à côté de moi. Une musique électronique sans paroles bourdonne par-dessus les conversations. Je dois lire sur les lèvres pour ne pas décrocher :

« Sacha est un ami d'enfance, dit-il en anglais en me présentant le type en face. On vient tous les deux de Solvic.

— Ah. Je croyais que tu étais de Miralem.

— Je suis venu ici pour mes études en même temps que ma sœur, précise-t-il en désignant une femme assise un peu plus loin. C'est une amie de Tatjana, c'est comme ça qu'on s'est rencontrés. »

Je jette un regard circulaire sur la pièce. Pas de tension palpable, seulement des regroupements plus ou moins spontanés. Ça cohabite prudemment, un verre de bière dans la main. Tatjana glisse d'un groupe à l'autre, souriante, déjà éméchée. Anton et elle échangent des regards réguliers.

« Toutes les personnes qui sont ici sont des amis *ouverts*, précise Anton en lisant mes pensées.

— S'ils tolèrent tous votre relation, c'est déjà quelque chose.

— On ne traîne pas dans les mêmes cercles que les nationalistes, ça aide.

— Et vos familles ?

— C'est plus compliqué. »

À côté de nous, le dénommé Sacha hoche la tête avec un sourire circonspect. Il n'a pas dit un mot depuis tout à l'heure. Il se penche et fait l'effort de s'adresser à Anton en anglais pour que je puisse comprendre. J'ai des notions de zaramestre, de quoi tenir une conversation utilitaire, faire des emplettes, donner quelques consignes à un modèle, graisser la patte d'un policier. À l'époque du siège, j'étais capable de bien plus, mais trop de langues et de pays, depuis, sont passés par-dessus.

La discussion dérive sur les prochaines élections. Anton évoque son inscription au registre des Autres : une liste pour tous les citoyens désireux de figurer dans une catégorie distincte des Yassimils ou des Zaratiens aux recensements biennaux. On parle de six, peut-être huit pour cent de la population. Les bicommunautaires nés de couples mixtes en sont le cœur majoritaire, rejoints par quelques moutons noirs qui assument publiquement leur rejet du système. Les bicommunautaires pesaient pour un cinquième de la population dans les années quatre-vingt. Ils avaient même leur propre nom, les Triskas – qui signifie, en zaramestre, « mélangés ». À la veille des conflits, ça n'était pas un compliment. Ceux qui ont survécu à la guerre et aux persécutions et ne sont pas partis à l'étranger ont préféré faire disparaître leurs origines bâtardes et choisir leur camp. Rien d'étonnant à ça. N'importe quel Zaramestre inscrit au registre des Autres – qu'il soit triska ou non – se prive de droits non négligeables aujourd'hui, à commencer par l'accès aux emplois publics.

Tatjana s'est approchée et pose sa main manucurée sur l'épaule d'Anton. Il attrape machinalement son poignet. Elle a dû entendre la discussion et précise avec aplomb :

« On pense soutenir Jol Foje aux prochaines élections. »

Je hausse les épaules. Le nom ne me dit rien.

« C'est qui, celui-là ?

— Celle-là, rectifie Tatjana.

— C'est une politicienne zaratienne, explique Anton. Elle vient d'annoncer une candidature non nationaliste. On n'a jamais vu ça ici. »

Sacha manifeste son manque d'enthousiasme par une moue dubitative. Jol Foje. Je note le nom dans un coin de mon crâne pour en toucher un mot à quelques rédactions. Anton se lève et rejoint Tatjana pour accueillir un nouvel invité. Dans un anglais laborieux, l'ami d'Anton entreprend de me faire la conversation, qui se transforme en interrogatoire.

La soirée progresse. L'alcool coule, le volume sonore monte. Curieux que ça n'ait pas encore dégénéré. La nuit se plaque contre les vitres, on prétend ne pas la voir, ni le givre qui pousse aux fenêtres et ne craquera pas avant demain midi. Vers neuf heures, je sors de l'appartement et descends fumer une clope au bas de l'immeuble. Je suis ici depuis déjà trop longtemps et la musique commence à me taper sur le système. Il est temps de rentrer.

Il fait noir comme l'enfer sur le parvis du bâtiment. Il n'y a qu'un réverbère pour trouer le néant et éclaircir cinquante mètres plus loin un bout de route et de rares véhicules aux ombres déformées. Je vais devoir retrouver ma voiture là-dedans. Chaque problème en son temps ; je sors mon briquet et la flamme vacille.

« Kovët taràk ? »

Le bruit vient de ma gauche, une voix glaciale et rauque. Je recule d'un pas.

« Qui est là ? répète avec irritation la voix de femme en zaramestre.

— Tim. Allemand. Qu'est-ce que tu me veux ? »

Le corps s'avance d'un pas. Mes yeux commencent à se faire à l'obscurité. Noir sur gris, le profil est happé par la pénombre. Il n'y a que la voix pour donner consistance à la silhouette.

« Vous m'avez fichu la trouille », siffle-t-elle en anglais.

La tension instinctive dans mes muscles se relâche. Je sors de nouveau mon briquet pour allumer ma clope correctement. Le tabac chaud pénètre dans mes poumons et se condense en traînées grises. La femme reste plantée là. Elle ne dit rien. Je lui tends mon paquet.

« Tu es de la soirée », devine-t-elle en acceptant une cigarette.

Sa voix est froide, indifférente. À ses manières brutales, je dirais qu'elle est zaratienne. Même s'il y a quelque chose dans son accent...

« La fête là-haut ne te plaît pas ? ajoute-t-elle, sarcastique.

— J'admire le paysage, comme toi. »

J'entends son souffle dans la nuit, remarque sa façon nerveuse d'expulser les bouffées de fumée et de tirer chaque nouvelle latte.

« Je n'aime pas les grands rassemblements, dit-elle. Je suis venue pour faire plaisir à Tatjana.

— Et c'est une soirée mixte », je remarque.

Elle secoue la tête avec agacement.

« Je ne vois pas le problème. »

Elle expulse une nouvelle bouffée de cigarette, plus calme. La vapeur se dissout dans l'obscurité.

« C'est une bonne chose que des Yassimils et des Zaratiens se rencontrent, au contraire.

— Alors tu devrais remonter jouer aux cartes avec les Yassimils là-haut, je suggère. C'est l'occasion rêvée. »

Je garde le silence. Elle aussi.

« Je suis yassimile, répond-elle. La sœur d'Anton, et l'une des amies proches de Tatjana.

— Au temps pour moi.

— Tu n'es pas le premier étranger à faire des raccourcis. »

Je tente de visualiser le visage que m'a montré Anton dans le canapé tout à l'heure. Un écran de fumée aussi épais que le fantôme qui respire à côté de moi. Elle n'a probablement rien de spécial.

« C'est grâce à toi que les deux là-haut se connaissent, paraît-il.

— On m'en fait souvent le reproche, oui.

— Je peux imaginer. »

Le froid ronge mes phalanges et mes poumons. Je jette mon mégot à mes pieds ; la braise rougeoie quelques secondes sur le bitume puis se dissout.

« Contrairement à ce que les gens pensent, les choses se sont faites de façon évidente entre Anton et Tatjana, lâche-t-elle, agacée. Je n'ai été qu'un point de jonction. Des dizaines de personnes se croisent tous les jours sans tomber amoureuses. Certaines se reconnaissent immédiatement, c'est tout.

— On ne peut pas en dire autant en ce qui nous concerne. »

Elle tourne son visage vers moi. Impossible de savoir si elle sourit ou si elle tire la tronche. Si je parle à un laideron ou à une bombasse. Ça crée une tension qui n'est pas désagréable. Je n'ai pas forniqué depuis la diplomate suédoise de Khartoum. Remarque, ça ne m'a presque pas manqué.

Elle termine à son tour sa cigarette et amorce un mouvement vers l'immeuble.

« Tu remontes ?

— J'étais sur le départ, j'indique.

— Moi aussi. Je passe dire au revoir et je m'en vais. »

Nous tournons les talons. Le néon clignote plusieurs secondes puis balance sa lumière d'hôpital dans la cage d'escalier. J'échange un bref regard avec la sœur d'Anton et la scanne en vitesse : elle n'est pas particulièrement belle. Cela dit, elle a ce qu'on appelle une gueule, un visage à être photographié. Comme son frère, ses pommettes sont criblées de taches de rousseur. L'éclairage au néon lui donne un teint blafard qui souligne les cernes et la transparence de la peau. Des cheveux noirs coupés au niveau de la nuque encadrent son visage allongé, ses lèvres minces et ses yeux noirs. Ses vêtements trop grands dissimulent plutôt mal sa maigreur évidente.

Nous remontons les sept étages du bâtiment en silence. La cage thoracique de l'immeuble est secouée de courants d'air. Au cinquième, je m'essouffle et m'arrête pour cracher mes poumons. Quelques marches au-dessus, la sœur d'Anton se retourne et m'observe sans un mot.

« Je fume trop », dis-je comme une évidence, agacé.

Elle hausse les sourcils. J'évite son regard et nous gravissons les deux derniers étages jusqu'à l'appartement. La musique a doublé de volume.

« Eh bien, à une prochaine », dit-elle.

Elle se dirige vers la salle de bains sans me laisser le temps de répondre. Drôle de fille. Je retourne dans le salon, où Anton n'en est plus à son premier raki. Le reste des invités est avachi dans les canapés.

« Je vais décoller. Merci pour l'invitation. »

Il titube et amorce une accolade.

« Merci d'être venu, Tim. Tu es ici chez toi, reviens quand tu veux. Tu es un grand photographe, c'est une chance extraordinaire de t'avoir rencontré... »

Je tapote Anton sur l'épaule et m'éloigne doucement. Je trouve Tatjana dans la cuisine. Elle non plus n'est plus de première fraîcheur. Elle serre ma main entre les siennes et sourit, rayonnante. Cette femme a un vrai charme. Si elle n'était pas engagée dans l'une des dernières unions mixtes de ce pays, je tenterais certainement quelque chose.

« Tu es sûr que tu ne veux pas rester pour le gâteau ?

— J'ai du travail demain », je prétexte.

J'attrape mon blouson dans la chambre à coucher, cherche des yeux la fille de tout à l'heure, qui n'est pas retournée au salon. Tant pis. Je redescends les sept étages de l'immeuble et retrouve ma bagnole garée sur le parvis. Un givre opaque a recouvert les vitres malgré les cartons étalés sur le pare-brise. Putain d'hiver sans fin. Ce n'est que le début. Je racle grossièrement le principal et rentre dans l'habitacle qui sent le tabac froid. Je fais démarrer la voiture et pousse le chauffage au maximum pour décaper le reste.

À deux cents mètres de l'immeuble, sur la route nationale,

je dépasse une silhouette solitaire. Elle marche d'un pas rapide, en direction du centre. Par ce temps, il faut le vouloir... Je regarde dans le rétroviseur et reconnais le visage. Je freine brusquement et arrête la voiture quelques mètres plus loin.

7

Accroche-toi
À ce que la nuit a de grand
À une idée
À un regard qui te sourit
Par-dessus la barrière

Accroche-toi à une minute
Plus belle que les autres

Accroche-toi
À celle qui te connaît assez
Pour trouver à ta voix
La saison de ton cœur

Accroche-toi
À ceux qui ne savent rien de toi
Pour te laisser une chance
De redevenir toi-même.

Anja GIRIJKA, « De l'autre côté de la nuit »

La sœur d'Anton marque un temps de surprise en me reconnaissant derrière la vitre. Elle hésite, puis entrouvre la porte.

« Je vais finir par croire que tu me suis, dit-elle.

— Et moi, que tu as un grain, c'est pas une heure pour randonner. Je roule vers le centre. Je te raccompagne ? »

Elle hoche la tête et s'assoit sur le siège passager. L'arrondissement où vivent Anton et Tatjana est l'une des seules zones mixtes de la ville. Un ghetto miséreux et enclavé où logent principalement des bicommunautaires. L'arrêt de la seule ligne de bus yassimile encore active à cette heure-ci est à trente minutes de marche. Au moins.

« Au fait, je suis Tara, précise-t-elle en me tendant la main. Et j'habite à Altibastov. »

Ses doigts sont glacés, fuyants. Je hoche la tête sans commentaire et attrape l'artère nord pour éviter les risques de contrôle. Même si le couvre-feu n'est officiellement plus de rigueur depuis longtemps, il faut toujours graisser la patte à un agent lorsqu'on est pris de nuit à circuler entre deux secteurs.

Altibastov est un vieux quartier construit sur les hauteurs de Miralem. La zone serait prisée si elle n'avait pas le défaut d'être sujette tous les quatre matins aux coupures d'électricité. Un enfer pendant la saison froide. Avant la guerre, Altibastov était à Miralem ce que fut Montmartre à Paris : un nid d'artistes crève-la-faim. Une majorité de Yassimils, évidemment. Mais aussi un bon paquet de Zaratiens sortis du droit chemin. Sans parler de la palanquée d'artistes déracinés venus des quatre coins d'Europe de l'Est, inadaptés aux dictatures communistes mais pas assez aventuriers pour traîner leur exil jusqu'en Occident.

« Tu dois tourner ici, indique Tara. La route principale est en travaux depuis l'année dernière. »

Je prends à droite et m'engage dans la ruelle mal éclairée. Je jette un œil à ma voisine. Son corps à côté de moi est raide, en constante vigilance – comme si elle s'attendait à tout instant à ce que je lui saute dessus. L'opposé de son frère à la bonhomie naturelle. La voiture tressaute sur les pavés irréguliers. Je passe en pleins phares pour éviter les nids-de-poule.

« Tu habites à Altibastov depuis longtemps ?

— Deux ans, environ.

— Tu t'y plais ? »

Elle hausse les épaules.

« Un peintre qui est parti à la campagne me loue son atelier. C'est une bonne affaire. »

À la fin de la guerre, Altibastov était l'un des derniers bastions de Miralem à avoir conservé sa mixité. Aujourd'hui, l'expression artistique est trop associée aux Yassimils, qui ont toujours encensé la création sous toutes ses formes. Les derniers Zaratiens ont décampé après la guerre. Pendant le siège, j'ai traîné plusieurs fois là-bas pour réaliser une série de portraits. L'une des musiciennes que j'y avais rencontrées me proposait de temps en temps de partager ses nuits. Une femme belle à perdre les yeux, qui s'acharnait à se teindre les cheveux par ses propres moyens en plein blocus. Le seul service qu'elle ne m'ait jamais demandé de lui rendre était de lui rapporter ses colorants industriels rouge vif. Longtemps après mon départ du pays, j'ai appris qu'on avait retrouvé son corps dans un effondrement, à un mois de la trêve.

« Et toi ? murmure Tara, ironique. Qu'est-ce qui t'a amené dans notre beau pays ? »

Je croise son regard. Nous devons avoir une dizaine d'années d'écart. Je lui donnerais une fin de vingtaine, peut-être un peu plus. Cette femme a connu la guerre gamine. Elle peut être passée au travers, comme avoir traversé des choses abominables. C'est toujours la loterie, quand on rencontre les gens d'ici d'une certaine classe d'âge. On suppose des choses, à leur nervosité, leur façon de parler, leur regard. Et on peut parfaitement se méprendre.

La guerre, je l'ai découverte ici, à Miralem, il y a près de vingt ans. Éviter les explosions, extraire l'insoutenable, de la rétine vers l'objectif, de l'image vers la publication, puis recommencer. Tout ça, je l'ai appris ici. Le conflit venait de démarrer, personne ne se disait alors que ça durerait toutes ces années. À cette époque, j'avais encore cette rage de dénoncer l'intolérable. Ensuite, il y a l'adrénaline, le goût du risque pour prendre le relais, auquel on se piquouse à doses toujours plus fortes pour ne pas voir la vérité en face. Les photos arrachent à l'oubli mais ne changent rien. On continue de photographier pour le principe, en forçant la mise à distance pour ne pas dérailler. On se blesse. On est encensé. On repart en héros, la fleur à l'objectif. Quand j'ai pris cette dernière balle perdue dans la jambe au Soudan, j'ai pensé sur le coup que j'allais y passer. Stupidement. Ils m'ont rapatrié avec les autres reporters français. À Paris, je suis passé sur le billard ; j'ai fini à Munich pour la convalescence. Dès que j'ai pu, je suis reparti à Khartoum, mais quelque chose n'allait plus. Mes réflexes n'étaient plus les bons. J'avais les bulbes secs, voilà. J'ai plié ma commande, et puis l'idée m'a pris de retourner à Miralem pour changer d'air.

« Je suis photographe de guerre, je résume. J'étais à Miralem pendant le siège, il y a quinze ans. Je suis revenu ici pour me poser, en attendant que l'envie revienne. »

Elle fronce les sourcils et reste un moment silencieuse.

« Tu n'as pas de famille en Allemagne ?

— C'est distendu. »

Tara hoche la tête. Je songe à Kirsten, que j'ai vue pour la dernière fois à Munich, pendant mes semaines de repos forcé. J'ai décliné sa proposition de lui rendre visite pour Noël. Les délires consuméristes de l'Occident me débectent un peu plus chaque fois que j'y retourne ; la fin d'année n'est pas la bonne période.

« Mon père et mon frère ne se parlent presque plus depuis qu'Anton est avec Tatjana, commente Tara.

— Et ta mère ?

— Elle est morte, peu de temps après les conflits... C'est ici », ajoute-t-elle.

J'arrête la voiture devant une maisonnette de deux étages. Des morceaux de miroir collés à la paroi réfléchissent la lumière de mes phares. Un stratagème pour camoufler le mur rongé par les tirs de snipers. Un store d'acier recouvert de motifs abstraits figure une grande porte-fenêtre. Quelques flocons de neige épargnés par le gel s'agitent dans les phares avant. Derrière et devant nous, le reste de la rue est happé par la nuit.

« Tu peux venir prendre un verre à l'intérieur, si tu veux. »

La voix de ma voisine est factuelle, dénuée d'émotions. Cordialité forcée. Sans me laisser le temps de répondre, elle ajoute :

« Autant être claire, je ne t'invite pas dans mon vagin.

— Je peux saisir la nuance.

— Tant mieux. »

Son regard est fuyant. Je souris et sors une cigarette.

« Il est tard. Invite-moi une autre fois, si tu préfères. Dans ton atelier.

— Je t'invite maintenant parce que ça m'arrange, justement, plutôt qu'une autre fois.

— Va pour un verre de raki », dis-je, curieux de voir là où elle crèche.

Je gare ma bagnole quelques mètres plus loin. Le froid me fauche au ventre et aux mollets. Tara sort un épais trousseau de clés de son sac, bute deux fois sur la serrure et pousse la lourde porte de bois devant elle. Je pénètre après elle dans la maison. Une odeur forte de produits chimiques parvient à mes narines. Le néon au plafond clignote par trois fois, puis répand sa lumière dans la pièce.

Je scanne les lieux en vitesse : un atelier étroit, tout en longueur, aux murs couverts de toiles et de coupures de journaux. Des matériaux de récupération gisent sur les chaises et la commode entre les pinceaux, les brosses et les pots de peinture vides. Derrière le store visible de l'extérieur, une vitre fendue sur le bord inférieur découpe une bonne partie du mur. C'est un sacré bordel, d'un autre niveau que le mien. L'endroit serait à la limite de l'insalubre sans sa facture d'atelier d'art, qui fait toujours mieux passer la misère. On a beau dire, il caille, tout juste moins qu'à l'extérieur. À l'extrémité de la pièce, je repère une échelle en bois qui mène au premier étage.

Tara se déplace dans l'atelier, allume une lampe en fer

forgé et débarrasse une chaise recouverte de livres et de journaux.

« Tu peux t'asseoir ici, dit-elle. Je reviens. »

Elle remonte l'échelle à la manière d'un chat et disparaît en haut. Je fais quelques pas dans l'atelier et examine les toiles accrochées au mur.

La première chose qui frappe, ce sont les couleurs. Vives, chamarrées, omniprésentes. Une première série de peintures regroupe des aplats lumineux, colorés et abstraits. Le regard voyage suffisamment longtemps sur la toile pour se soustraire à la réalité, faire l'expérience d'un cheminement.

Une seconde série de tableaux représente des scènes figuratives aux thèmes qui ne vont pas sans rappeler Franz Lenk ou John Nash. Mes yeux s'arrêtent sur une toile plus petite que les autres d'où surgit un visage bicolore. La face gauche exhibe un crâne lisse et chauve de couleur bleu saphir. La joue et le menton sont souillés de croûtes et de traces de brûlures. La partie droite de la figure est jaune avec une barbe flamboyante. La symbolique du fratricide intercommunautaire est explicite : l'homme tient un compas dans son poing droit, emblème de la communauté zaratienne. L'extrémité ensanglantée transperce la poitrine, tandis que la main gauche tient dans sa paume ouverte une poignée de braises. Le feu, attribut des Yassimils. Les yeux vairons ressortent de façon beaucoup plus réaliste que le reste du tableau.

Les pas de Tara grincent au-dessus de ma tête et se déplacent jusqu'à l'échelle. Elle descend en se tenant d'une seule main, portant de l'autre une bouteille en verre et deux gobelets en équilibre sur le goulot. Elle récupère un second tabouret derrière son chevalet et s'assoit face à moi. Éclairées de pleine face, ses pupilles brillent comme des galets tout juste sortis de l'eau. La peau très pâle absorbe la lumière orangée de la lampe.

Je bois une gorgée de raki. L'alcool descend dans ma trachée et brûle les parois de mon œsophage. La chaleur se diffuse rapidement et descend vers mon abdomen.

« Toutes les toiles sont de toi ? » je demande, désignant du menton son travail.

Elle hoche la tête et prend une cigarette dans le paquet que je lui tends. Nos effluves de tabac se mêlent aux odeurs chimiques de peinture.

« C'est beau. »

Elle me dévisage avec suspicion, marmonne un vague merci puis demande à voir mes propres photos. Je sors de ma poche mon téléphone. Ses doigts effleurent l'écran pour faire défiler les images. Ses yeux s'arrêtent sur le cliché d'Anton et Tatjana.

« *Le Baiser*, murmure-t-elle en souriant. J'ai vu l'image dans le salon.

— Hum hum.

— Où est-ce que la photo a été prise ?

— L'ancien QG du ZPR. »

Elle hoche la tête et continue de parcourir l'écran. Son regard s'arrête longuement sur le corps androgyne de la générale Vladarostov. Elle parvient ensuite à la frontière chronologique de mon arrivée en Zaramestrie, remonte jusqu'aux clichés du carnage de Khartoum. Ses lèvres se pincent imperceptiblement, et sa main libre porte à ses lèvres sa cigarette. Elle me repasse le téléphone.

« Et tes clichés du siège de Miralem ? demande-t-elle.

— Ça date. Ces fichiers-là sont archivés. »

Elle hoche la tête.

« Ton travail est impressionnant. On ne se doute pas de ça en te voyant.

— Je te retourne le compliment. »

Elle écrase son mégot dans une assiette couverte de peinture craquelée.

« À qui est-ce que tu vends tes toiles ? je demande.

— Je ne vends pas. Je fais des travaux graphiques à côté. C'est comme ça que je vis.

— Il faudrait que tu trouves des galeristes ou des collectionneurs hors du pays. »

Elle me dévisage avec méfiance, l'air de se demander si je me paye sa tête.

« Les collectionneurs étrangers ne viennent pas jusqu'ici. La seule chose qui se vend localement par les temps qui courent, c'est l'art nationaliste. Pour ça, oui, il y a des commandes d'État.

— Dommage que ça ne soit pas ton créneau.

— Je préfère encore dessiner des boîtes de cornichons. De loin. »

Ses gestes sont plus lents, plus sûrs. Sa nervosité de début de soirée se dissout dans l'alcool.

Quelques secondes, je suis sur elle et je me vois la prendre à même le sol, là, entre les toiles et les journaux éparpillés. L'entendre en redemander, ou gémir. Tu parles. Elle m'a bien fait comprendre qu'elle préférait garder son petit cul au chaud.

« Il faut que tu ailles les chercher, je remarque, en vidant mon verre. Les acheteurs. Tu risques de te spécialiser dans le concombre mariné encore un bout de temps si tu en restes là. »

Elle fronce les sourcils et tourne son visage vers moi.

« Comment tu t'y prends, toi ? Pour vivre de tes photos ?

— Je ne travaille plus que pour la presse depuis un bon moment. »

Je vais lui saper définitivement le moral si je lui explique que je ne supporte plus l'hypocrisie du monde de l'art, que je préfère diviser mon salaire par trois plutôt que de lécher des burnes aux vernissages et d'accepter de macérer dans ce petit monde clos où on aime plus que tout se dessiner des cercles concentriques sur le nombril. Je songe au dernier appel à projet de la fondation Strozzeli que j'ai laissé passer, comme les autres. Ma dernière rétrospective, celle sur le Sri Lanka, remonte à 2011, ça fait effectivement des lustres que je ne cherche plus à exposer. J'ai des problèmes de riche, les problèmes d'un mâle blanc qui a bien réussi et a reçu assez de distinctions pour réactiver son réseau en quelques coups de fil. Alors je ferme ma gueule. J'avale ma dernière gorgée de raki, me lève et referme mon blouson que je n'ai pas quitté depuis que j'ai franchi la porte.

« Merci pour le verre », dis-je sans la regarder.

« Vous avez essayé de me joindre ? » répète la voix grave, cette fois en anglais.

Mon cœur cogne dans ma poitrine. Ma propre appréhension me prend de court.

« Allô ? »

À l'instant où mon téléphone a vibré dans ma poche, j'ai tout de suite reconnu l'indicatif de la Zaramestrie, que j'avais composé le matin même. Je déglutis et prends une longue inspiration.

« Oui, je suis la petite-fille de Nermin Alaman. C'est lui qui m'a transmis vos coordonnées. »

Un court silence s'écoule. La voix de Milan Doroven s'altère et prend une tonalité amicale.

« Comment va Nermin ? »

De toute évidence, il n'a pas écouté mon message vocal. À l'annonce du décès de mon grand-père, il accuse un moment de surprise puis formule ses condoléances, l'air sincèrement peiné. Nous avons déjà ça en commun. Ses mots roulent contre mon oreille. Il parle distinctement, mais avec un accent assez fort et des intonations qui me rappellent confusément le timbre familier de Min'.

« Ton grand-père, c'était un bon luthier ; et un homme remarquable.

— Il m'a aussi écrit des choses très élogieuses à votre sujet », je relève.

Je m'éclaircis la gorge et précise à Milan les dernières volontés de mon grand-père. Il n'a pas l'air excessivement surpris par mon annonce, quoique reconnaissant. Il me confirme que son école manque de bons instruments et que cette donation sera d'une grande utilité pour les jeunes musiciens de Plavitza. Peut-être qu'un établissement comme le sien a l'habitude de recevoir ce genre de legs.

Nous pourrions en rester là ; convenir d'un mode d'expédition et régler les autres formalités administratives dans le courant de la semaine. Je fais les cent pas dans la cafétéria du labo, complètement déserte à cette heure-ci. Une armée de chaises en PVC blanc, d'habitude prise d'assaut à l'heure du déjeuner, se tient au garde-à-vous. Je n'ai jamais été ici hors des heures de pointe. Je cherche mes mots, tout se mélange :

« Milan, je voulais aussi vous demander... Est-ce que vous avez besoin de bénévoles, dans votre école ? Des professeurs de musique, par exemple ? »

Il me répond d'un ton affable, comme si je venais de lui demander si la Zaramestrie était souvent sujette aux chutes de neige :

« Bien sûr. En permanence. »

Face à mon silence, il poursuit :

« Une nouvelle vague d'élèves a intégré l'école à la rentrée. L'an dernier, ils étaient une trentaine. On est soixante-dix cette année, les renforts sont toujours bienvenus. Quel est ton instrument ?

— Je suis violoniste. »

Je devine un sourire au timbre de sa voix.

« Logique. Tu serais intéressée pour venir nous aider à Plavitza ?

— Oui. Vraiment. »

Je me mords les lèvres et m'empresse d'ajouter :

« Je ne sais pas vraiment quand, ni pour combien de temps je pourrais me libérer. J'ai un autre travail. En France.

— Je comprends. En tout cas, les élèves seraient honorés qu'une violoniste française vienne partager du temps avec eux. Même si ce n'est que quelques jours. Mais bon, il faut quand même que je te précise quelque chose...

— Oui ?

— Ici, on ne joue que du rock. Je ne vais pas te cacher que c'est ça qui attire les élèves. Si tu es de formation classique, tu devras peut-être t'ajuster à l'esprit.

— Je pense que ça ira, dis-je en souriant. J'aime bien le rock, moi aussi.

— Alors c'est parfait. Plavitza Rock School est aussi l'une des rares écoles mixtes de la région ; c'est une autre chose à savoir. Tu peux venir ici quand tu veux, préviens-moi juste quelques jours avant. »

Je jette un regard distrait sur la cafétéria déserte. La lumière tombe rapidement et de longues ombres s'allongent sous les chaises en plastique. Dans ce décor impersonnel, la tournure familière que prend la discussion avec ce quasi-inconnu est d'autant plus surréaliste.

« Je peux vous poser une autre question ? j'ajoute.

— Vas-y.

— Est-ce qu'il y a des risques à se rendre en Zaramestrie aujourd'hui, quand on est étranger ? Désolée si ma question est maladroite, mais je ne sais quasiment rien de ce pays... »

La vérité, et même si mon grand-père m'a pratiquement élevée, c'est que la Zaramestrie n'a *jamais* été un sujet de conversation à la maison.

À mes yeux, Min' était né là-bas comme d'autres naissent à Dijon ou à Marseille. Son accent n'était pas un accent zaramestre : c'était simplement *son* accent ; une mélodie qu'on n'entendait nulle part ailleurs, et qui lui allait bien. Min' venait de loin, c'est vrai. Mais Min' avait choisi de s'installer en France il y a fort fort longtemps, si longtemps que lui-même avait dû oublier en route cette partie-là de son passé. Fin de l'histoire. La vraie vie de notre grand-père, celle qui impliquait sa femme, puis sa fille, puis Mathias et moi-même, elle avait pris racine ici, en France. Tout ce qui précédait n'avait été qu'un générique, un résumé comme on en lit parfois dans certains contes avant que ne démarre le récit principal.

Lorsque j'étais enfant, une guerre civile a éclaté là-bas. Loin de remettre ce pays au-devant de notre actualité familiale, cet événement semble au contraire l'avoir enterré pour de bon dans un passé marécageux. C'est à partir de ce moment qu'il ne fut plus question d'interroger notre grand-père au sujet de ses origines. Ce qui se passait là-bas, disait maman, lui causait du chagrin. En vérité, Mathias et moi étions encore très jeunes pour nous interroger sur cet endroit que nous étions incapables de situer sur une carte.

Le seul souvenir d'enfance qui m'est resté de ce pays était le jour d'annonce de l'armistice. Maman, Mathias et moi étions dans la voiture. Une file interminable de véhicules stagnait sur l'autoroute ; le soleil cuisait le capot et brillait sur les départs en vacances. La mer n'était qu'à une centaine de kilomètres et nous trépignions d'impatience. Brusquement, maman avait monté le volume de la radio en nous intimant de nous taire. Ses lèvres étaient pincées, son visage grave de concentration sous sa chevelure sombre. Je ne me souviens pas tant des paroles du journaliste que de la voix vibrante de notre mère au téléphone, quelques minutes après. Elle appelait Nermin et rapportait sur un ton solennel tout ce que nous venions d'entendre. Mathias et moi nous regardions. Il était question de trêve, de désarmement, de procès : des mots d'adultes que ni lui ni moi ne pouvions comprendre. Je ne savais pas vraiment ce que c'était, une guerre, et je ne pense pas en savoir beaucoup plus aujourd'hui. Il y avait bien ces guerres anciennes qu'on étudiait en classe, et les films d'époque figurant de vaillants chevaliers en croisade, des Allemands dans les tranchées ou des Grecs en armure sur des navires de combat. Mais ces histoires-là n'avaient aucun rapport avec le monde nous concernant.

Vers la fin de l'adolescence, j'ai tenté d'interroger Min' sur son pays d'origine. Par curiosité. J'ai rapidement abandonné mes interrogatoires, voyant son dos se voûter un peu plus à chaque tentative. Dans les journaux, et dans la bouche de tous les autres, ce simple mot, Zaramestrie, était empreint d'une charge dramatique écrasante. Comme si la guerre faisait figure d'une sorte d'épidémie aux origines obscures et aux ravages profonds, et dont les rescapés seraient restés convalescents à vie.

J'enfile ma blouse, mes gants et mes lunettes et retourne à mon microscope pour voir si quelque chose a progressé en mon absence. Ma collègue Myriam est silencieuse, penchée sur sa propre paillasse.

« Les cellules souches ont migré vers la droite », je remarque.

Elle relève le nez et s'approche de ma lunette.

« C'est la cinquième exposition à ton enzyme ? »

Je hoche la tête, absente. Sans s'offusquer, Milan m'a rassurée sur mes appréhensions sécuritaires. Je lui ai proposé de le rappeler d'ici la fin de la semaine. Le temps de réfléchir.

Inutile de faire une psychanalyse pour saisir que je passerais à côté d'une occasion unique de mieux comprendre le pays d'origine de Nermin si je me refusais à attraper cette perche. Je dois réfléchir à la meilleure façon de négocier une permission avec mon chef de labo, malgré le rythme effréné au travail. Nous courons depuis plusieurs mois après la concurrence, la peau de Mme Michu se couvrira d'une autre pommade que la nôtre si nous ne sortons pas cette crème antirides dans les temps. Pour un cas de conscience…

Rationnellement, ce projet pourrait attendre six mois de plus. Ou même deux ans. Si urgence il y avait, Min' aurait entrepris cette donation de son vivant – ce qui aurait hautement simplifié cette affaire. De toute évidence, sa priorité véritable était de m'offrir un prétexte pour me rendre là-bas, sans lui.

Je tente tant bien que mal de me remettre au travail. Les pensées spiralent dans mon esprit, hors champ, réglées sur une autre fréquence. À six heures, je range ma paillasse et sors dans la rue pluvieuse. L'air vif me fait du bien. Les passants ont troqué les blousons de demi-saison pour les écharpes et les manteaux de laine. Ils marchent à grandes enjambées, le cou rentré dans les épaules. Voûtés comme des tortues, pressés comme des fourmis. Dans quelques jours, les premières lumières de Noël illumineront les Grands Boulevards. Je me demande s'il neige déjà en Zaramestrie à cette époque de l'année, et à quel point l'hiver là-bas peut être blanc.

Balden m'attend sur le parvis de l'aéroport près de la zone des arrivées. Ses cheveux ras ont changé de couleur – du brun terne au blond platine. Pourquoi pas.

J'obtempère à l'accolade américaine de rigueur.

« Tu es devenue la journaliste corvéable sur l'Europe de l'Est ?

— Tu ne crois pas si bien dire. J'ai déménagé à Budapest il y a deux semaines. Je remplace la correspondante en congé maternité... »

Nous sortons du terminal et roulons vers le centre-ville. Les grandes artères qui desservent Miralem sont déjà encombrées ; nous progressons au pas dans les embouteillages. Une buée épaisse se forme sur les vitres de la voiture, que Balden essuie du revers de la main. Depuis quelques jours, les températures dégringolent. Le soleil plonge vers quinze heures et le bitume devient une masse glaciale, hostile. Dans les restaurants mal chauffés, on soulève les pieds pour éviter au froid de gagner du terrain par les orteils. C'est aussi ça qui fait que ce pays vous prend jusqu'à la moelle.

« Comment s'annoncent les élections ? L'ambiance n'est pas trop lourde ? »

Nos messages échangés la semaine dernière ont été brefs.

« Elle est merdique.

— Tu veux dire, comme d'habitude ?

— En pire. L'annonce de Jol Foje et des deux autres candidats a fait quelques vagues. C'est un peu retombé depuis la semaine dernière, mais les choses vont se tendre après le nouvel an. »

Je croise mon regard fatigué dans le rétroviseur. Mes yeux s'enfoncent dans leurs orbites ; les cheveux filasse sur le haut de mon crâne se clairsèment. À trente-neuf ans, j'arbore des cernes crayeux et de fines pattes-d'oie près des paupières. Même la pilosité de mes sourcils a pris un coup depuis quelques années. J'ai la gueule du métier, usée par le terrain ; mais encore tous mes membres, ce qui n'est pas si mal.

Je baisse la vitre, allume une cigarette. L'air condensé par mes poumons se mêle aux bouffées de tabac. Balden pose une main sur mon avant-bras.

« Ça fait plaisir de te revoir, dit-elle.

— Hum hum.

— Et de revenir ici. »

Je ne lui demande pas pourquoi ma face revêche et mes impolitesses attirent sa sympathie. Sûrement une overdose de niaiseries sans substance là d'où elle vient. Sûrement les mêmes raisons que celles qui attirent occasionnellement les journalistes en Europe de l'Est. La rudesse de Miralem, son charme miséreux et sa laideur atemporelle marquent toujours les nouveaux venus. On adore ou on déteste. Le spectre des émotions intermédiaires n'est pas conçu pour ce pays.

Nous garons la voiture près d'un vieux centre commercial. J'embarque mon matériel, et nous parcourons à pied les cinq cents mètres qui nous séparent du point de rendez-vous. En chemin, Balden me confie que la politicienne a demandé à voir une photocopie de sa carte de presse avant d'accepter l'entretien. Elle a également insisté pour que ne soit révélé à personne le lieu de notre rencontre ; paranoïa routinière chez les gens d'ici.

Nous avons rendez-vous en bas d'un immeuble résidentiel dans le sud-est de la ville. Pas un chat dans la rue, à l'exception d'un ado zaratien cinquante mètres plus loin qui mate son téléphone par moins cinq. Louche. Les mauvaises herbes crèvent le bitume entre les pavés défoncés et les restes de neige sale. Des orifices de la taille d'une bille dentellent le contour des fenêtres entre deux couches de peinture écaillée. La lumière est mauvaise, il faudra faire avec. Nous sommes en avance. Balden se balance d'un pied sur l'autre en frissonnant. Nous poireautons ce qu'il faut pour démontrer que nous ne passons pas ici pour admirer l'architecture, jusqu'à ce que le jeune décolle ses épaules du mur et vienne à notre rencontre.

« Vous êtes les journalistes ? »

Ma voisine acquiesce et sort sa carte de presse. Elle lui aurait tendu une carte Pokémon qu'elle aurait obtenu le même effet. Il hoche la tête avec circonspection et tourne vers moi son visage boutonneux.

« Je prends les photos », je marmonne.

Il hésite et continue de me regarder avec insistance. S'il n'a pas l'air futé, il arbore du moins la carrure d'un jeune buffle capable de tenir en respect un ou deux gringalets de mon genre. J'ouvre ma sacoche et exhibe mon matériel sans dissimuler mon agacement. Rassuré, il nous conduit six numéros plus loin sur le trottoir d'en face, jette un regard autour de lui et nous ouvre la porte du bâtiment anonyme.

Nous montons au troisième et pénétrons dans un appartement ordinaire aménagé en bureau. Une femme d'une trentaine d'années vient à notre rencontre. Elle est grande, blonde, franchement belle. Un visage large aux pommettes hautes, typiquement slave, et deux yeux bleus bien maquillés qui tirent sur le violet. Sa chevelure plaquée dans un chignon étroit lui donne un air sévère et attirant. Elle porte des talons hauts, un pantalon noir et une veste de tailleur vert bouteille. Elle serre la main de Balden, puis la mienne en broyant mes phalanges.

« Madame Foje, merci de nous recevoir, dit Balden.

— Merci d'être venus. Je m'excuse pour ce protocole

un peu lourd », ajoute-t-elle en lançant un coup d'œil à l'escorte, qui referme la porte et se dirige vers la cuisine pour nous préparer des cafés.

Nous prenons place autour de la table. Balden sort son carnet et son enregistreur. La politicienne croise les mains devant elle. Regard nerveux, doigts agités. Balden s'éclaircit la gorge et se lance. Elle a appris de ses erreurs et gagné en confiance depuis la dernière fois.

« Madame Foje, pouvez-vous nous en dire un peu plus sur vous pour commencer ? Votre parcours dans ce pays, la genèse de votre engagement en politique... Tout ce qui permettrait à nos lecteurs de mieux comprendre votre démarche.

— Bien sûr. Eh bien, je suis née en 1987 à Mestir, dans le sud-ouest du pays... »

Ses yeux s'égarent vers le plafond puis reviennent à Balden. Elle parle lentement, d'un ton précautionneux. Probable qu'il s'agisse de sa première entrevue pour la presse étrangère.

« Mes deux parents sont zaratiens. J'ai vécu le début de la guerre enfant, puis nous sommes partis en Autriche avec ma famille, chez une de mes tantes. Nous avons vécu cinq ans à Vienne avant de revenir en Zaramestrie quelques années après les accords de paix. Sans surprise, notre maison à Mestir avait été pillée et détruite. Nous avons donc choisi de démarrer une nouvelle vie à Miralem. J'ai suivi une scolarité classique jusqu'à la faculté où j'ai étudié la physique fondamentale. Je me préparais à une carrière de chercheuse et rêvais d'obtenir un doctorat à l'étranger, aux États-Unis ou en Allemagne. »

Balden hoche la tête en noircissant son calepin.

« Mais vous avez dévié de trajectoire.

— Effectivement. Vers la fin de mon master, une association zaratienne militant pour la défense des femmes m'a invitée à un séminaire ; ça a été une révélation. J'ai rapidement rejoint l'association dont je suis devenue présidente. Nos deux piliers étaient la lutte contre les violences domestiques, et l'émancipation des femmes à travers le travail et l'engagement en politique. À la fin de mon doctorat, que j'ai finalement préparé à Miralem pour poursuivre mes engagements, j'ai décidé de me dédier exclusivement à la politique, du moins pour un temps. »

J'écoute Jol Foje d'une oreille tout en examinant la pièce. Le bureau est sombre et sans intérêt, une lumière au néon nous éclaire. Impossible de tirer un portrait convenable là-dedans. Encore faut-il la faire bouger d'ici. Une chose est sûre, on ne la fera pas descendre dans la rue, vu les mille précautions à l'entrée. À moins que...

« Toutes les structures politiques dans lesquelles vous vous êtes engagée étaient, je suppose, zaratiennes ?

— Effectivement. Vous savez, il n'existe pas de groupements politiques mixtes en Zaramestrie. C'est quelque chose d'inconcevable en l'état actuel des choses. Lorsqu'on veut faire carrière en politique, la seule option est de rejoindre un bord nationaliste, celui de son camp… Cela ne m'a posé aucun inconvénient au début. Ce qui m'importait avant tout, c'était de faire évoluer la condition des femmes. Il y avait déjà tant à faire au sein de ma communauté.

— Pourquoi, alors, avoir retourné votre veste et choisi de défendre un programme non nationaliste au beau milieu de ces élections, madame Foje ? »

Jol Foje baisse les yeux sur ses deux mains croisées. Son accent est teinté de notes germaniques. Probablement un résidu de ses années à Vienne. Elle marque un silence et reprend :

« Au bout de quelques années en politique, j'ai constaté que tout ce qui n'avait pas trait aux nationalismes était relégué au second plan. Y compris les combats pour lesquels je m'étais engagée. Notre société est très patriarcale. La plupart des politiciens aujourd'hui, qu'ils soient zaratiens ou yassimils, sont des hommes. Ils s'arc-boutent sur les questions identitaires avec beaucoup d'orgueil, enveniment les tensions avec le camp opposé et négligent tout le reste – notamment les questions d'ordre économique. C'est trop facile de dévier l'attention de ses électeurs des problèmes de fond en attisant la peur et le ressentiment.

— Vous voulez dire que les différends intercommunautaires sont un faux problème ?

— Non, c'est un vrai sujet. Mais nous ne pouvons plus passer notre temps à ressasser les mêmes débats qui maintiennent notre pays dans l'immobilité depuis quinze ans.

Il faut avancer. La plupart des femmes politiciennes que je connais – y compris les Yassimiles – ont une approche plus pragmatique, moins émotionnelle. En particulier lorsqu'il s'agit de conciliation. Mais nous ne sommes pas assez nombreuses.

— Diriez-vous que votre exil en Autriche et cette mise à distance forcée vous ont rendue plus ouverte à la convergence des intérêts ?

— Oui et non. J'ai surtout constaté un décalage de liberté entre les femmes zaramestres et nos homologues autrichiennes. Vous savez, mes parents ont très mal vécu leur exil. Ils adoraient et chérissent encore leur pays. Partir était un déchirement. C'est à cause des Yassimils qui ont attaqué notre quartier que nous avons dû fuir. J'ai entendu ce discours tous les matins et tous les soirs à la maison, le ressentiment s'entretient aussi de cette façon. Nous comptons nos morts, en fustigeant chaque camp d'avoir été plus sanguinaire que celui auquel on appartient. Ce que j'ai pu comprendre avec le temps en étudiant d'autres situations de conflit, c'est que les premières victimes de la guerre, ce sont les femmes, yassimiles ou zaratiennes. On l'oublie trop souvent. »

J'étouffe une quinte de toux. Jol Foje me regarde comme si elle venait de se souvenir de ma présence. Une veine palpite plusieurs secondes au coin de ma paupière ; je garde un visage neutre. Les souvenirs tournoient à la manière de charognards, puis se dispersent d'un plissement de sourcils.

« Madame Foje, reprend Balden, la plupart des Zaratiens ont l'air de considérer votre annonce comme une trahison. Qu'en pensez-vous ?

— Il est normal que les gens fassent des raccourcis et des amalgames. Avant la guerre, la communauté zaratienne se démarquait par son érudition. Nous respectons la connaissance plus que toute autre chose ; à cause de la misère dans laquelle est plongé ce pays, notre éducation baisse, c'est inévitable. On manipule plus facilement des gens mal éduqués. Qu'on se le dise : une position non nationaliste ne veut pas dire une position pro-yassimile. Je revendique simplement une vision où les différends intercommunautaires ne sont plus la seule priorité à l'agenda, et où l'on cesse de rejeter la coopération comme une aberration lorsqu'il y va de l'intérêt de tous.

— Finalement, les électeurs que vous ciblez sont-ils uniquement zaratiens ? Ou vous adressez-vous aussi aux Yassimils ? »

Jol Foje marque un nouveau temps d'arrêt. Surprise dans son regard. Elle se ressaisit :

« Je m'adresse en premier lieu aux Zaratiens et aux Zaratiennes, mais je m'engage à relayer la voix de toutes les personnes qui souhaitent dépasser les questions nationalistes et faire évoluer la position des femmes dans notre société. Y compris les Autres, les Triskas et les Yassimils. »

Balden me jette un coup d'œil.

« Madame Foje, je vous remercie d'avoir répondu à mes

questions. Je ne voudrais pas abuser davantage de votre temps, d'autant que mon collègue Tim Volker doit encore vous photographier. »

Jol Foje hoche la tête et tourne son regard vers moi. Je lui demande si elle est disposée à descendre dans la rue. Sans surprise, elle secoue la tête avec virulence et évoque la vigilance renforcée dont elle doit faire preuve pour sa sécurité.

« Avez-vous reçu des menaces ? demande Balden en jetant un coup d'œil à l'adolescent assis dans le couloir.

— On m'envoie une vingtaine de messages d'insultes et d'intimidation chaque jour.

— Vous l'avez signalé à la police zaratienne ? »

Elle sourit tristement.

« Bien sûr. »

Je sors mon boîtier et mon cinquante millimètres de ma sacoche.

« On est dans un immeuble d'avant guerre, je remarque. Il doit y avoir une trappe d'évacuation au dernier étage pour rejoindre le toit. »

Elle me regarde un instant sans comprendre.

« Certainement, oui. Pourquoi ? »

Je lui expose mon idée de la photographier sur le toit, avec la vue sur Miralem en arrière-fond. Balden penche la tête et sourit en éteignant son enregistreur, qu'elle range dans son sac à dos. Le masque de la politicienne s'estompe quelques secondes. Elle hoche la tête.

« D'accord, mais rapidement... »

Balden, Jol Foje et l'ado boutonneux montent après moi sur la plateforme. J'ai vu juste : tous les bâtiments construits avant 1994 ont été équipés d'évacuations plus ou moins sommaires vers les toits pendant le siège, en cas d'incendie. C'est aussi là que se postaient la plupart des snipers. J'ai vu les yeux de la politicienne bloquer sur les barreaux puis redescendre vers ses escarpins. J'ai joué la carte de l'aplomb et me suis dépêché de monter pour lancer le mouvement. Le temps que les trois autres me rejoignent, j'ai pu faire mes réglages et déterrer une vieille tuile dont je me sers comme pelle pour dégager quelques mètres carrés de neige. Qu'elle n'en ait pas jusqu'aux chevilles. Tant mieux, le reste dissimule les seringues et les éclats de verre qui doivent envahir la plateforme d'habitude. Le jeune m'aide pour les finitions, il sait au moins se rendre utile.

Par chance, le ciel s'est un peu dégagé. Toute la vieille ville et une partie de la nouvelle se déroulent sous nos yeux, empêtrées sous les couches de poudreuse. La neige cachait déjà la guerre il y a quinze ans, comme elle recouvre maintenant ses stigmates. Elle raconte toujours le même mensonge merveilleux. Le silence, par contre, a changé. Il coule à la manière d'un fleuve longtemps pris dans les glaces, avec une sorte de soulagement.

Je rejoins la politicienne qui croise les bras sur son tailleur en frissonnant. À cet instant, un rayon de soleil perce entre deux nuages et nous tombe droit dessus. Elle lève instinctivement son front vers la lumière, ferme les yeux avec une sorte d'apaisement, on voit à ce moment à quel point elle est jeune, et belle. Sa posture est parfaite, son visage de trois quarts, je saisis deux clichés et un dernier de face. Durant quelques secondes, tout est léger, fragile. Un pied de nez à la réalité en bas. J'arrive à lui arracher un vrai rire en disant une connerie, et j'attrape ça au vol. Quand c'est fini, elle me regarde différemment : elle s'est bien amusée mais ne le dira pas. Et bien sûr, moi non plus.

Ma chère Leila,

Il est tentant de faire étalage de sagesse dans une lettre testamentaire.

Là d'où je viens, en Zaramestrie, même la définition de la sagesse, figure-toi, divise profondément : les uns te diront que les vieux, les artistes et les mères interprètent mieux que d'autres les messages éloquents de la nature et des étoiles. Les autres argumenteront que seules les vérités de la science nous libèrent. Toi qui es à la fois biologiste et musicienne, tu es déjà passée d'un bord à l'autre sans le savoir. Il y a fort à parier que je n'ai plus grand-chose à te transmettre que tu ne saches déjà.

Tu dois être surprise que je te parle de la Zaramestrie après toutes ces années de silence. Je ne suis pas la meilleure personne pour te raconter cet endroit. Comme tu le sais, j'en suis parti très jeune, pour poursuivre mes études de lutherie en France. Le destin a voulu que j'y rencontre ta grand-mère. Crois-le ou non, le pays où je suis né était une région paisible avant la guerre. C'est la mémoire que j'en garde, celle que j'ai voulu préserver. Je ne suis jamais retourné là-bas : le cancer de ta mère, l'atelier, mon rôle auprès de vous m'ont chaque fois rappelé que ma place était ici, en France – là où mes liens se sont tissés et ramifiés au fil du temps. Ici, j'ai su au moins me rendre utile ; tandis que la Zaramestrie m'a longtemps inspiré un profond sentiment d'impuissance.

Il se trouve, cela dit, que j'ai gardé contact avec une seule personne là-bas : Milan, le fils de mon ami d'enfance Stepan Doroven qui a péri pendant la guerre. Milan est un homme tout à fait extraordinaire ; il te racontera lui-même son histoire. Il est revenu à Plavitza, le village où je suis né, il y a quelques années pour y ouvrir une école de musique. Je souhaite léguer à son établissement mes quatre derniers instruments. Le cinquième est pour toi. J'ai noté les coordonnées de Milan au dos de cette lettre pour que tu le contactes de ma part. Ta mère aura beaucoup à faire avec ma succession, j'aimerais que tu te charges de lui remettre ces violons en main propre. Je crois que tu aurais beaucoup à apporter et à apprendre en passant quelque temps là-bas. J'ai cru saisir que cette école accepte en permanence des bénévoles. Je suis certain que mon ami saura aussi te faire découvrir ce pays sous un jour beaucoup plus lumineux que tout ce qu'on peut y voir, à première vue.

Le temps est une chose étonnante. Je ne saurais pas

te dire précisément à quoi j'ai occupé ces soixante-quinze dernières années. Ce qu'il me reste se résume aujourd'hui à quelques fulgurances, dont tu fais partie. Le jour de ta naissance, je suis venu vous voir, ta mère et toi : j'ai posé les yeux sur un nourrisson brailleur qui s'est brusquement tu pour écouter cette voix, la mienne. Quand on est ainsi reconnu, on n'a plus d'autre choix que de lever les mains et déposer à terre tout l'amour qu'il nous reste. C'est ce qui s'est passé avec toi, mon ange. Je suis très fier de la personne que tu es devenue.

Alors je terminerai en t'incitant à profiter de ce voyage, quel qu'il soit : il n'y a pas de mauvais choix, seulement une série d'embranchements qui débouchent souvent sur le même point de vue. Délègue à ton instinct l'itinéraire de temps en temps. Embarque à tes côtés les meilleurs compagnons de route. Moi, tu le sais, je serai toujours là. Il te suffira de tendre l'oreille pour entendre ma voix ; cette voix que tu as reconnue si tôt, qui s'essouffle aujourd'hui à chaque marche d'escalier. Je ne fais que me transformer. Je suis le souffle de ton violon, la pluie à ta fenêtre, le crépitement du feu où tu tendras tes mains. Tu es riche de cela, et de la magnifique vie qui t'attend.

Ton grand-père,
Nermin

𝄢

Je replie soigneusement le papier où les mots se délient comme une vague d'encre noire, puis range la lettre dans son enveloppe, et l'enveloppe dans le sac sous mes pieds. Mon cœur se serre, comme chaque fois que ce vide, que je commence à bien connaître, bat un peu plus durement au fond de ma poitrine. Je ne distingue par le rond du hublot que des nuages effilochés, nimbés d'une lumière irréelle. Ou plutôt d'une lumière que nous ne percevons jamais ainsi, aussi brute et vibrante, aussi proche de sa source, lorsque nous observons le monde par en dessous.

Une longue silhouette dégingandée se détache tout à coup sur l'horizon laiteux. Je la reconnais de loin et souris. Min' semble rebondir par-dessus l'écume blanche, poursuivi par une joyeuse ribambelle d'instruments qu'il n'a qu'à effleurer pour les mettre en branle. Il saisit un archet ici, débusque quelques notes là-bas, engage un tango avec une contrebasse et multiplie les pitreries – toujours en avançant vers je ne sais quel but, dans le silence olympien des nuages. Nos routes se croisent ici, au carrefour des mondes, sur quelques foulées de géant. Sa bande se rapproche et virevolte à bâbord de l'avion, une horde de dauphins joueurs, et lui, le chef d'orchestre, me décoche occasionnellement un clin d'œil.

Je détourne les yeux et observe les hôtesses qui s'affairent sereinement entre les passagers. Je n'arrive pas à croire qu'un mois se soit déjà écoulé depuis les funérailles. Tout est allé si vite : la lettre de Min', ma prise de contact avec le directeur de Plavitza Rock School, mes billets réservés sur un coup de tête, et à présent, cet atterrissage... Min' est omniprésent depuis qu'il est parti, au point que j'en oublie souvent cette vérité brutale. J'honore les dernières volontés d'un fantôme. Tout ce que je m'apprête à découvrir sur ce pays, *son* pays, je ne pourrai jamais lui rapporter. Je sais aussi que mes souvenirs de lui vont se diluer progressivement. Les instants partagés se réduiront bientôt à une image, un son ou une odeur, comme un chauffage d'appoint qu'on baisse progressivement le temps de se faire à l'absence. Je ne suis pourtant jamais allée aussi loin pour qui que ce soit – encore moins pour un mort. J'ignore ce qu'il faut en penser.

Jusqu'à hier, la perspective de ce voyage est restée un projet fantasque, irréel, aussi fascinant qu'effrayant. Tout s'est enchaîné avec une facilité déconcertante : les discussions avec Milan, mes congés acceptés, et le prix dérisoire de ce vol. Il n'y avait que moi et ma lâcheté habituelle pour m'inventer de fausses excuses. Même mon supérieur hiérarchique voit d'un bon œil cette quête farfelue d'aller livrer quatre violons dans un obscur pays d'Europe de l'Est. Peut-être ai-je légèrement édulcoré les choses pour le convaincre de me laisser partir deux semaines au beau milieu d'une guerre concurrentielle. Peut-être. Il n'y a eu que mon père pour se montrer critique et ostensiblement dubitatif quant aux dernières volontés de Min', *dangereusement égoïstes et fantasques.*

L'avion oblique doucement. Nous y voilà. Si mes bagages n'ont pas été perdus, les violons de Nermin vont bientôt me rejoindre sur un tapis roulant, chaudement emmaillotés dans leur colis ultra fragile. Je les remettrai à Milan, qui a traversé le pays en voiture pour me réceptionner à Miralem et me conduire à Plavitza. En vérité, j'ignore ce qui m'attend. Je suis prise de vertiges et d'angoisses dès que j'y réfléchis plus de quelques minutes. Mon imagination projette trop rapidement les images cauchemardesques qui fleurissent sur la toile à la simple recherche de ce mot, Zaramestrie. France Diplomatie corrobore les propos de Milan selon lesquels cet endroit n'est désormais ni plus ni moins dangereux que les autres pays alentour. La Zaramestrie ne doit pas se résumer à sa seule guerre civile...

Je boucle à nouveau ma ceinture et accueille avec abandon la fatigue qui cloue mes membres au dossier de mon siège. Mes paupières sont lourdes comme un lendemain de nouvel an. Mes valises faites, j'ai passé une partie de la soirée d'hier avec Mathias et son meilleur ami, Loïc.

Nous avons partagé un joint excessivement chargé, ricané stupidement dans la chambre enfumée de mon frère, où j'avais déboulé l'instant auparavant, pensant le trouver seul en pleine révision de partiels.

« Toi, tu n'es pas sereine de partir, a-t-il simplement remarqué.

— C'est en psycho qu'on vous apprend à être si perspicaces ? »

Nous n'avions pas passé beaucoup de temps ensemble depuis les funérailles de Min'. Maman était de garde à l'hôpital toute la soirée, ce n'était pas une mauvaise chose de partager ce moment-là. De toute manière, je devais me lever à quatre heures et demie le lendemain matin ; autant dire que ma nuit était déjà fichue. À cela s'ajoute, il est vrai, une seconde nuit blanche, celle de l'avant-veille en compagnie de Raphaël. En y repensant, les quelques jours qui viennent de s'écouler à l'aune de mon départ se sont passés dans un état second.

En vol, j'ai dormi une partie du trajet jusqu'à Kiev. Pendant l'escale, j'ai tué le temps en déambulant entre les vitrines et les stands de restauration rapide, trop fatiguée pour lire, trop fébrile pour aligner une pensée devant l'autre. Je me suis assoupie une nouvelle fois au second décollage, jusqu'à ce que l'annonce du pilote me tire de mon sommeil. Tandis que nous commençons la descente, je me demande ce que je fais ici, puis scrute le paysage à travers le hublot où les nappes de brouillard vont et viennent, placides.

Elle pionce depuis une trentaine de minutes, bouche entrouverte, un sifflement. Son buste se soulève et s'affaisse sur le siège passager, un abandon primaire qui trahit la fatigue ensevelie sous la peau. Malgré le pull de mailles épaisses, le squelette saille sous le tissu. Cette femme ne mange pas assez, sa maigreur est maladive. À voir le gris des cernes, dormir n'est pas non plus sa tasse de thé.

Nous sommes sortis de Miralem à cinq heures du matin, dans le sillage des camions poubelles et des convois qui remontent pour certains jusqu'à Moscou. La suie noire autour de nous a viré au brouillard gris. Je roule maintenant dans une purée de pois blanchâtre. Encore deux heures pour atteindre Solvic. Le *New York Times* m'a commandé un reportage à dominante photographique sur les « murs de la paix ». Pas de journaliste cette fois-ci : moins de texte, plus d'images, juste Tara qui va me servir d'interprète, et qui a accepté le job à la journée. Je double ma rémunération, même avec le cachet pour la frangine d'Anton.

De rares maisons se détachent dans la brume. Le vent a ratissé la neige dans les champs. Les vastes étendues ternes ressortent sans relief par ce temps insipide. Entre ces limbes sans intérêt et l'autre qui roupille, il faut se pincer quelques fois pour ne pas sombrer. Le paysage défile ; tous les kilomètres, on dépasse une maison trouée comme du gruyère, des granges éventrées rendues à la nature, des zones de désolation qui succèdent aux villages anonymes. En surface, ce pays ne serait pas si différent du reste de l'Europe si on effaçait les stigmates de sa dernière apocalypse. Malgré ce que les politiques prétendent d'un bord à l'autre, ce n'est pas qu'une question de moyens si la moitié de la Zaramestrie tombe encore en morceaux. Dans les quartiers centraux de Miralem, entre deux immeubles rénovés, les bâtiments victimes de raids exhibent toujours leurs cicatrices comme un infirme sa jambe de bois : regardez ce qu'ils vous ont fait ; ils recommenceront.

Des mémoriaux à ciel ouvert, gratis. Et une pincée de sel sur la mémoire à vif.

Les murs de Solvic remplissent la même fonction. Voilà plusieurs mois déjà qu'on parle de les faire sauter. Il aura fallu des années de négociations politiques avant de déconstruire la première frontière de ciment érigée au début de la guerre afin de limiter les affrontements. Ou plutôt la portion la plus haute qui menace aujourd'hui de s'effondrer. Une simple barrière est prévue à la place, voilà la polémique. Évidemment, les politiciens locaux n'ont pas consenti aux travaux pour la beauté du geste : les bailleurs européens qui les tiennent par les burnes conditionnent depuis le début de l'année le déblocage d'aides financières à la démolition de ce symbole. Pas question dans ce contexte de colmater la brèche avec un mur tout neuf ; il faut que l'air circule. Même Angela Merkel y est allée de son petit commentaire il y a trois mois, arguant que cette situation absurde ne pouvait plus durer. Elle a la mémoire courte.

Je plisse les yeux et presse mon pouce contre ma tempe. J'ai un début de migraine, et besoin d'un café. Je surveille la route pour repérer une halte et finis par garer la bagnole sur un parking désert à l'entrée d'un village, en face d'un vieux préfabriqué. Un drapeau bleu tout en longueur orné du blason zaratien – un compas blanc et une nuée d'étoiles – tombe comme un rideau terne au-dessus de l'entrée. Tara se réveille et grimace en se massant le cou.

« On a dépassé Dolba ?

— Pas encore. »

Un homme en bleu de travail vient à notre rencontre, un bidon sous le bras. Ma voisine se raidit. Il dévisage Tara avec insistance puis m'aperçoit sur le siège conducteur et se détend. Il remplit de lui-même le réservoir, pendant que l'autre le surveille dans le rétroviseur avec un regard de cobra.

« Je vais prendre un café. Tu veux quelque chose ?

— Non, je t'attends ici. »

Je sors de la voiture. L'air humide me traverse jusqu'aux

os. Je pousse la porte du préfabriqué enfumé où une voix de ténor grésille depuis un poste de radio. Un poêle près du comptoir diffuse une chaleur sèche. Des bières, du raki, quelques biscuits et des sachets de chips croupissent sur une étagère sale. Le Zaratien me rejoint à l'intérieur. Je règle l'essence et commande un café.

« Vous allez à Solvic ? » s'enquiert-il.

Je hoche la tête et profite de la chaleur de l'habitacle pour allumer une clope. Le commerçant accepte la cigarette que je lui tends. Nous fumons en silence. Il expire le tabac par petites bouffées en regardant par la fenêtre. On distingue les cheveux noirs de Tara dans la voiture garée dix mètres devant nous. Le Zaratien hésite, puis se penche vers moi :

« Cette femme qui vous accompagne. Vous devriez vous méfier », murmure-t-il.

Je souris à demi, sachant à quoi m'attendre.

« Les femmes yassimiles séduisent les Occidentaux pour partir avec eux, précise-t-il. C'est bien connu. Elles utilisent des méthodes malhonnêtes.

— Ah. Vous voulez dire qu'elles couchent ?

— Si ce n'était que ça, je ne vous mettrais pas en garde, répond-il sans sourire. Elles produisent des breuvages, des philtres, vous voyez... Ce genre de chose.

— Je ne savais pas que les Zaratiens prenaient la sorcellerie yassimile au sérieux.

— Nous n'y croyons pas, monsieur. Mais on ne sait jamais. Attendez... »

Il attrape un flacon sur l'étagère derrière lui, à côté de boîtes de médicaments poussiéreuses. Ces histoires de sorcières ne datent pas d'hier. Historiquement, les Yassimils sont structurés par le matriarcat. Une excentricité supplémentaire justifiant doublement toutes les persécutions à leur égard pendant le Moyen Âge.

« Si jamais vous avez un doute, prenez ça, dit l'homme en me tendant le flacon.

— Qu'est-ce que c'est ?

— Du bicarbonate de sodium. Un bon remède. Au pire, si vous n'en avez pas besoin, vous pouvez le passer à votre épouse pour le ménage. »

Je lui rends la bouteille et attrape un paquet de biscuits au beurre sur le présentoir.

« Je vais plutôt prendre ça pour la route.

— Comme vous voudrez », dit-il en haussant les épaules.

Je sors du préfabriqué et rejoins Tara dans la voiture. Elle a enlevé ses chaussures et ramené ses longues jambes contre son buste.

« Biscuits ? »

Elle bâille et fait non de la tête. Nous redémarrons.

« Je croyais que tu aimais ça, causer avec les gens de l'autre camp, dis-je, amusé.

— Sur le principe. Celui-là ne me voulait pas du bien, je l'ai vu tout de suite.

— Et ses gâteaux sont certainement empoisonnés. »

Elle hausse les épaules. Les flocons de neige s'accrochent au pare-brise et s'épaississent au fur et à mesure que nous remontons vers le nord. Nous dépassons Dolba puis traversons le plus grand canton zaratien entre Solvic et Miralem. Tara ne parle pas. L'opposé de Balden, toujours en quête d'une discussion. Elle se balance imperceptiblement de droite à gauche ; son regard est happé par le paysage gris. Quelque chose se relâche dans sa posture quelques kilomètres plus loin. Elle se racle la gorge et remarque :

« À Solvic, il y a un collectif d'artistes que je connais bien. Ils travaillent sur des installations autour des murs de la paix. Ça peut être intéressant pour ton reportage, de voir ce qu'ils font. »

Je hoche la tête et étouffe une quinte de toux. Je couve quelque chose ; je sens la fièvre qui s'installe. J'entrouvre la fenêtre. Avec le chauffage, l'air est trop sec et me brûle les poumons.

« Tu as aussi de la famille à Solvic, c'est ça ?

— Mon père habite là-bas, oui.

— Quitte à faire le déplacement, prends un temps pour passer le voir, si tu veux. Je n'aurai pas besoin de toi toute la journée.

— Le programme est chargé, nous verrons. »

Tara remonte son châle informe autour de ses genoux et détourne le regard de la vitre.

« Tu m'as dit au téléphone que tu étais présent quand ils ont érigé le premier mur, reprend-elle.

— Comme toi, j'imagine.

— Nous n'étions déjà plus à Solvic à ce moment-là.

— ...

— Nous avons passé les quatre premières années de la guerre à la campagne, chez une de nos tantes. Et la dernière, à Dolba. »

Je jette un œil à ma voisine. Dolba a été le plus grand camp de déplacés internes du pays pendant la guerre. Un chaos humanitaire hier, une ville morte aujourd'hui. Ce sont plusieurs années après les accords de paix qu'on y a déterré des corps : des fosses communes, antérieures à la création du camp, révélant l'autre usage qui avait été fait de ce terrain au début des conflits.

« De mauvais souvenirs, j'imagine. »

Elle hausse les épaules.

« Je crois que je n'ai plus de souvenirs de cette époque à proprement parler. Je n'ai que des absences, ou des images que j'ai tellement transformées sur mes toiles qu'elles sont devenues autre chose.

— Tu as de la chance, alors. Tout le monde n'a pas cette faculté. »

Elle me lance un regard. Les taches de rousseur ressortent très nettement sur l'arête de son nez et envahissent les pommettes, comme le pelage d'un animal.

« Toutes ces photos de guerre, que tu as prises. Tu continues à les voir ?

— Dans ma tête ? »

Elle acquiesce. Je laisse passer un temps. Mon crâne est une boîte à images. Ce que l'œil n'a pas retenu sur le vif, il le revit une seconde fois pendant le post-traitement.

« Je revois tout, en permanence, dis-je.

— Il faut que tu trouves une façon de faire sortir ce qui te traverse, alors, dit-elle factuellement.

— La photographie, c'est déjà une façon d'extraire ce qu'on voit. Et une transformation. Je vis moins bien avec mes créations que toi avec tes toiles, c'est tout. »

Elle sent l'agacement dans ma voix et garde le silence. Quelques minutes s'écoulent. Je finis par la relancer :

« Quand as-tu commencé à peindre ?

— À Dolba, justement. Mais très peu de temps. Après la mort de ma mère, je n'ai rien fait pendant plusieurs années. »

Comme je ne réponds pas, elle ajoute :

« C'est revenu quand je suis arrivée à Miralem. J'ai rapidement rejoint un collectif de graffeurs.

— Tes fresques sont encore visibles ?

— Ils ont tout effacé, ricane-t-elle. C'est pour ça que j'ai fini par me remettre à la peinture. Tout ce travail tué, c'était...

— ...

— Et toi ? À quel moment as-tu été appelé par la photographie ? »

Je referme la vitre sans lâcher la route du regard. Le brouillard se dissipe, enfin, sur un paysage vallonné.

« J'ai grandi dans Berlin-Est. À une époque où personne ne pouvait en sortir. Je voulais voyager, c'est tout. Après la chute du Mur, j'ai volé un Leica et je suis parti en Zaramestrie pour couvrir le conflit. Je me suis fait un nom comme reporter de guerre, et les commandes se sont enchaînées.

— C'est une drôle de façon de voyager... »

Elle fronce les sourcils et me regarde d'un air dubitatif.

« Tu as vraiment volé ton premier appareil photo ?

— Comme j'ai volé tous mes clichés, oui. »

Il passe un demi-sourire sur ses lèvres. Les Yassimils nourrissent une conception de l'art moins romantico-nombriliste que par chez nous. Pas question de génie individuel ici ; l'artiste n'est qu'un interprète. C'était une autre bonne raison de lui confier ce job à la journée, en plus d'entendre ce qu'elle avait à dire sur les murs de la paix.

Nous entrons dans la vieille ville de Solvic par la porte sud, après avoir traversé le premier quartier yassimil adjacent à l'entrée de l'agglomération. Je roule au pas sur les rues pavées, entre les bâtisses étroites et les bicoques d'un marché. Le froid durcit l'éclat des lames de couteau et le rouge de la viande sur les étals. Ailleurs, des montagnes de choux violacés et de pommes terreuses s'empilent sur des toiles cirées posées à même le trottoir. Des cageots et des immondices traînent un peu partout.

« On aurait dû passer par la porte est, constate Tara. Désolée, je n'y ai pas pensé.

— Moi non plus. C'est bon, il n'est que onze heures trente. On a un peu de marge. »

Les cris tonitruants des vendeurs ambulants nous parviennent étouffés derrière les vitres. Toutes les gueules engourdies crachent la même buée blanchâtre. Les passants s'agglutinent sur les stands ou autour de feux embrasés dans des barils. Partout, les toiles tendues au-dessus des échoppes se creusent comme un ventre sous le poids de la neige et menacent de lâcher. Nous dépassons l'antique beffroi, qui, de façon miraculeuse, a été épargné par la guerre.

Un peu plus loin, des vêtements d'enfants et des chaussures de contrefaçon remplacent les légumes exposés à même le sol. Le chahut se disperse. Nous parvenons à la porte nord-est, qui jouxte la prochaine enclave yassimile. La mise en place des sept districts pendant la guerre a redonné une seconde vie à la muraille qui court autour de la vieille ville : la palissade jadis érigée pour faire obstacle aux invasions délimite désormais des frontières intérieures. Naturellement, Solvic s'étend bien au-delà. Des fortifications plus récentes ont prolongé le travail de scission, avec de la tôle, du béton coulé, des barbelés, et d'autres matériaux de bon goût qui balafrent la ville du nord au sud et d'est en ouest. Au début des conflits, toutes les familles qui ont choisi de ne pas fuir à la campagne ont migré de part et d'autre de ces zones de démarcation. En quelques jours, les regroupements se sont consolidés, pour rester ce qu'ils sont aujourd'hui. Le centre zaratien se situe désormais dans la ville nouvelle, à l'ouest, tandis que la vieille ville est majoritairement peuplée de Yassimils, exception faite du quartier de l'université.

Le passage de la vieille ville au district yassimil nord-est se fait sans contrôle. Ma bagnole passe tout juste sous l'arche de pierre taillée, derrière un vendeur de tapis qui traîne sa cargaison sur une charrette chargée à bloc. La circulation se fluidifie. Je gare la voiture sur le parking d'un bâtiment administratif un kilomètre plus loin. Nous avons gagné en altitude depuis Miralem ; le vent glacé des Beskides nous arrive de l'ouest. Je ne suis pas mécontent de dégourdir mes jambes. J'attrape mon matériel, et nous parcourons à pied les deux cents derniers mètres qui nous séparent de la frontière avec l'enclave zaratienne voisine.

Partout, des orifices allant de la taille d'une balle de sniper à celle d'un poing rongent le bois des volets, la tôle des portiques, creusent le béton autour des portes et des fenêtres. On reconnaît le mur de briques au fond de la ruelle. À l'angle, un flic dans son uniforme yassimil nous arrête. Tara discute une volée de minutes pour sauver les apparences, puis il accepte mon pot-de-vin et nous laisse continuer notre route.

Nous déboulons sur une voie perpendiculaire. Le bitume est fendu par le gel ; les immondices s'amassent dans les failles et sur les bandes de terre battue. La zone a des allures de terrain vague ramassé dans un couloir long et étroit. En face, les briques désalignées s'empilent sur quatre mètres de haut, renforcées par des barbelés. Une nuée d'objets piégés comme des insectes ont échoué là-dedans : un ballon de foot ; un drapeau yassimil déchiqueté ; plus curieusement, un vélo, stoppé net dans son vol. Le mur court d'est en ouest. Quelques pilons de fer renforcent la barricade voûtée pour contenir l'effondrement. Toutes les maisons voisines ont les paupières cousues, chaque fenêtre condamnée par une latte de bois. Cinquante mètres sur la droite, la gueule jaune vif de la pelleteuse émerge du no man's land, flanquée d'ouvriers désœuvrés. Les travaux doivent commencer sous peu, bizarre. Encore plus loin, une poignée de gamins observent la machine qui les tient en respect.

Deux ouvriers nous aperçoivent et nous font signe sans animosité. J'approche avec Tara. Ils ont un accent tel que je ne pige qu'un mot sur dix. Plusieurs paires d'yeux s'attardent sur mon appareil, ce qui a pour effet de tendre l'atmosphère. Tara négocie calmement. Finalement, l'ambiance se relâche.

« Ils disent que les travaux sont à l'arrêt. Les Zaratiens ont installé une pelleteuse de l'autre côté, alors qu'il a été convenu que les Yassimils s'occupent seuls de la démolition. Les Zaratiens auraient voulu participer à la dernière minute. Ils... Ils craignent que les maisons de leur côté ne soient endommagées par les travaux.

— Pour ce qu'il y a à endommager ; ils savent quand ça pourrait reprendre ?

— Probablement dans l'après-midi, ou bien... »

L'un des ouvriers interrompt Tara pour s'adresser à moi en zaramestre, le visage engageant.

« Il dit qu'il peut te prévenir par téléphone de la reprise des travaux, si tu lui passes de quoi réparer sa porte d'entrée. »

Je fouille dans mon portefeuille en prenant soin de bien cacher l'oseille que j'ai tirée la veille et extirpe un billet de mille zars. Il prend l'argent entre ses deux mains jointes, puis désigne ses collègues qui opinent humblement. D'autres portes cassées. Je lâche un deuxième billet et range mon portefeuille pour signifier que je n'irai pas plus loin. Nous échangeons nos numéros, et je saisis un seul cliché avant de rebrousser chemin.

« Le collectif d'artistes dont je te parlais est basé dans ce district, à environ un kilomètre, remarque Tara. On peut déjeuner là-bas, si tu veux. »

Je hoche la tête. Elle a l'air d'y tenir. La rue retrouve son animation habituelle au fur et à mesure que nous nous écartons du no man's land. J'étouffe une quinte de toux, ignore les frissons qui remontent dans ma nuque. La journée commence mal. Quitte à attendre, autant se mettre au sec.

Un quadragénaire géant et chevelu contourne la rambarde des arrivées et s'avance vers moi. Il me dépasse d'au moins une tête ; ses cheveux gris-brun ondulent jusqu'aux épaules et encadrent un front haut et carré. Par-dessous son sweat noir à capuche entrouvert, on devine une tête de mort coiffée d'un casque de musique.

« Leila ? »

Je reconnais la voix grave et posée. Il me tend une grande paluche, me serre la main comme on saisirait un javelot et découvre ses dents blanches. Milan Doroven est loin de ressembler au personnage que je m'étais imaginé.

Il jette un œil à mon chariot sur lequel s'empilent mon bagage cabine et mon immense valise.

« Tu n'as pas eu de problème à la douane ?

— J'ai dû ouvrir et déballer les violons, ça a pris un peu de temps. »

L'ami de Nermin a beau avoir l'air sympathique, je suis intimidée. Charpenté comme il est, ce n'est clairement pas le genre d'homme qu'on veut se mettre à dos. Je vais passer les deux prochaines semaines en sa compagnie, à commencer par cette journée de route. Il me demande si j'ai faim ou soif. J'ai toujours mon repas de l'escale sur l'estomac et réponds poliment que je n'ai besoin de rien.

« Dans ce cas, on va prendre la route tout de suite. Miralem est la capitale administrative, elle n'est pas particulièrement intéressante à visiter. Si on roule assez vite, par contre, on pourra faire une halte à Solvic, à deux tiers du chemin...

— Oui, très bien. »

Je ne me suis pas vraiment renseignée sur les points d'intérêt de la Zaramestrie, focalisée que j'ai été jusqu'à présent sur notre destination d'arrivée, Plavitza. Nous rangeons mon chariot près de la sortie du terminal et Milan se saisit de mes deux valises. Nous sortons de l'aéroport et cheminons jusqu'au parking où est stationnée sa voiture. Des plaques de neige envahissent les bas-côtés et les toits des édifices tout autour. Un froid de haute montagne me mord les mains et les chevilles. Mes yeux parcourent quelques secondes la plaque d'immatriculation. Je chasse les pensées paranoïaques de mon esprit et prends place sur le siège passager. La voiture sent le renfermé et le tabac rance. Des poils de chien recouvrent le dossier de mon siège et la moquette du véhicule.

« *Al Dorova !*

— Pardon ?

— En route, traduit mon voisin. Il va falloir que tu apprennes quelques mots d'ici... »

Le moteur crachote en même temps que les vrombissements du chauffage, et nous quittons l'aéroport pour rejoindre une départementale encombrée. Les immeubles délabrés sur notre droite me rappellent les tours de Saint-Denis en plus lugubre, et nous toisent comme des vigiles blafards. Les façades souillées semblent d'autant plus miséreuses sous les étendards publicitaires flambant neufs qui les recouvrent en partie : Samsung, Dove, Coca-Cola exhibent leurs couleurs criardes aux côtés d'autres marques locales représentant des cornichons géants, des bouteilles de vodka ou des femmes en petite tenue. Les fils de linge tendus aux fenêtres sous le soleil d'hiver insufflent un peu de vie à ce paysage triste, mais renforcent l'impression de misère. Sur Wikipédia, j'ai retenu que la Zaramestrie comptait parmi les pays les plus pauvres d'Europe, entre l'Ukraine et la Moldavie.

Milan propose de m'enseigner quelques rudiments de sa langue la demi-heure suivante. *Pryvish.* Bonjour. *Do syvdachenya.* Au revoir. *Ya ne rozimayu.* Je ne comprends pas. *Makaï marov.* Merci beaucoup. *Menya zovat Leila.* Je m'appelle Leila. *Al Dorova.* En route...

« Le zaramestre, c'est assez proche du russe, c'est ça ?

— Ne dis pas ça à quelqu'un d'ici. Mais oui, c'est presque la même langue.

— Il y a d'autres choses à savoir ? Sur ce qu'il faut dire ou ne pas dire aux gens d'ici ? »

Les yeux de Milan sourient avec ironie. Je l'observe du coin de l'œil. Malgré son style vestimentaire adolescent, le directeur de Plavitza Rock School arbore un visage marqué : deux rides profondes creusent ses joues ; son front large et carré se barre à chaque haussement de sourcils. Sûrement est-il plus âgé que je ne l'ai imaginé au premier abord. Sa barbiche noir de jais détonne avec le reste de sa crinière grisonnante qui lui descend jusqu'aux épaules et semble rescapée d'un incendie. Plusieurs bagues épaisses brillent sur ses phalanges et consacrent son style de rockeur anarcho-attardé.

« Tu vas l'apprendre au fur et à mesure, répond Milan. Ne t'en fais pas pour ça. »

Le véhicule bifurque. En quelques minutes, le trafic se fluidifie. Les barres d'immeubles se muent en édifices de pierre de deux ou trois étages, puis en maisons. Le brouillard grisâtre se dissipe en même temps : le ciel d'un bleu glacier et la neige aveuglante envahissent notre champ de vision au fur et à mesure que nous nous éloignons de Miralem. Tous les champs que nous traversons à présent semblent gorgés de cette lumière éblouissante. Je m'affaisse un peu plus sur mon siège, apaisée par le ronronnement du moteur et la beauté étrange du paysage. J'ai la sensation vertigineuse d'entamer un *road trip* à travers la Sibérie en compagnie d'un drôle de guide.

Notre voiture dépasse une ligne de centrales électriques, majestueuses dans leur immobilité massive. Les maisons que nous croisons en bord de route sont régulièrement criblées d'une myriade d'orifices. Un peu de ciment suffirait à camoufler ces stigmates. Étrange que personne ne les ait effacés...

« Que t'a raconté ton grand-père sur la Zaramestrie ? me demande Milan, remarquant mon visage étonné.

— Eh bien, tu vois mon niveau de zaramestre ?

— Je vois... Décidément, ce vieux Nermin était le roi de la délégation », relève-t-il en souriant.

J'observe Milan, hésitante. J'ignore s'il fait référence au peu de choses que Min' a bien voulu me raconter de son pays, laissant ce rôle à d'autres, ou à la raison même de ma présence ici. Milan et moi n'avons que brièvement rediscuté après notre premier contact au téléphone. Je n'ai pas réellement trouvé comment l'amener à me parler de sa relation avec Min' de manière naturelle, aussi en sommes-nous restés à une conversation organisationnelle, sur mes dates d'arrivée, de départ, le mode de transport des violons, et cetera.

« Et toi ? je murmure. Qu'est-ce que Nermin t'a raconté, sur sa vie en France ?

— Peu de choses, à vrai dire... »

Milan caresse sa barbiche sans quitter la route des yeux.

« Ton grand-père, c'était un homme malin. J'ai reçu une première lettre de sa part peu de temps après mon arrivée en Suède. Je ne sais pas exactement comment il est parvenu à retrouver ma trace ; je n'avais jamais entendu parler de lui. Il cherchait à savoir ce qu'il était advenu de mes parents et du reste de ma famille. C'est moi qui lui ai appris que tout le monde était mort, ici. Il m'a simplement dit qu'il avait été proche de mon père, dans le temps, et qu'il voulait m'aider. J'ai accepté un peu d'argent de sa part, pour ma sœur cadette et moi... »

Je reste immobile sur mon siège. Dans sa lettre, Min' évoque la mort du père de Milan, pas d'une famille complète... Mon voisin continue comme si de rien n'était :

« Quelques années plus tard, quand j'ai repris mes études, Nermin m'a de nouveau soutenu. Il prenait régulièrement de mes nouvelles, on s'écrivait de temps en temps, on s'appelait plus rarement... Une fois l'an, pour la fête de Vohom. Nous parlions surtout de mes projets, parfois de ses souvenirs de mes parents... »

Je n'ai pas la moindre idée de ce qu'est la fête de Vohom, mais je garde la question pour plus tard, il est lancé et ça me passionne. Il évoque, cela dit, ce que je sais déjà : les études de lutherie de son père et de Nermin, puis le départ de mon grand-père en France pour poursuivre sa formation – et la séparation de leurs chemins à partir de ce moment-là.

« À une période de ma vie, nos correspondances m'ont arraché à beaucoup d'idées noires, résume Milan. Je savais qu'il avait une femme et une fille en France, qu'il vivait à Paris. Il a évoqué ta naissance, et celle de ton frère... Son travail, et bien sûr sa passion pour la musique. Pour être franc, je n'en sais pas beaucoup plus à son sujet. Mais je lui dois beaucoup.

— Vous ne vous êtes jamais rencontrés physiquement ?

— Une fois, si. Pendant une escale de quelques heures en France. Il m'a rejoint à l'aéroport, et nous avons pris un café dans le grand hall. Il voulait absolument que je goûte un gâteau de chez toi – un éclair au café, si je me souviens bien. C'était curieusement naturel, ce moment... C'est d'ailleurs ce jour-là que je lui ai parlé de mon projet de créer Plavitza Rock School. Quand j'ai vu sa réaction, j'ai eu la sensation qu'il avait attendu cette nouvelle toute sa vie. C'est l'image que je garde de ton grand-père, tu vois : un homme assez discret, mais d'une vivacité et d'une gentillesse hors norme. »

Je décolle les yeux de la vitre. J'ai l'étrange sensation de soulever un voile sur une vie parallèle. Pourquoi mon grand-père était-il si fermé, quand je l'interrogeais sur la Zaramestrie, tout en manifestant une telle curiosité avec le fils de son ami d'enfance ? Pourquoi ne nous a-t-il jamais parlé de Milan Doroven, attendant sa propre mort pour provoquer notre rencontre ? Je rejette tristement dans un coin de mon crâne le sentiment que Min' nous ait tout simplement considérés trop éloignés de cette réalité pour pouvoir le comprendre.

« Je crois que c'est comme ça que tout son entourage le voyait. Même ses petits-enfants.

— Cette histoire de donation de violons ; je dois dire qu'elle m'a surprise, renchérit mon voisin.

— Pas tant que moi ! »

Ma réponse a fusé avec une telle intensité que Milan – ce géant de deux mètres – sursaute. Nous rions.

« C'est courageux de ta part, de te charger de ça.

— J'exécute les dernières volontés de mon grand-père, dis-je d'un ton factuel. Tout ce qu'il m'a raconté sur la Zaramestrie tient dans une lettre, j'ai enfin l'occasion d'en savoir un peu plus sur l'endroit d'où il vient. »

Milan hoche la tête en signe d'assentiment.

« Il t'expédie ici pour que je te fasse découvrir son pays, relève-t-il, ironique.

— Il semblerait, oui.

— Et comment traverses-tu ce deuil ? »

J'hésite quelques secondes, interdite. Je ne vois pas comment me plaindre décemment face à un homme qui vient d'évoquer à l'instant la mort de toute sa famille.

« Mon père n'a jamais été très présent, alors c'est vrai que Min' a pris une place particulière et que ça laisse un drôle de vide, dis-je, en espérant ne pas sombrer dans le pathos. Enfin, perdre son grand-père à vingt-cinq ans, c'est dans l'ordre des choses. C'est même banal, en comparaison avec ce que tu as toi-même traversé.

— Je crois qu'il n'y a pas de hiérarchie dans le malheur. »

Je réponds d'un vague signe de tête, pensive. Milan n'insiste pas. De toute évidence, mon voisin sait mettre ses interlocuteurs à l'aise, dans sa conversation décontractée comme dans son attitude bonhomme et empathique. Je me demande s'il est techniquement possible de perdre l'ensemble de sa famille sans sombrer dans une dépression chronique. Où puise-t-on la force de surmonter ce genre d'épreuve ? Et de fonder par-dessus ça une école de musique ?

À mon humble niveau, je me souviens d'avoir pris en horreur, au moment du collège, l'auto-apitoiement. La dépression de maman après le divorce, suivie de sa maladie, y était pour beaucoup. Je redoutais d'être gagnée un jour par la même mélancolie destructrice, ce spleen plein de non-dits qui bouleversait aussi notre grand-père de façon très épisodique, et que nous supposions relié à ces déchaînements de violence si lointains. À cette époque, je regardais en boucle des dizaines d'humoristes, j'apprenais leurs répliques par cœur. Je voulais être quelqu'un de drôle. De détaché. Quand il fallait ouvrir les vannes, il y avait toujours le violon. Je n'ai jamais joué spontanément de musiques gaies : je m'y suis forcée, et j'ai fini par y prendre goût. Tout ce qui me venait naturellement était d'une tristesse infinie, sorti d'un territoire de mon cerveau étranger à moi-même.

« Milan ? L'idée de partir de Suède pour fonder cette école de musique, à Plavitza... Comment est-ce que ça t'est venu ? »

Mon voisin continue de fixer son regard sur la route, le visage tout à coup empreint de gravité. Je laisse passer plusieurs secondes de silence, craignant d'avoir commis un impair, avant d'ajouter :

« Je veux dire, si ça ne t'ennuie pas, et que tu n'as pas déjà raconté cette histoire mille et une fois...

— L'histoire complète de Plavitza Rock School, elle commence pendant la guerre, en fait, comme beaucoup d'histoires ici. Je peux te raconter une version courte, ou longue. Qu'est-ce que tu préfères ? »

J'observe ses mains sur le volant, étonnée.

« La route est longue, non ? Je crois que nous avons le temps. »

Il hoche la tête et plisse les sourcils. Le paysage de neige défile derrière la vitre tandis que sa voix emplit l'habitacle et que je rétrécis moi-même sur mon siège. Les mots de Milan se font ruisseau, puis rivière. Ils coulent entre les îlots de silence, les fermes crevassées et les cimetières ensevelis que nous dépassons.

Son récit me charrie bien au-delà du paysage.

Mes yeux s'arrêtent sur la main recouverte de runes et de motifs abstraits. La vieille fume tranquillement son joint à côté du globe rouge fendu d'une pupille jaune et noire. L'œil géant doit faire deux à trois fois la taille de sa caboche. Elle a une tête ronde et plissée, une tignasse hirsute qui tombe dans ses petits yeux noirs et un demi-kilo de fer accroché aux oreilles. Un châle chargé de broderies yassimiles est jeté par-dessus ses épaules.

Les six autres artisans du hangar, tous beaucoup plus jeunes, gravitent autour de la vieille depuis tout à l'heure comme des abeilles autour de la reine mère. Pendant le déjeuner, ça écrasait dans le respect dès qu'elle voulait en placer une. Le visage de Tara s'illumine quand elle s'adresse à elle : ses yeux noirs s'agrandissent joliment, ça absorbe et irradie à la fois. À première vue, la matriarche n'a pourtant rien de spécial, mis à part son accoutrement excentrique. C'est l'énergie que les autres puisent dans sa présence qui lui donne sans rien faire l'aura discrète de ceux qui n'ont rien à prouver.

« Cassel a dessiné les premiers plans de la Machine il y a quinze ans, me précise Tara. Ça fait cinq ans que le collectif travaille sur le montage. »

Je termine mon verre de raki cul sec pour apaiser les tiraillements dans ma gorge. Le début de fièvre avec lequel je me suis réveillé ce matin ne fait qu'empirer depuis que nous sommes arrivés à Solvic. J'ai décroché un bon moment pendant le déjeuner, occupé à avaler sans appétit mon assiette de goulasch. Je lorgne le matelas défoncé étalé dans un coin du hangar, recouvert de tapis et coussins bariolés.

« L'œil et l'aile par là-bas, ça fait partie de la bestiole ? » je demande, pour tuer le temps.

Tara traduit ma question et la vieille hoche la tête. Tout le monde est retourné à ses occupations depuis une dizaine de minutes, de la sculpture à la peinture des pièces détachées, en passant par le façonnage des pièces métalliques... Tout le monde, la boss mise à part. Ses doigts épais et abîmés caressent la surface lisse du globe rouge sang pendant qu'elle parle. Tara transcrit au fur et à mesure.

« Quand l'aile et les deux yeux seront finalisés, l'assemblage pourra commencer sur le tronc de la Machine. Elle va être installée sur la muraille de la vieille ville, à cheval entre deux districts. La tête du dragon va regarder vers l'Ukraine, au nord. C'est dans cette direction que regardaient toujours les Zaratiens et les Yassimils au Moyen Âge, à l'époque des grandes invasions. Les quatre pattes articulées sont déjà terminées. »

Je jette un regard circulaire sur la pièce, aussi bordélique que l'atelier de Tara, en quinze fois plus vaste et plus haute de plafond.

« Elles sont ici ? Les pattes ?

— Non. Elles sont gardées par les différents membres du collectif. Pour éviter que tout soit perdu en cas de cambriolage, précise-t-elle devant mes yeux dubitatifs. Il y a même un escalier en colimaçon qui a été construit sur les deux pattes arrière.

— Elle veut créer un pont entre deux bords, en fait ? Déguisé en dragon ?

— Pas tout à fait. Il ne sera pas possible de grimper sur le dos de la Machine, pour des questions de sécurité... Et pour ne pas en faire un sujet politique. Mais si des enfants yassimils et zaratiens grimpent simultanément au sommet des deux escaliers, ils pourront se voir et se parler très facilement. »

Je hoche la tête et refrène un frisson. La matriarche me dévisage un long moment, puis murmure une volée de mots dans sa barbe. Tara semble surprise, mais ne traduit pas. Mes tempes me lancent. Je tente de rassembler mes pensées. Je me lève et abdique pour partir m'allonger sur le matelas. Il est près de quinze heures quand Tara me réveille.

« Le chef de chantier vient de m'appeler, dit-elle. Il dit que les travaux reprennent. »

Je me secoue, sonné. Nous rassemblons nos affaires en vitesse et prenons congé des amis des bêtes.

Dans la rue, le froid me fauche au ventre et aux mollets. J'enfonce un bonnet sur mon crâne et enfile une paire de gants. Nous marchons d'un bon pas vers la zone de démolition. La nuit, elle, est déjà en route ; elle sera sur place avant nous. Les températures vont chuter rapidement, il va falloir faire efficace. Je couvre l'événement, capte quelques photos, et on repart pour Miralem. Si ça ne traîne pas, je pourrai être au pieu avant minuit.

J'allume une clope et aspire lentement quelques bouffées de tabac tiède. J'accélère le pas, Tara suit en silence. Elle a resserré sa capuche autour de son visage. Elle me montre du doigt l'ovale blanc de la lune, déjà au-dessus des toits. Quelques nuages discrets s'effilochent tout autour.

« On a de la chance », sourit-elle.

Pour la lumière, peut-être. Espérons que ce soir les loups ne sortent pas du bois. Tout le monde ici se souvient trop bien des affrontements violents qui ont précipité la construction des premiers murs, des points de suture maladroits pour contenir l'hémorragie au début de la guerre, qui ont rendu cette ville difforme. Dans les esprits, les frontières ne protègent pas seulement de l'ennemi fantasmé : elles contiennent la colère de son propre bord. Sous chaque mur, il y a des poches de sang lentement coagulé et la mémoire de la douleur. Ces quelques briques ne sont que l'excroissance visible, la croûte, d'un mal bien plus profond.

La rue se fait de plus en plus calme au fur et à mesure que nous nous approchons de la zone de travaux. Je photographie en vitesse une enfilade de bicoques aux volets clos. Nous repassons devant la place où ma voiture est toujours stationnée – plusieurs véhicules de police yassimils envahissent à présent le reste du parking. Aux abords de la zone, des bruits qui ne trompent pas s'élèvent dans la nuit. Ils ont commencé. À une centaine de mètres, l'ossature jaune de la pelleteuse émerge au-dessus des toits. Enfin, nous déboulons sur la frontière.

La lumière crue d'un projecteur tombe sur le mur de briques déjà à demi effondré. Des barrières de sécurité ont été disposées tout autour. Ce qui saisit, ce n'est pas tant cette pelleteuse rouillée qui grignote le ciment au rythme de ses coups de mâchoire. Ni le bruit monstrueux qui l'accompagne. Ce qui frappe, c'est la foule amassée autour des rambardes : un mélange d'ouvriers, de flics et de civils rigides comme des statues, les yeux et les portables plantés dans la même direction. Et le silence, quasi mystique, qui encaisse le fracas régulier de métal et de brique.

À côté de moi, Tara respire à peine. Elle a sorti un carnet de son sac et trace une volée de lignes à la hâte, malgré sa main tremblante. J'avance de quelques mètres et commence à shooter. Accroupi, je parviens à faire entrer la lune dans mon viseur. Des fragments de poussière blanche flottent dans le faisceau des éclairages, ça se disperse sur les vêtements des civils en dessous. Des hommes, en grande majorité. De chaque côté de la zone, deux cameramen filment la scène. Probablement des journalistes d'État. Cinq policiers yassimils patrouillent de long en large et surveillent la foule, sans me remarquer.

Je sors une nouvelle carte mémoire et dissimule la précédente dans une fente de ma ceinture. Je dois me rapprocher. Je cherche des yeux le chef de chantier avec qui nous causions le matin même. Je fais signe à Tara, et nous nous approchons en jouant des coudes. L'homme nous reconnaît. Tara lui traduit ma requête, beuglant pour se faire entendre par-dessus le vacarme. Il hoche la tête et fait signe à un policier, qui s'avance à son tour.

Je lui tends ma carte de presse, qu'il examine suspicieusement. Il incline finalement les yeux et tapote mon épaule en signe d'assentiment. Le chef de chantier m'aide à passer par-dessus la barrière et m'offre son propre casque. Je cherche Tara des yeux et croise son regard nerveux, épaule contre épaule avec le reste de la foule agglutinée.

« On se retrouve à la voiture si jamais on se perd de vue ?

— Je n'ai plus de batterie, précise-t-elle en hochant la tête.

— Raison de plus, alors. Merci pour ton aide.

— Fais attention aux débris », ajoute-t-elle en désignant la pelleteuse du menton.

Nous échangeons un bref sourire. Je me retourne vers la zone de démolition et m'agenouille dans les éboulis.

Combien de temps s'écoule ensuite ? Tout aussi bien une demi-heure qu'une volée de minutes... Je sens ma carcasse qui proteste, assaillie par les rugissements de la bécane, les cris des ouvriers, le froid, les débris qui s'effritent sur mes épaules. Mon corps encaisse malgré la fièvre, comme je le lui ai appris. Il en a vu d'autres. Je ne sens plus mes mains et serre régulièrement les poings pour y ramener le sang. Un coup de pelleteuse détache subitement un large pan de mur. De l'autre côté, aucun doute : on aperçoit une foule massée derrière des barrières identiques, les visages gommés par la nuit.

L'onde de surprise se propage de chaque côté, imprimant le même trouble ahuri dans les yeux. L'espace d'une seconde, les bords se confondent ; l'autre derrière le mur ressemble à s'y méprendre à son propre reflet. Il faut absolument que je parvienne à m'élever un peu.

Des éclats de voix s'élèvent dans mon dos et me ramènent au ras du sol : un groupe compact déboule de la rue voisine, gueules peinturées en rouge et jaune aux effigies yassimiles. Ça brandit des drapeaux et beugle énergiquement, en poussant la foule sans façon pour se rapprocher des barrières. La peur s'injecte brutalement dans les yeux. De l'autre côté, les Zaratiens ripostent en brandissant le poing. Je me baisse de justesse pour éviter un drapeau yassimil lancé comme un javelot qui heurte la façade : à quelques centimètres, ça passait de l'autre côté. Je photographie la meute puis recule d'un pas et cherche Tara des yeux. Ça serait préférable qu'elle s'écarte maintenant, avant que l'émeute ne dégénère. Les insultes redoublent. Les ouvriers sont dépassés. La pelleteuse s'immobilise, gueule suspendue dans les airs. Un cri de victoire s'élève chez les manifestants, bientôt repris par les civils yassimils, puis par les Zaratiens de l'autre côté. Cocasse. Les flics s'organisent sur chaque bord pour contenir les hommes qui beuglent de plus belle.

Et puis je la remarque. Une silhouette s'est glissée près du mur, de l'autre côté des barrières. Elle brandit devant elle une bombe de peinture et se met à taguer quelque chose à deux pas de la faille, en face des caméras. Je pense d'abord à un manifestant. Mais contrairement aux autres, ce visage-là est cagoulé. Un corps de femme, très maigre. Je me retourne. Quelques secondes s'écoulent avant que plusieurs mains se tendent et que les flics ne réagissent. Le chaos général lui a laissé le temps d'écrire :

COMBIEN DE TEMPS DIS-MOI,
COMBIEN DE TEMPS ENCORE
À LAISSER NOTRE AVENIR
ENTRE LES MAINS DES MORTS ?

Des cris de colère s'échappent. Un policier se détache du groupe, matraque à la main. Elle fuit dans la direction opposée, vers les manifestants, s'arrête, parcourt des yeux le demi-cercle sans issue et la frontière dans son dos à demi démolie. Elle me lance un regard, puis court de nouveau vers le mur et se hisse à deux bras sur la faille avec une force surprenante.

La silhouette de Tara se détache deux secondes dans le faisceau des projecteurs, à cheval sur la brèche. Elle dégoupille d'un geste sec un objet métallique. Et puis, tout simplement, elle saute – et son corps disparaît de l'autre côté de la nuit.

2.
LA TRAVERSÉE

« “L’histoire complète de Plavitza Rock School, elle commence pendant la guerre, comme beaucoup d’histoires ici.” C’est comme ça qu’il a entamé son récit, je crois. Je suis restée immobile sur mon siège pendant une demi-heure, sans oser l’interrompre ni bouger un orteil. C’était un peu comme écouter un très bon conteur, en train de raconter la vie d’un autre. Comme s’il parlait d’un genre de double, ou de cousin, en train de vivre et surmonter de terribles épreuves. Par moments, d’ailleurs, j’oubliais même que c’était lui qui avait traversé tout ça. Que ce n’était pas juste une “histoire”, que c’était bien réel, tu vois ce que je veux dire ? Clairement, je n’étais pas la première personne avec qui il partageait tout ça. On aurait dit qu’il n’avait cessé de la raconter jusqu’à recoller les fragments pour leur donner une cohérence. On ne peut pas se souvenir de tout, ça me semble impossible. Surtout de ces choses-là. »

Je relève les yeux et contemple le visage impassible de Mathias. Je soupire. Je ne sais plus exactement à qui je parle. Si c'est vraiment mon frère que j'ai en face de moi dans ce lit d'hôpital. Je peux me rappeler cette journée dans la voiture avec une acuité troublante. Et certaines bribes du récit de Milan aussi précisément que si mes deux oreilles s'étaient changées en dictaphone. Chaque mot qui me revient m'apporte un profond réconfort, plus exactement un sentiment de force et de courage. Mais là encore, ce ne sont que des bribes, des braises. J'aurais dû noter tout ça dans un carnet le soir même, quand son histoire brûlait encore devant mes yeux.

Être bicommunautaire, c'est vraiment la pire chose qu'il pouvait t'arriver au début des conflits. Tu n'avais d'alliés nulle part. De chaque côté, on pouvait te dénoncer.

Gamin, avant que tout ça ne commence, je me souviens que j'étais fier d'être un Triska, un *mélangé*. Je voyais toutes les portes ouvertes : celles de la science et de la politique, celles des arts, du sacré, du voyage... Mes parents formaient un beau couple. Notre éducation était mixte, et nous passions des soirées, après l'école, à faire de la musique ou à écouter les histoires de la reine Tatjana, dont notre mère parlait sans cesse. La guerre civile est arrivée, et toutes les portes se sont fermées comme sous l'effet d'un courant d'air.

À partir de là, à partir de la guerre, les Triskas se sont cachés comme ils ont pu. Tu prétendais appartenir à l'une ou l'autre des communautés, selon le faciès dont tu héritais.

Dans mon cas, j'ai tout pris de mon père yassimil. Mes autres frères et sœurs ressemblaient davantage à ma mère zaratienne. On m'a d'abord envoyé chez un oncle à Solvic. Il m'a vendu au bout de quelques mois à une milice locale, en me faisant passer pour l'un de ses enfants.

Là-bas, ils m'ont fait enterrer des cadavres. Ensuite, j'ai dû participer aux raids et aux exécutions. J'ai tenu et j'ai fait mes preuves. J'ai fini par gagner leur confiance. Je peux te dire qu'à cette époque j'ai haï les Zaratiens autant que les Yassimils. Et je me suis haï moi-même d'être le bâtard de ces deux monstres.

Un soir où je gardais un checkpoint, je suis parvenu à m'enfuir dans un camion humanitaire plein de médicaments. C'était en plein hiver. J'ai jeté en chemin mon uniforme de milicien dans un fossé et je suis arrivé à moitié mort de froid à Dolba – un camp de déplacés internes près de Miralem, que nous venons de dépasser. Là-bas, j'ai retrouvé ma plus jeune sœur, qui n'avait pas onze ans...

L'âge que j'avais, tu dis ? Bonne question... Quatorze ans au début de la guerre, je crois. Autour de seize quand je suis arrivé au camp. J'ai tellement menti sur mon âge à cette époque que j'ai perdu le fil. Entre la milice et Dolba, j'ai dû me retirer trois ans.

Au camp aussi, l'incertitude faisait partie du quotidien. Nous avions plus de temps qu'il n'en faut pour vivre avec. J'ignorais encore où se trouvait le reste de ma famille. J'espérais qu'ils soient cachés quelque part – mieux, qu'ils aient réussi à quitter le pays. Les Triskas étaient prioritaires sur la liste des demandeurs d'asile et ma sœur et moi attendions qu'on nous attribue un pays d'accueil, en espérant ne pas être séparés.

Après tout ce que j'avais vu, et vécu, j'étais méconnaissable ; au bord de la folie, pour ne rien te cacher. J'ai été pris en charge par une association d'aide aux mineurs. Nous passions plusieurs heures par semaine avec des thérapeutes, des médecins – et quelquefois aussi avec des musiciens bénévoles, certains venus de l'étranger. Sans ça, et sans mes retrouvailles avec ma sœur, je ne saurais pas te dire ce qu'il resterait de Milan Doroven aujourd'hui, ni si l'idée d'ouvrir un lieu comme Plavitza Rock School m'aurait un jour traversé l'esprit.

Bon. Maintenant que tu as ça en tête, je peux te parler de l'école.

Je jouais déjà des percussions avant la guerre – et un peu de violon, bien sûr. On m'a trouvé une vieille batterie rafistolée. Je peux te dire que je me suis jeté dans la musique comme un infirme sur sa morphine. C'est ce qui m'a sauvé.

S'il n'avait pas fallu s'alimenter de temps en temps, j'aurais fini par avoir des baguettes à la place des mains.

Les musiciens qui travaillaient au camp animaient plusieurs fois par semaine des ateliers de musique mixte. Il n'y avait pas assez de bénévoles ni d'instruments pour séparer les groupes, donc on nous mélangeait. Ça faisait fuir pas mal de participants et faisait polémique dans le camp, où chaque communauté vivait en autarcie. L'atelier se tenait dans notre zone à nous, les Triskas. Pendant les ateliers, les enfants s'ignoraient la plupart du temps. J'étais surpris que les séances soient aussi calmes. Parfois, loin des parents, il arrivait aussi que la mayonnaise prenne. C'était fragile et ça ne durait jamais longtemps. Moi-même, qui étais parmi les plus vieux, j'ai fini par regarder autrement ces gamins : après tout, nous avions en commun la malchance d'être nés au mauvais endroit, au mauvais moment.

Finalement, nous sommes partis pour la Suède. J'ai effacé une grande partie de mes souvenirs du camp en arrivant là-bas. Dès que j'ai maîtrisé la langue, j'ai commencé à travailler pour une école de musique en banlieue de Stockholm. Ma sœur était élevée dans une autre famille, mais nous pouvions nous voir régulièrement. Les années ont passé. J'ai obtenu la nationalité et repris des études pour accéder aux postes de l'administration. Je suis devenu propriétaire et même conférencier. On m'a envoyé à Tokyo pour l'Exposition universelle. Tu imagines ? Si j'étais encore en Suède à l'heure qu'il est, je serais probablement à la direction de l'Opéra, ou quelque part au ministère de la Culture.

La vérité, c'est que, malgré ma réussite, quelque chose n'allait pas. J'avais évolué, gravi les échelons. La Zaramestrie, elle, restait toujours la même à travers les années. Depuis qu'elle n'était plus en guerre, elle n'intéressait d'ailleurs plus personne.

Il fallait avoir connu ce qu'avait été ce pays avant toute cette horreur pour saisir l'ampleur de sa chute. Il fallait connaître son histoire, son ancien rayonnement scientifique, sa résistance aux premiers fanatismes, pour comprendre à quel point le système politique actuel était une monstruosité. En continuant de se crisper et de se morceler silencieusement de l'intérieur, la Zaramestrie se coupait du reste du monde et s'embourbait dans ses charniers. Elle était comme coincée, seule avec ses fantômes.

J'ai fini par entreprendre un voyage là-bas, le premier depuis douze ans. J'ai vu avec mes yeux ce que je savais déjà. Pour la première fois, je m'en suis senti responsable. Je faisais partie des rares habitants qui s'en étaient tirés, et de cette plus petite minorité encore qui avait aujourd'hui des moyens pour agir. Si je retournais en Suède en poursuivant cette vie qui n'était pas la mienne, c'est à moi-même que je tournais le dos. Je l'ai compris très simplement à ce moment-là.

Revenu à Stockholm, j'ai pris ma décision. Mon voyage avait remué le passé, y compris les souvenirs des ateliers de musique mixte dans le camp de Dolba. J'avais administré toute ma carrière des événements et des structures dédiés à la musique ; l'idée de l'école m'est venue comme une évidence. J'ai choisi d'implanter mon projet à Plavitza, mon village natal : un endroit enclavé et proche de la frontière où ce genre d'expérience avait de meilleures chances d'échapper aux tentatives de sabotage.

Ma carrière en Suède, ce que j'avais accumulé, faisait de moi un homme riche. J'ai racheté l'ancienne salle des fêtes de Plavitza pour une bouchée de pain. J'ai entrepris des travaux de rénovation et écarté les intimidations des franges partitionnistes avec des pots-de-vin. Les autorités tentaient de m'extorquer le plus d'argent possible, pour le principe, tout en restant persuadées que le projet ne prendrait pas. L'ambassade de Suède, qui est aujourd'hui le premier mécène de l'école, est intervenue en ma faveur, et ils ont fini par me laisser le champ libre.

La première promotion, je l'ai lancée il y a deux ans : j'ai fait littéralement du porte-à-porte pour recruter une quinzaine d'adolescents yassimils et zaratiens. Le plus dur, à vrai dire, c'était de convaincre les parents. J'ai loué un minivan et j'ai conduit le groupe à Kiev pour la première semaine d'intégration. Nous répétions six heures par jour. C'est là-bas, en territoire neutre, que le projet a commencé à vraiment prendre forme.

À notre retour à Plavitza, le bouche-à-oreille a marché : j'ai reçu trente nouvelles candidatures en une semaine. Il fallait démarrer petit, prouver la viabilité d'un enseignement mixte sur un groupe isolé avant de voir plus grand. J'ai accepté deux musiciennes supplémentaires, pas plus.

Je jouissais d'une certaine popularité auprès des jeunes ; j'avais évolué dans les hautes sphères de la musique d'un des plus riches pays au monde, cet argument ne laissait pas mes élèves insensibles. La mixité dérangeante de l'école, disons que c'était le prix à payer pour l'opportunité que je leur proposais en retour.

L'année suivante, j'ai ouvert une seconde promotion à vingt nouveaux élèves. Depuis septembre, nous sommes maintenant soixante-dix ; les instruments de ton grand-père arrivent à point nommé.

Si tu avais vu leur tête, quand j'ai annoncé aux élèves qu'une violoniste française venait leur donner cours... La plupart d'entre eux ne sont jamais sortis de Zaramestrie, tu sais. Attends-toi à beaucoup de questions.

La femme blonde au comptoir qui me tournait le dos tend son visage vers moi. J'accuse une seconde de surprise. Son œil de cyclope est une grande pupille bleue criblée de jaune, bien maquillée, inexpressive. Le second est borgne. Elle sourit et passe sa langue sur ses lèvres charnues.

« Tu as l'air perdu, chéri.

— Je cherche quelqu'un. Une Yassimile, très maigre. Ça te dit rien ?

— Oublie-la. Pour mille zars, je m'occupe de toi.

— Pas ça que je cherche, désolé. »

Elle me regarde avec ennui en faisant tinter les glaçons dans son verre.

« Si tu veux une Yassimile, tu te trompes de côté. »

Je termine mon raki d'une traite et sors du bar zaratien pour retourner dans la nuit froide. L'alcool ne m'a pas soulagé plus de quelques minutes. Ma gorge brûle. La fièvre plonge ses racines dans mon crâne et pompe ce qu'il me reste de volonté. Bientôt minuit, aucune trace d'elle depuis cinq heures. Je tourne en rond. Le temps passe, les chances qu'elle s'en tire s'amenuisent. Elle joue à un jeu suicidaire. À moins de savoir se couler dans un mur, une fille seule dans un quartier de l'autre rive a toutes les chances de finir tabassée puis jetée dans un caniveau. Des points en plus, quand on a le bon goût de pondre un graff romantico-révolutionnaire, en larguant derrière soi un fumigène.

Personne ne se trimballe avec ce matériel pour le plaisir, son coup était prémédité. Si elle s'était au moins rendue aux flics yassimils, elle s'en serait tirée avec un interrogatoire musclé et un bakchich. Va comprendre ce qui lui a pris...

Après qu'elle a conclu son numéro de cirque, l'émeute a repris de plus belle. J'ai filé vers la bagnole, tenté de l'appeler. Deux fois. Cinq. Répondeur. Puis je me suis souvenu. Elle n'a plus de batterie. J'ai fait le tour des frontières alentour. Évidemment, tous les passages sont verrouillés jusqu'au petit matin. Si on ne l'a pas déjà arrêtée, Tara est coincée quelque part dans le district zaratien d'à côté. Ce même quartier que je sillonne maintenant de long en large, comme un con, à chercher une tarée dans un asile à ciel ouvert. De quoi perdre la boule, ouais. J'ai dû sortir de la ville et faire une boucle de sept kilomètres pour entrer dans la zone zaratienne. Je suis d'abord retourné près de la brèche, là où elle a disparu : la foule s'était dissipée, les travaux à l'arrêt, il n'y avait plus qu'une meute de flics au chaud dans leur bagnole, à quadriller la zone. À gauche de la façade à moitié éventrée, j'ai déchiffré le second tag :

COMBIEN DE TEMPS ENCORE,
COMBIEN DE TEMPS DIS-MOI
FAUT-IL POUR PARDONNER
AUX MONSTRES D'AUTREFOIS ?

Ça me disait vaguement quelque chose. À contrecœur, j'ai photographié son deuxième gribouillis par la fenêtre de l'habitacle. Au bout d'une heure de recherches, c'était au moins un signe de vie. Je me suis approché de la voiture de police la plus proche. Le condé m'a jeté un regard agressif.

« Vous l'avez arrêté, j'ai demandé en anglais, en baissant la vitre, celui qui a écrit ça ?

— Qu'est-ce que ça peut vous faire ? » a répondu l'autre, suspicieux.

Le froid s'insinuait dans mes os. La tête me tournait, déjà. J'ai refréné mes spasmes de cheval.

« Je suis journaliste pour la presse étrangère. Je couvre la démolition. »

J'ai glissé une liasse de billets dans ma carte de presse. Ça puait le mauvais polar, je n'avais qu'une envie, me mettre au chaud, me bourrer de médocs ou de rhum et dormir. Le flic a échangé quelques paroles avec son voisin et ils ont ricané.

« Bien sûr qu'on l'a arrêtée. C'est une femme.

— Où est-elle détenue ?

— Ça ne vous regarde pas. Rentrez à votre hôtel, vous

n'avez rien à faire ici à cette heure, a-t-il rétorqué en refermant la vitre. Les travaux reprendront demain. »

Fils de pute. La moitié des flics de ce pays sont des miliciens blanchis. Pour peu qu'elle soit tombée sur quelques revanchards, il y a autant de chances qu'elle ait échoué au poste qu'au fond d'une benne. Putain de pays.

J'ai fait demi-tour et me suis dirigé vers le commissariat le plus proche en longeant la frontière. Qu'est-ce que j'espérais, exactement ? La fièvre me brouillait la cervelle. Je ne devais rien à cette femme. C'était la sœur d'Anton, d'accord. Mais j'étais photographe, pas nounou. Elle avait déraillé en connaissance de cause, à elle d'assumer ses conneries... J'ai vu des centaines de civils crever devant mes yeux toute ma carrière. Ne pas intervenir, ne pas prendre parti, simplement raconter ce qu'on voit : c'est la règle de base pour ne pas perdre un bras à chaque reportage.

Au poste, le flic de l'accueil m'a aboyé dessus. Une vidéo douteuse tournait sur son écran. Il m'a débité son sermon. Je n'avais rien à foutre là, encore moins à cette heure. Sur le principe, j'étais plutôt d'accord. Je me suis dépouillé un peu plus pour qu'il se renseigne, il a passé trois coups de fil à contrecœur et a fini par me lancer un regard circonspect.

« La personne dont vous parlez n'est pas ici. Il y a bien quelqu'un qui a commis un acte de vandalisme sur le quatorzième mur, mais on la cherche encore. Maintenant, rentrez chez vous, ou bien c'est vous qui allez terminer la nuit ici. »

Tout le monde me promenait. Il était plausible que l'autre policier m'ait raconté des salades pour ne pas perdre la face. À moins que les deux soient de mèche. J'ai regagné la bagnole. Hors de question de retourner de nuit à Miralem dans cet état. Tous les hôtels étaient fermés à double tour à cette heure. J'ai entrepris une nouvelle fois de faire le tour des lieux où elle aurait pu essayer de se faire oublier en attendant le jour. Les portes interdistricts n'ouvraient qu'entre six et huit heures du matin ; d'ici là, sûr qu'elle serait bloquée. Encore fallait-il qu'elle ait pu s'abriter quelque part. Sans y croire, j'ai inspecté les bistrots zaratiens encore ouverts. Rien. J'éveille les soupçons, on m'insulte, on m'envoie balader... On ne traverse pas une nuit d'hiver dehors dans ce pays, d'autant moins quand on a l'épaisseur d'un moineau.

Trois heures. Je passe dans la même rue pour la seconde fois. J'ai longé toutes les frontières qui quadrillent la zone, méthodiquement. Je ne reconnais rien à Solvic de nuit. Tous les volets sont clos, plus une rainure de lumière sous les portes. La ville dort comme un tombeau. Près des maisons en ruine, les orbites des fenêtres filtrent de rares rayons de lune. Les ombres s'enroulent comme des vipères, je crois les voir ramper. Je débloque. La fièvre fluctue. Quand elle retombe, je suis saisi de fulgurances. À moins que ça ne soit l'inverse. Mon pull et mon bonnet sont trempés. Je sue à me vider de ma substance, grelotte comme un pantin au bout de sa ficelle. Qu'est-ce que je suis venu foutre dans ce pays ? Une erreur imbécile. Aucun répit, jamais, nulle part, toujours la même gangrène. La mort, la chose la plus sensée qui soit pour échapper à la douleur... Ma tête me lance, de mal en pis. Une envie démente d'appuyer sur l'accélérateur. Foncer dans l'un de ces murs et m'y encastrer.

Les dernières étoiles jettent l'éponge. Je dois m'arrêter. Dormir. Je sors de la zone, contourne la ville pour regagner le quartier yassimil. Je gare la voiture sur la même place que ce matin, à deux pas des travaux. Elle sait où me trouver. Personne n'ira me reprocher d'être resté les bras croisés, cette fois. Je coupe le moteur, le froid pénètre l'habitacle. Je gémis comme un chiot, la tête entre mes mains, et ferme les paupières.

Un temps inquantifiable s'écoule, jusqu'à ce qu'un poing cogne plusieurs coups contre la vitre. Je me redresse, sonné. Tara me fait signe d'ouvrir. La terreur brille dans son regard. Son souffle embue la vitre, saccadé. Je la regarde sans comprendre. Plusieurs hommes déboulent subitement derrière elle et encerclent la voiture. Mes mains restent collées sur mes genoux, mon dos vissé au dossier de mon siège. Incapable de remuer un muscle. Elle jette un regard en arrière, me fusille des yeux, tire sur la poignée à plusieurs reprises, s'acharne, panique. Le premier s'approche. Deux autres l'immobilisent sur le capot, pendant que le plus vieux commence. Les autres regardent sans un mot en attendant leur tour. Il neige. Les flocons se débattent dans le faisceau des phares avant. Mes ongles s'enfoncent dans la chair moite de mes paumes, et c'est tout.

Brusquement, c'est un nouveau décor, un désert de sable. Un vieillard vient à moi dans une ville fantôme, un sac d'os recouvert de peau grise. Le sable bat ses chevilles et traverse ses côtes qui chantent comme une outre percée. La carcasse siffle de poussière à chaque inspiration. Il porte un vieux Leica autour du cou et, à chaque pas, les jambes fléchissent sous les matraques du vent et le poids du boîtier. Une escorte suit derrière, mitraillettes à la main. Un dragon métallique de la taille d'un tank ferme la cohorte. Je suis le mouvement sans réfléchir, nous traversons la ville. À un croisement, le vieux désigne du doigt une créature informe. Un enfant de cent ans à la peau rêche, accroupi dans le sable. Le peloton fait feu, et le vieux me regarde pour dire quelque chose. Quand il ouvre la bouche, un essaim de mouches à merde s'échappe de ses lèvres et s'abat sur moi.

Je passe dans le vieux salon. Au-dessus de l'évier de la cuisine, je craque une première allumette qui s'asphyxie. Au deuxième essai, la lettre s'enflamme. Les mots se tordent et disparaissent. Une neige noire, délicate, s'effeuille sur l'évier. J'entends la voix du père. Des promesses par-dessus les excuses. Quand le rideau tombera, bientôt, je pourrai les rejoindre. Elle l'aurait dénoncé, il n'avait plus le choix... De me laisser derrière ? Mensonges. La mère crie à l'étage. Elle appelle. Elle vient de comprendre. Kirsten aussi a disparu.

Il a dû la droguer pour qu'elle dorme aussi tard. J'ouvre le robinet, les dernières cendres s'échappent dans les canalisations. Si je pouvais en être... L'instant d'après, elle se tient derrière moi et ses ongles s'enfoncent dans la chair de mon bras. La porte d'un placard se referme, un bruit de clé, et le noir absolu. Les parois humides se rapprochent, j'étouffe, personne pour m'entendre. Quand ma respiration s'apaise, une fente de lumière se détache, constante. Mes yeux se font à la pénombre et je commence à percevoir des ombres. Des scènes en noir et gris, où glissent des silhouettes minuscules, des régiments en marche, des colonnes de fourmis. Une seconde flèche de lumière apparaît dans le noir, puis trois, puis dix, elles dansent par-dessus les ombres qui s'arrêtent, attentives...

Toujours ce poing contre la vitre. Je décolle les paupières, sonné. Il serait encore temps de refermer les yeux. De la brume partout, tout autour. Le jour se lève. Je relève le nez. La figure de Tara, livide, me dévisage. Je me secoue et déverrouille la voiture dans un sursaut. Je reconnais les immeubles de Solvic dressés autour de nous dans le brouillard. Personne sur la place ; seulement elle. La lumière perce à contrecœur. Mon corps entier est courbatures, frissons. Elle contourne le capot et s'assoit à la place passager en se frottant les mains. C'est bien elle. La gueule cernée, mais elle...

« Tu es resté ici toute la nuit ? demande-t-elle sans cacher sa surprise.

— Je t'ai cherchée pendant dix heures avant de revenir ici. »

Elle fronce les sourcils.

« Je ne savais pas comment te joindre, je n'avais plus de...

— De batterie, oui. Je sais. »

Le silence bat au ralenti dans la voiture gelée. Les tremblements rappliquent dans mon corps vide et douloureux.

« J'ai passé la nuit chez une cousine de Tatjana qui habite de l'autre côté, explique-t-elle. Je pensais que tu repartirais pour Miralem, ou que tu prendrais au moins un hôtel... »

Je passe la main sur mon visage. Le sang bat à mes tempes. Une envie brutale de lui crier dessus, ou bien de la gifler. Je ne sais pas dans quel ordre. Je m'enferme en moi-même et refrène mes quintes de toux.

« Tu as bu ? »

Je secoue la tête. Elle passe la main sur mon front, j'ai un mouvement de recul, penche la tête en arrière et ricane.

« Tu t'es bien foutue de ma gueule...

— Je ne voulais pas te mêler à ça, rétorque-t-elle, désarçonnée.

— Ah ouais ? Tu n'étais pas en train de travailler pour moi, peut-être ? Je ne t'ai pas donné du fric pour ça ? »

Ses yeux noirs gardent la même expression minérale et distante.

« Je t'ai aidé jusqu'au bout pour que tu puisses prendre tes photos, il me semble. Mais tu peux garder ton argent.

— Très touché, vraiment. Très généreux de ta part... »

Elle fronce à nouveau les sourcils, hésite quelques secondes et demande :

« Tu as eu le temps de prendre une photo ? Quand j'étais sur la brèche ?

— Ah. Il te faut une nouvelle photo de profil, c'est ça ? T'as pas pensé à m'en parler plus simplement ? »

Elle agite l'air de sa main, agacée.

« Tu l'as prise, oui ou non ?

— Non. »

Elle baisse les yeux sur ses genoux. Un ange passe.

« Tant pis, murmure-t-elle. Tu m'as donné l'impulsion pour le faire, au moins.

— Je... ?! »

J'étouffe un hoquet qui me tord les boyaux. Pays de kamikazes et de désespérés. Je ne vaux pas mieux que ça, c'est peut-être le pire. Je vois la guerre partout. Je suis devenu l'un d'entre eux, un schizophrène au bord du gouffre, baladé par sa trouille et ses visions d'apocalypse. Je sais précisément que j'ai touché le fond. Cette fille, cette nuit, m'a tué. Rarement eu envie de chialer à ce point. Je suis à moitié fou, je... Reprends-toi, bordel...

Très doucement, avec appréhension, presque, une main se pose sur mon épaule. Mon dos ploie un peu plus.

« Tu as besoin de t'allonger, Tim, murmure la voix très calmement. Je sais où on peut aller. Il faut que tu te reposes quelques heures, au moins. Laisse-moi prendre le volant... »

Je suis passé de l'autre côté. À l'intérieur du crâne. Derrière ces volets clos qui ne laissent pas passer une parcelle de jour. Impossible de savoir l'heure qu'il est, ni même si c'est de mon plein gré que j'ai échoué ici. Quelquefois, j'ai de vagues sursauts de conscience. Est-ce que je vais crever ? Est-ce que je décroche pour de bon ? Il faudrait m'interner en Allemagne. Kirsten s'occupera du rapatriement. Ou l'ambassade, peu importe...

Je délire et dors par intermittence. Des bruits de pas volettent sous le plancher. Des murmures de conversation. Quand je me réveille, un linge blanc pèse parfois sur mon front. Mes pensées tentent de se reformer, se dissolvent, je sombre de nouveau. Elle revient dans la chambre et s'assoit sur le lit. Combien de fois ? Une seule ? Dix ? Elle murmure une flopée de paroles, fredonne de temps en temps. Je crois que je comprends, m'apaise, oublie. Elle ne reste jamais longtemps.

Un barbu me rend visite à son tour, ausculte mes paupières, mon pouls, ma gorge. On me fait avaler des comprimés. Des marionnettes grotesques continuent de gesticuler dans le vide. Mon crâne brûle. Les cauchemars s'espacent. Quand la douleur faiblit, je me sens bien dans mon tombeau. Les pensées meurent à la racine, dans le bulbe. Se contenter de respirer, dormir. Les souvenirs se détachent et dérivent. Toutes ces images qui suent par les pores de ma peau...

Un jour, ou une nuit, Tara pénètre dans la chambre et

ouvre les volets. L'air frais s'engouffre dans la pièce. Le ciel est bleu, vert près de l'horizon ; une traînée de peinture. L'aube dérive au-dessus des toits. Elle s'approche du lit, tâte mon pouls et s'assoit au-dessus des couvertures. Je grogne, glisse ma main sous son pull et enserre sa taille, saisis sa nuque entre mes doigts avec une force d'outre-tombe. Son corps se raidit de surprise.

Je me réveille seul dans des draps souillés.

9

Combien de temps dis-moi avant de perdre prise
De voir dans les heures moites nos repères se dissoudre
Combien de temps avant de passer sous l'emprise
De l'angoisse, la folie, les insomnies rampantes ?

À se bercer d'ennui, à s'enivrer d'attente
À se chanter les jours où nous pourrons revivre
À guetter une lumière comme une étoile filante ?

Combien de temps dis-moi, combien de temps encore
À laisser notre avenir entre les mains des morts ?

Combien de temps encore, combien de temps dis-moi
Faut-il pour pardonner aux monstres d'autrefois ?

Anja GIRIJKA, « De l'autre côté de la nuit »

Notre voiture bifurque et remonte en ronflant une route en lacet. Les maisons s'espacent, nous traversons un sous-bois. Depuis le début du voyage, les villages que nous dépassons se ressemblent. Mes yeux commencent à s'habituer aux étendues de cimetières ensevelis qui se succèdent au sortir de chaque hameau, et aux visions fugaces, post-apocalyptiques, de fermes crevassées entre deux constructions flambant neuves.

Milan arrête le véhicule au sommet d'une colline où la route se termine. D'immenses rochers noirs de trois ou quatre mètres de haut sont disposés autour d'un plateau recouvert de neige. Les restes d'un récent feu de bois se consument dans le foyer central et aspirent le regard. C'est une vision étrange, onirique et puissante.

Je referme mon blouson et nous sortons de la voiture. Des traces de pas récentes convergent autour du foyer. Je m'avance vers le centre de la plateforme à côté de Milan et refrène de violents tremblements. Mes baskets se détrempent dans la neige et mes orteils protestent de l'électrochoc. Là où nous nous trouvons, le soleil embrase de flammes ocre la cime des arbres et des rochers et se déverse généreusement sur toute la ville en contrebas. Il fait beaucoup plus froid qu'à Miralem quelques heures plus tôt. Mais quelle vue...

Une chaîne de montagnes enneigées se détache vers le nord-est, nimbée dans un halo rose pâle, stupéfiante de beauté. Entre les montagnes et notre point de vue, une multitude de collines blanches, de villages endormis. Plus proche, une ville médiévale ceinturée de remparts surgit du décor blanc. Un vieux beffroi de pierre affaissé sur lui-même s'élève au-dessus des murailles, comme un vigile fatigué. En contrebas, des édifices modernes et des usines fumantes s'étendent sur une large plaine plongée dans l'ombre. Mon regard s'attarde sur la statue gigantesque d'une femme brandissant ce qui ressemble à une lunette astronomique. Elle porte un second instrument que je ne parviens pas à reconnaître dans son autre main. Le buste tourné vers les montagnes, sa silhouette dépasse les bâtiments tout autour d'elle.

« C'est la reine Tatjana, précise Milan en suivant mon regard. La souveraine zaratienne qui a fait construire la vieille université de Solvic. Elle se passionnait pour l'astronomie et faisait venir à sa cour des scientifiques et philosophes de toute l'Europe. On dit qu'elle était proche de Galilée et qu'ils ont entretenu une longue correspondance.

— Vraiment ?

— Les Zaratiens portent les sciences en haute estime. On peut même dire que c'est leur seule religion. Au temps de l'obscurantisme, ils ont fait de ce pays un royaume très en avance sur son temps… Il n'en reste pas grand-chose aujourd'hui, hélas. Tu vois les espèces de barrières, là-bas ? »

Milan tend sa main vers les édifices modernes sous nos pieds. Je finis par repérer un mur de béton gris coiffé de barbelés, semblable aux palissades qu'on observe d'ordinaire autour des usines. Celui-ci sinue sur plusieurs kilomètres et remonte très loin, jusqu'à rencontrer la muraille de la ville fortifiée.

« À quoi est-ce que ça sert ? je demande, perplexe.

— À séparer les Yassimils des Zaratiens. On compte sept districts à Solvic, et autant de frontières pour les couper les uns des autres. »

Je cherche des yeux les autres murs et en repère effectivement trois autres, au sud et au nord de la ville. Très peu de voitures roulent aux alentours, la vie à ces endroits a quelque chose d'éteint. Alors que les lumières du soir éclairent progressivement les façades des maisons, ces zones se dissolvent un peu plus avec la nuit tombante.

« Il y a une poétesse triska qui a beaucoup écrit sur les murs de Solvic. Anja Girijka. Enfin, c'est une Canadienne maintenant, ses livres sont en anglais – et en français aussi, je crois. J'ai son recueil à la maison, je pourrai te montrer. »

Je hoche la tête, surprise de n'avoir jamais rien lu ni entendu au sujet de ces murs.

« La tour que tu vois là-bas, reprend Milan, on l'appelle la Sniper Tower. Au début de la guerre, c'est moi qui ai mitraillé toutes ses vitres, les unes après les autres, pour les faire éclater. »

Il prononce ces paroles sur un ton factuel, sans fierté ni remords. Un état de fait. Je cherche pendant plusieurs secondes avant d'apercevoir l'édifice en question : un squelette de béton nu de six ou sept étages, qui évoque facilement l'arête d'un gros poisson. Pendant que Milan me racontait son expérience de la guerre dans la voiture, une image dérangeante s'est insinuée dans mon esprit : je faisais route avec un homme qui avait dû tuer de ses propres mains. Naïvement, je ne m'étais jamais imaginé que les enfants-soldats puissent exister autre part qu'en Afrique ; ma sensibilité à ce sujet s'arrêtait aux affiches que j'avais vues dans le métro. Au demeurant, les manières détendues de Milan, l'empathie naturelle avec laquelle il s'exprimait me semblaient d'autant plus troublantes.

Mon grand-père savait-il tout cela, en m'envoyant ici ? En fin de compte, lui et Milan ne se sont rencontrés qu'une seule fois, dans un aéroport. Cet homme-là en impose, Min' avait bien raison sur ce point. Après seulement quelques heures de route, j'ai fondamentalement envie de faire confiance à ce géant. Je n'ai de toute façon plus vraiment d'autre choix.

Dans mon entourage proche, je ne connais personne qui se sente réellement responsable de l'avenir de la France

– et je suis certainement la dernière concernée. En fin de compte, ma mère est sans doute la personne la plus dévouée et engagée que je connaisse par son travail à l'hôpital, mais de façon locale, discrète et au fil des urgences – sans ambition réelle de modifier le cours des choses.

Un craquement sec derrière l'un des dolmens m'arrache à mes pensées.

« Qu'est-ce que c'était ?

— Sûrement un rongeur, sourit Milan. L'endroit où on se trouve est un temple yassimil. On laisse toujours un bout de forêt tout autour, pour permettre une meilleure connexion avec le Nistaya.

— Le Nista-quoi ?

— Le Grand Filet. Dans la cosmologie yassimile, les êtres vivants, les lieux et beaucoup d'autres choses sont connectés les uns aux autres par un réseau de liens – particulièrement dense aux abords des forêts. »

Je hoche la tête, intriguée. Je commence à regretter de ne pas m'être davantage documentée sur les croyances des Zaratiens et des Yassimils avant mon départ. En surface, les paysages urbains et campagnards que nous avons traversés ces dernières heures concordent avec la représentation que je m'étais forgée de l'Europe de l'Est : pauvre, industrielle, austère, avec quelques beaux monuments et une multitude de barres d'immeubles standardisées. Il y a par-dessus ça les stigmates de la guerre, la magie de la neige et des montagnes, et ces indices disséminés ici et là sur l'existence d'une culture différente, d'un système de croyances à la marge de l'Occident que je connais.

« On va manger un morceau dans la vieille ville ? propose Milan en me donnant une petite tape dans le dos. Comme ça, tu pourras voir les fortifications. »

Je hoche la tête, intriguée à l'idée de découvrir à hauteur d'homme ces étranges cicatrices de béton.

Je relève le nez et croise le regard du vieux en train de feuilleter son journal. Il remarque ma tasse de café vide, se lève lentement et part m'en resservir une louche. Ce n'est pas de refus.

« *Makaï marov.* »

Il hoche la tête et retourne à ses mots croisés. Il a la même gueule longue et fine que Tara, les taches de rousseur en moins. Deux rides profondes creusent ses joues. Il a encore une certaine stature, malgré le haut du dos voûté et cette tristesse bourrue incrustée entre les deux sourcils.

Un rayon de lumière barbouille la table de la cuisine. J'observe les ombres de mes poils sur mes avant-bras. Il fait bon. La fenêtre donne sur une colline et quelques maisons basses. Je reprends une part de golsh dans l'assiette devant moi et mâchonne lentement. Je n'ai pas faim, mais j'ai perdu du poids. Il faut que je me retape.

Après un temps, le vieux relève le nez, me dévisage plusieurs secondes et marmonne quelques mots dans sa barbe.

Je ne comprends pas et lui fais répéter. Il me propose de me montrer son atelier. Je crèche chez lui depuis huit jours, il serait malvenu de refuser.

Nous gagnons le jardin derrière la maison par la porte de la cuisine. La neige tassée dans un coin tire sur le bleu glacier sous le soleil. Je suis le père de Tara qui traverse la cour en boitant, sort un trousseau de clés et pousse la porte de sa remise. Je pénètre après lui dans la pièce longiligne. Un cabanon étrange, à mi-chemin entre le laboratoire et l'échoppe d'antiquaire. De vieux manuscrits, de la sciure de bois, des morceaux de carton en tout genre et des rouleaux de parchemin s'éparpillent sur une longue table de chêne. Une ampoule blanche suspendue au plafond éclaire le plan de travail. Une panoplie de flacons de taille variable s'aligne sur les étagères à côté de bibelots inutiles. Une hotte flambant neuve se détache dans le fond, en face d'une grande cuve d'acier.

Le vieux suit mon regard et marmonne à nouveau. Il déambule dans la pièce en déplaçant certains objets et pose entre mes mains un manuscrit massif. Mes bras accusent le coup : ça pèse trois bons kilos. Je parcours des yeux la couverture vert bouteille. Des symboles en relief – un compas zaratien et sa nuée d'étoiles – ressortent sur le cuir épais. Je bloque de la main gauche le livre contre mon ventre et tourne les pages au hasard : partout, des enluminures médiévales et ce qui s'apparente à des démonstrations mathématiques.

Le vieux parle à voix basse ; je tends l'oreille, finis par saisir qu'il retape le bouquin depuis bientôt deux ans. Mes yeux balayent la salle et s'arrêtent sur les piles de vieux manuscrits disséminés ici et là. Tous sérieusement endommagés, la couverture calcinée, les pages gonflées comme un ventre malade. Quelques étagères plus loin, c'est la morgue : des lambeaux de cuir charbonneux dont on devine avec effort la destinée passée de livre.

« Où avez-vous récupéré tout ça ? » je lui demande en zaramestre.

Cette fois-ci, c'est lui qui peine à me comprendre et me fait répéter. Il n'y a pas que la barrière de la langue ; il est sourd comme un pot. Je finis par piger que la plupart des livres proviennent de la bibliothèque de la vieille université. Le vieux pose la main sur sa poitrine et s'embarque dans un récit animé que je ne comprends qu'à demi.

« Vous étiez là-bas quand ça a brûlé... ? »

Il acquiesce, imite le geste d'une allumette qui craque, saisit plusieurs ouvrages en faisant mine de les lancer par la lucarne, puis balance un chiffon par-dessus ses bouquins pour étouffer son feu imaginaire. Je croise son regard, méconnaissable depuis qu'on est sortis de la cuisine, et hoche la tête pour signaler que j'ai compris. Il pose ensuite une main sur mon épaule et mime le geste d'un photographe.

Je sors chercher mon matériel dans la chambre à l'étage et reviens un instant plus tard. La lumière est mauvaise, j'allume toutes les lampes à la ronde et repars chercher un flash dans le coffre de ma bagnole. C'est mieux. Je prends trois images de l'atelier pour la forme, puis fais poser le vieux, qui se place docilement comme je le lui commande, sans ciller ni sourire. Je tire ensuite plusieurs gros plans de ses mains posées à plat sur une vieille couverture en cuir. Il a de grandes paluches usées mais encore puissantes. Les veines saillent autant que les os sous la peau crayeuse, par-dessus la couverture lustrée qui accroche la lumière de l'ampoule.

Tara traverse la cour et nous rejoint à ce moment. Un sourire amusé passe sur son visage, elle échange quelques mots avec son père puis s'adosse contre l'embrasure de la porte.

« Tu te remets déjà au travail, observe-t-elle.

— J'ai été réquisitionné. »

Je prends une dernière image et range le flash dans ma sacoche.

« Ça fait longtemps qu'il travaille là-dedans ? je demande.

— Une quinzaine d'années. Il a dû t'expliquer qu'il travaillait à la bibliothèque de l'université au début des conflits ? Il a récupéré une quantité faramineuse de livres brûlés juste après l'incendie… »

Elle se déplace dans l'atelier entre la table et les étagères, puis saisit un volume de petite taille à la couverture rouge.

« Mon préféré, c'est celui-là, dit-elle. Il n'est pas si vieux par rapport aux autres. C'est une réécriture d'anciens contes zaramestres… »

Je feuillette l'ouvrage. Chaque nouveau chapitre est illustré de motifs naïfs aux couleurs vives, représentant des scènes d'exode, de vie quotidienne et de combats. Mes yeux s'arrêtent sur l'image d'un alchimiste zaratien dans son laboratoire.

« Qu'est-ce qu'il fait des bouquins quand ils sont restaurés ?

— L'université lui en rachète quelques-uns. Des municipalités yassimiles ou zaratiennes aussi.

— Ça n'irait pas plus vite s'il remettait ces restes à l'université ? »

Tara hausse les épaules.

« C'est ce qu'il voulait faire initialement, oui. Mais il n'y a pas d'argent pour ça là-bas. Tous les fonds étrangers que l'université a reçus et qui n'ont pas fondu dans la poche des politiciens ont servi à reconstruire l'aile droite du bâtiment. Il a eu peur qu'on juge les livres irrécupérables et qu'ils soient définitivement supprimés, alors ils sont restés à la maison. »

Je repose le manuscrit à sa place et nous regagnons tous les trois la cuisine. Une soupe à la viande que Tara vient de récupérer chez la voisine termine de mijoter. Nous passons à table et je mange de bon appétit. Ça vire au déjeuner de famille. Aucune évocation des voltiges de Tara et de ma nuit à sa recherche, ni de mon délire des jours suivants. Le vieux m'interroge sur mes souvenirs du siège. Tara traduit au fur et à mesure. Il hoche la tête en sirotant son raki, l'air de confirmer que j'ai bonne mémoire.

Je me suis réveillé il y a quelques heures, avec la sensation d'avoir été cloué au lit pendant des mois. Mon esprit est lucide, suffisamment pour savoir que j'ai déraillé sérieusement. À partir de quand ? Combien de fois ? Au réveil, j'ai contacté ma sœur directement. J'ai rêvé d'elle, plusieurs fois. Elle m'a rappelé quelques minutes après, pas surprise pour un sou.

« Ton amie... Tara, c'est ça ? Elle m'a appelée la semaine dernière depuis ton téléphone, a-t-elle précisé. Pour m'avertir de ce qui s'est passé et aussi que tu étais chez eux.

— Ah.

— Tu m'as dit quelques mots au téléphone avant-hier, tu ne te souviens pas ?

— Non. »

Je me suis rassis sur le lit et j'ai croisé ma face de chien battu dans le miroir accroché au placard devant moi. J'avais une barbe de plusieurs jours, des yeux cernés et légèrement exorbités, des cheveux épars sales, un visage aminci. Je dégageais l'odeur rance caractéristique du type qui macère en lui-même.

« Tu lui as dit que tu étais psychiatre ? j'ai repris.

— Bien sûr. »

Cet homme dans la glace me regardait, hagard. Je me suis demandé si je pouvais l'enfermer là, dans cette chambre, et partir loin d'ici.

« Comment est-ce que tu te sens, maintenant ?

— Diminué. J'ai la trouille que ça recommence. »

J'ai détourné les yeux de mon reflet, tandis que Kirsten me faisait raconter ce dont je me souvenais.

« Une fièvre aiguë comme celle que tu décris peut provoquer des hallucinations. C'est bien la première fois que tu fais des bouffées délirantes ?

— Hum hum.

— Tu as quelques symptômes de stress post-traumatique, c'est sûr... Si tu avais une prédisposition génétique, tu aurais basculé plus tôt, a-t-elle précisé en semblant lire dans mes pensées. Ce que tu décris ressemble davantage à un épisode délirant de type somatique qu'à une vraie décompensation.

— Me voilà rassuré.

— Commence par bien dormir, bien manger. Le sport, ça aide... Essaye de t'entourer de beau. La nature, la musique, ce que tu veux. Tu as des amis dans ce pays ? Des gens qui te font du bien ? »

J'ai accepté de la rappeler régulièrement au cours des prochains jours. Je n'en menais pas large.

Il y avait une serviette-éponge sur la table de chevet et une salle de bains sommaire dans le couloir en face de la chambre. L'eau était glacée. J'ai tout de même passé un certain temps là-dessous. J'avais littéralement besoin de me fouetter le sang ; de sentir ma peau rêche se durcir. Quand j'en suis ressorti, mon corps et mon esprit étaient plus alignés ; le sel de ma sueur noyé au fond des canalisations.

À la fin du repas, Tara met son manteau pour rapporter le récipient chez la voisine et me propose de l'accompagner. Elle embrasse le pater sur le front, le premier geste tendre que je remarque entre les deux. Le ciel est dégagé, des pans de soleil zèbrent le bitume craquelé en face de la maison. Le GPS m'a confirmé que nous étions dans la dernière enclave à l'ouest de Solvic. Le hameau est construit autour d'un vieux temple perché sur une colline. Une poignée de maisons y abritent une population vieillissante. Tara toque quelques coups à la baraque soixante mètres plus loin et remet sa marmite à une mamie joufflue qui rougit comme une petite fille en me voyant. Nous remontons la chaussée en lacet en évitant les nids-de-poule où les flaques d'eau gelées capturent une lumière drue. Au fur et à mesure que nous remontons la butte, les couches de neige en amont s'épaississent, les maisons s'espacent et le silence comble le vide. Mon souffle est court, je fatigue rapidement.

« On peut repartir pour Miralem demain matin, suggère Tara. Si tu as suffisamment récupéré.

— Oui. Même ce soir, si tu veux.

— La route sera plus facile en journée. Et tu auras une nuit de plus de repos.

— Ça fait déjà huit jours que je te bloque ici », je remarque.

J'allume une clope et lui tends mon paquet. Je savoure la première latte, la lumière dans les yeux, comme un convalescent qui redécouvre le grand air. Tara elle-même penche la tête en arrière et souffle une longue langue de fumée. Sa peau boit le soleil.

« Ça fait longtemps que je n'avais pas passé de temps avec mon père, remarque-t-elle.

— Lui et Anton ne se causent plus, c'est ça ?

— Rarement. Mon père n'a pas encore accepté Tatjana. Ça viendra, un jour.

— S'il arrive à aimer les humains comme il aime leurs bouquins », j'ironise en repensant à la bible de mathématiques zaratienne qu'il me montrait un peu plus tôt avec fierté.

Je repense aux propos de Tara au sujet du décès sa mère, le soir où je l'ai ramenée chez elle après l'anniversaire de Tatjana. Sûr que la solitude ne doit pas trop aider le vieux à aller de l'avant.

« Je voudrais m'excuser, fait-elle après un silence. J'aurais dû être plus claire sur mes intentions, le soir de la démolition.

— C'est pour ça que tu t'occupes si bien de moi depuis ? »

Elle ne saisit pas l'ironie dans ma voix et répond avec gravité :

« N'importe quel Yassimil prendrait soin d'un malade, d'autant plus quand il est étranger. »

Je hoche machinalement la tête, écrase mon mégot et tente de me remémorer des bribes des jours passés. J'ai le souvenir diffus de son odeur. Elle comme moi faisons comme si de rien n'était. Ce n'est pas désagréable, quoiqu'un peu foireux, alors je me résous à crever le mystère :

« Est-ce qu'on a couché ensemble ?

— Tu me demandes ça sérieusement ? dit-elle en me dévisageant avec surprise.

— C'est embarrassant, je sais. Je ne me souviens pas. »

Un ange passe.

« Tu as essayé de m'embrasser, dit-elle. Puis tu t'es endormi.

— Ah. Merde. Pardon. »

Bizarrement, je suis aussi soulagé que déçu. En me levant, j'ai retrouvé du sperme entre les draps. C'est dire que je suis parti loin dans mon délire.

« De quoi est-ce que tu t'excuses ?

— De t'avoir sauté dessus.

— C'est plutôt moi qui étais en position d'abuser de toi », rappelle-t-elle.

Je souris pour moi-même. Les derniers arbres s'effacent, et la route s'interrompt sur une étendue blanche. Une dizaine de rochers de la masse d'un bunker sont répartis en cercle autour d'une plateforme qu'on devine ensevelie sous la neige. L'architecture rappelle celle d'un mégalithe, à cela près que ce sont des blocs de basalte noir que des hommes ont tractés jusqu'ici. En contrebas, la ville nouvelle zaratienne s'étend sur plusieurs kilomètres entre nous et le centre historique, déjà plongé dans l'ombre. Plus loin, la chaîne blanche des Beskides découpe une ligne irrégulière sur l'horizon.

Nous avançons de quelques pas sur la plateforme. Au centre, un feu récemment allumé termine de mourir. Tara attrape l'une des bûches abandonnées sur le côté pour le prochain visiteur et la place sur les braises. Elle rebrousse chemin et revient deux minutes plus tard avec une poignée de brindilles. Le bois s'assèche difficilement, les premières flammes prennent lentement en grignotant l'écorce. Je fouille dans ma poche et jette un ticket de caisse qui s'embrase puis noircit. J'allume une seconde clope et observe la ville qui se déroule devant nous.

« Je suis souvent venue ici avec ma mère, murmure Tara.

— Avant la guerre ?

— Oui. Et au tout début. On allumait un feu, on priait pour les nôtres et pour que la paix revienne… Je ne comprenais pas l'enjeu, j'adorais simplement ces moments. Ensuite, c'est vite devenu trop dangereux de venir seules ici. »

Je hoche la tête, pensif.

« Qu'est-ce qu'il lui est arrivé ? À ta mère ?

— Des choses suffisamment terribles pour qu'elle se suicide. »

Elle accepte la seconde cigarette que je lui tends. Je m'accroupis près du brasier pour respirer l'odeur des flammes et faire craquer mes articulations.

« Navré, dis-je.

— À chacun son bagage, relève Tara après un silence. Le tien aussi est encombrant.

— Il tient dans un mouchoir de poche. »

Elle me lance un regard interrogateur. Je me redresse, mes deux genoux flageolent.

« Une fois que tu t'es détaché, tu peux te rendre n'importe où, devenir qui tu veux… C'est ce qui me plaît, dans l'itinérance.

— Pourtant, tu es revenu dans ce pays.

— Comme un saumon, dis-je.

— Tu as des œufs à pondre ? »

Nous échangeons un sourire. Son épaule est à quelques centimètres de la mienne. Dans la lumière, son visage est ouvert, ses pupilles dilatées. Dans l'expectative. Je considère l'idée de l'embrasser. Après ma tentative de l'autre nuit, probable qu'elle se demande jusqu'où je vais aller. Je nous vois faire l'amour derrière l'un des dolmens, à même la roche nue, et le silence épais troublé par le frottement de nos vêtements. Ses mains agrippées à ma veste ou n'importe quoi d'autre, nos culs offerts au vent gelés. Je sens un début d'érection sous mon jean et fixe à nouveau mon regard sur Solvic. Je me contente de frôler son petit doigt et jette mon mégot dans les flammes.

𝄢

À l'approche de la vieille université, des drapeaux bleus unis marqués d'un blason blanc remplacent les couleurs yassimiles. Abstraction faite de leur connotation nationaliste, l'ensemble est d'un effet plutôt gai et festif dans la nuit froide. Nous terminons le tour de l'imposante bâtisse de trois étages. Milan évoque l'histoire tragique du bâtiment qui abritait encore il n'y a pas si longtemps la plus grande collection de livres anciens du pays : quatre-vingt-quinze pour cent des ouvrages auraient brûlé au début de la guerre au cours d'un incendie, réduisant en cendres une grande partie du patrimoine scientifique séculaire des Zaratiens... Une milice yassimile aurait commandité l'autodafé, brûlant au passage les plus beaux livres de son propre peuple.

« Quel était l'intérêt de faire une chose pareille ?

— Démoraliser les Zaratiens, beaucoup plus attachés à leur héritage livresque que ne le sont les Yassimils – dont la culture se base sur l'oralité. Et mettre de l'huile sur le feu, tout simplement.

— C'est le cas de le dire.

— Quinze pour cent des ouvrages de la bibliothèque étaient de précieux documents sur l'histoire yassimile. Pour cette milice, c'était un sacrifice acceptable. Même si leur action n'a pas fait l'unanimité dans leur propre camp, tout le monde s'est bien gardé de donner son avis. Les Zaratiens s'en sont largement servis, par la suite, pour traiter des civils yassimils avec la même barbarie. »

Nous revenons sur nos pas jusqu'à la voiture. J'accueille avec un certain soulagement le chauffage ronflant dans mes tibias. Cette journée de voyage n'en finit pas, je rêve d'une douche chaude et d'une couette accueillante. J'ai assimilé beaucoup d'informations ces dernières heures ; je soupçonne mon organisme de m'assommer de fatigue pour m'éviter une nouvelle conversation sur le passé de la Zaramestrie, que je serais inapte à recevoir avec mes deux oreilles ouvertes. Tandis que notre voiture regagne la route nationale, Milan allume un fond grésillant de radio. Nous nous enfonçons dans la nuit, vers les Carpates ; je me sens loin et vulnérable. Pour autant, une sensation grisante d'anonymat pétille discrètement sous ma peau. Je ne suis plus Leila Alaman, petite laborantine et musicienne à ses heures perdues, la galérienne paumée, l'employée sage, l'amoureuse délurée, la violoniste consciencieuse... Non. Je ne suis plus rien qu'une fille en route vers un village de montagne, à sept heures de l'aéroport le plus proche. Je finis par basculer dans le sommeil une volée de kilomètres plus tard, Milan imperturbable sur le siège conducteur.

L'obscurité est complète lorsque j'ouvre à nouveau les yeux. Aucune trace de maisons, de lampadaires ou d'une quelconque activité humaine. La sensation est étrange. La route sinue devant nous comme un immense boa. Milan a coupé la radio et conduit en silence en se raclant la gorge à intervalles réguliers. Je frotte mon visage à deux mains pour chasser le sommeil.

« Tu te réveilles au bon moment, dit-il. On est sur le point d'arriver.

— Déjà ? »

Je regarde mon téléphone. Il est près de vingt heures. Je me réveille avec une migraine et je n'ai pas les idées claires. Nous progressons lentement sur une route de montagne. De toute évidence, une zone boisée, au bord d'une gorge ou d'un ravin. Le monde se réduit à cette bande d'asphalte noir éclairée de plein phare qui ondule entre les masses sombres de la montagne, plonge brusquement dans un boyau de roche et en ressort, plusieurs dizaines de mètres plus loin.

Au sortir du tunnel, la voiture gagne une zone dégagée. La lune éclaire un plateau qui descend en pente douce. Je remarque dans le ciel quelques masses bleu sombre et songe qu'il doit s'agir de la même chaîne de montagnes que celle du promontoire de Solvic, plus proche. La neige accrochée aux versants près des pics dessine le relief des sommets à coups de gomme et diffuse dans la nuit une clarté nébuleuse.

Après un embranchement, nous descendons lentement sur une route en lacet. Un amas de lumières scintille à son extrémité. L'angoisse qui m'a traversée au réveil se dissipe ; nous dépassons une poignée de maisons, et mon voisin arrête finalement sa voiture en face d'une vieille bâtisse en pierre. Le village en contrebas n'est qu'à quelques centaines de mètres. Prenant exemple sur lui, je sors de la voiture, non mécontente de dégourdir mes jambes.

« Bienvenue à Plavitza », fait-il en décrochant un énorme bâillement.

J'entraperçois un chapelet de dents plombées. Un grand chien sorti de nulle part halète frénétiquement derrière le portail en donnant quelques coups de pattes.

« J'espère que tu n'as pas peur des chiens ? »

Je secoue la tête. Milan ouvre la grille. La bête se jette à l'extérieur et pose ses pattes avant sur le torse de son maître en m'ignorant superbement. Sa queue bat l'air frénétiquement comme un métronome affolé. Le géant gratte affectueusement le molosse sous la mâchoire. Le chien tend son museau vers le ciel d'un air appréciateur.

« Je te présente Zichka, dit Milan.

— Ça veut dire quelque chose ?

— Oui ; c'est le nom d'un tambour. Celui-là était très vocal au début de sa vie, mais il s'est assagi. »

Le chien me renifle sans animosité tandis que nous

déchargeons les bagages. Le froid achève de me réveiller complètement : malgré ma doudoune molletonnée, je grelotte de haut en bas. Nous remontons directement un escalier près de la porte principale et débouchons sur une terrasse extérieure. Milan sort un trousseau. Nous pénétrons dans une chambre déserte meublée d'un lit superposé et d'un lit simple.

« J'ai aménagé cette pièce l'été dernier pour héberger les professeurs qui habitent un peu loin, explique-t-il. Le chauffage marche déjà, il y a une salle de bains privative et des couvertures supplémentaires dans le placard, si tu as besoin. »

Il me tend le trousseau.

« La grosse clé ronde est celle de la maison en bas, utilise la cuisine comme tu veux pour te faire à manger ou regarder la télé. Comme ça, tu seras autonome. Je suis moi-même souvent par monts et par vaux. »

Je saisis le trousseau et le remercie.

« Demain, le premier cours commence à six heures trente, poursuit-il. On partira de la maison une demi-heure plus tôt. Tu peux descendre un peu avant pour le petit déjeuner, je ferai une omelette. »

Je plisse le front, bouche entrouverte, et hoche la tête d'un air naturel pour dissimuler ma surprise. Milan éclate de rire et me tapote l'épaule d'un air moqueur.

« Ne t'inquiète pas, petite Française, ça ne va pas être tous les jours comme ça. Je te propose d'assister au premier cours pour que tu voies l'ambiance. Les autres fois, tu pourras te réveiller plus tard. Si tu te sens trop fatiguée, on peut très bien décaler ça au jour suivant.

— Non, non, restons sur ce que tu as prévu », dis-je, prise de court.

Il incline la tête et sourit.

« Je te laisse te reposer, alors ; à demain. »

Il ressort sur la terrasse et descend la volée de marches à pas lourds. J'entends le chien Zichka japper à son approche comme si son maître venait de s'absenter un jour de plus. La voix grave de Milan résonne dans la nuit ; il parle à son molosse en zaramestre d'un ton complice et apaisant, puis rentre s'abriter.

Je pose mon sac au pied du premier lit, m'assois sur le matelas et règle mon réveil à cinq heures trente. Pour des vacances reposantes, il faudra repasser. Ce dortoir n'est pas fait pour une seule personne. J'étale mes affaires sur l'autre lit pour occuper l'espace, me connecte au wifi, envoie quelques messages à maman, Raphaël et au groupe. Ma migraine se dilue légèrement sous l'eau chaude de la douche. L'idée de faire quelques minutes de violon me traverse, je songe à mon hôte en dessous qui doit probablement être aussi exténué que moi, et je m'endors pelotonnée sous un amas de couvertures, bientôt bercée par le grondement souterrain d'un ronflement distant.

« Oui, j'ai bien vu. Je suis navré, mais je ne suis pas sûr qu'une peintre d'Europe de l'Est remplisse la galerie... »

Je ravale un soupir d'exaspération. Des planqués, voilà ce que sont ces commissaires qui passent leur journée à se faire lécher les burnes pour leur bon goût et leur prétendu flair. De l'avant-gardisme bien comme il faut et garanti sans risques : un peloton d'artistes crève-la-faim le fait pour eux en première ligne, en attendant le jour où on épinglera le fruit de leurs entrailles aux murs de leur paroisse. Le monde de l'art me débecte encore plus que celui de la presse, il suffisait d'un coup de fil pour me rafraîchir la mémoire...

« Quel rapport avec l'Europe de l'Est ? Si je te proposais une rétrospective sur Karlestin, tu ne dirais pas non », je rétorque, un brin agressif.

Valério Clos s'agite à l'autre bout. Sûr qu'il n'apprécie pas qu'on lui cause sur ce ton.

« L'artiste dont tu me parles sort de nulle part, Tim. Si la Zaramestrie était encore en guerre, je ne dis pas. Il y aurait une actualité. Ça fait presque vingt ans, les gens ont le regard tourné vers d'autres régions du monde. »

Silence. Je tire entre mes doigts ce qu'il me reste de sourcils et me rassois à la rambarde de ma fenêtre. J'allume une cigarette et aspire quelques bouffées en regardant à l'extérieur. Trois gamins jouent à la guerre dans la rue en dessous. Ça piaille en se jetant de la neige tassée. Sur le trajet de retour vers Miralem la semaine passée, pendant que Tara somnolait à ma droite, je me suis souvenu de l'appel à projet de la fondation Strozzeli, échoué dans mes mails un mois plus tôt. Au téléphone, l'assistante ne m'a pas fait attendre. Valério Clos a embrayé avec la même voix onctueuse que je lui connaissais.

« Tu es toujours là ?

— Hum hum.

— Et si tu me parlais plutôt de ton travail ? Je suis tes publications, tu sais. Il y aurait certainement des choses à faire ensemble. »

Sans blague. Jusqu'à ce que je disparaisse de la circulation et que je ne travaille plus que pour quelques revues, plusieurs galeries se disputaient l'exclusivité sur mes tirages. Ça a atteint un niveau dérangeant quand on m'a décerné le prix WordPress. Quand on n'héroïse pas les reporters de guerre de façon indécente, on les accuse tantôt de voyeurisme, tantôt d'esthétiser l'horreur. Il faut voir ce qu'on sait inventer pour détourner les yeux. Ceux qui comprennent le mieux le sens de la démarche, ce sont encore les gens de ces pays.

Je tire une nouvelle latte, observe la fumée dériver dans l'air froid et considère une autre option – un détour – pour obtenir ce que je veux.

« Et si je te propose quelques clichés en même temps que les toiles de Tara Sojkovin ? Tu prends le tout ?

— Qu'est-ce que tu as en tête ? »

Je ne sais pas où je vais ; alors je brode pour gagner du temps. En bas, d'autres gamins ont rappliqué pour grossir le rang des équipes. Quelques adultes suivent les opérations de leur balcon.

« Imagine une rétrospective sur l'après-guerre. Ce qui s'enlise, ce qui évolue... Des séries sur les zones de conflit, tu en trouveras, toujours. Ce qui se passe ensuite, comme tu l'as résumé, tout le monde s'en fout. Pourtant, il y a des choses à dire. À montrer. J'ai pas mal de portraits de civils et de politiciens. Plutôt bons. Il faudrait assembler les photos et les toiles... Je dois y réfléchir un peu, mais il y a de quoi faire. Pour être honnête, je ne t'appelais pas pour ça. Je voulais te parler de cette peintre, c'est tout.

— D'accord, je vois mieux... Bon. Si tu as assez de matière, ton idée peut m'intéresser. C'est moins sensationnel, mais c'est dans la continuité de ta première exposition chez nous...

— Et elle ?

— La peintre ? Tu as l'air d'y tenir... On pourrait insérer quelques-unes de ses œuvres, oui. C'est toujours bien d'avoir un artiste local invité. »

Je ravale mon sarcasme et abrège. Nous convenons de nous rappeler en fin de semaine, le temps qu'il réfléchisse à sa programmation. Je raccroche, attrape ma sacoche et mon blouson et descends dans la rue pour prendre ma voiture garée un peu plus loin. Les manœuvres des mioches ont rameuté du monde, il y en a maintenant une douzaine. Je m'agenouille dans un coin, sors mon trente millimètres et rafle quelques clichés. Les enfants, la neige, ça plaira certainement à ce clown de galeriste.

Je roule vers le quartier Vladivostok, gare la bagnole au bas d'une côte raide et termine les cinq cents derniers mètres à pied. La neige est tombée toute la nuit, personne ne s'est soucié de dégager la route qui remonte la butte. Le secteur est désert. Je passe devant un chien errant qui renifle une poubelle. Il lève le museau et s'immobilise quelques secondes avant de détaler, la queue entre les pattes. Au temps de la guerre, les clebs terminaient en grillade quand on les attrapait. Celui-là doit avoir bonne mémoire.

Je reconnais de loin la façade rouge et noire criblée d'éclats de verre. Cette fois, le store est relevé. Derrière la vitre, Tara est installée sur une chaise devant une toile, un bonnet sur la tête et son buste enroulé dans un châle. Je me signale d'un geste et entre.

Elle me regarde d'un air vaguement surpris. Ses traits tirés portent les marques de la fatigue. Je n'ai pas donné de nouvelles depuis notre retour de Solvic. Sans savoir pourquoi, je me sens soulagé de la trouver ici.

Elle s'éclipse à l'étage pour revenir avec deux bols et une carafe de café. Ses ongles sont souillés de peinture jaune et noire.

« Tu travailles le dimanche ?

— C'est le seul moment de la semaine où je peux peindre deux heures consécutives sans être interrompue.

— Je tombe mal, alors.

— Non. Je te le dirais. »

L'odeur de peinture est entêtante. J'avale une gorgée de café. Le liquide âcre descend dans ma trachée et me tord les boyaux.

« Tu as l'air d'aller bien, remarque-t-elle. Tu es complètement remis ?

— J'ai pris une semaine de repos. »

Elle soulève un sourcil interrogateur. La vérité, c'est qu'avec ou sans fièvre, l'épisode délirant de ma nuit à Solvic m'a flanqué une sacrée trouille. Je parle tous les deux jours avec ma sœur Kirsten pour voir venir les risques de rechute. J'ai suivi ses indications, nettoyé mon trou à rats qui commençait à sentir le ranci, changé les draps, fait des promenades à pinces quand le temps le permettait, lu un ou deux bouquins au pieu, pris des bains en écoutant de la musique, et d'autres conneries relaxantes de ce genre. J'ai même acheté des tisanes insipides que j'ai aussitôt balancées aux ordures. Il ne faut pas exagérer.

« Toi, tu n'as pas arrêté », je remarque en jetant un coup d'œil circulaire sur le bordel autour de moi.

Tara secoue la tête.

« Avec la fin d'année, j'ai beaucoup de commandes graphiques, oui… C'est la première fois que je peins en quinze jours. Mais de toute manière, je n'obtiens rien de bon ce matin. »

Je jette un œil à la toile qu'elle a mise de côté à mon entrée. Je reconnais vaguement les sept districts emmurés de Solvic, comme les pièces d'un puzzle biscornu. Les frontières ont l'aspect d'un réseau de veines noires sur une mosaïque jaune et bleu.

« Tu travailles souvent au pastel ?

— Ça m'arrive. »

Mes yeux parcourent brièvement les toiles à divers stades d'achèvement accrochées aux murs ou bien posées à même le sol. L'énergie qui émane des tableaux me frappe une nouvelle fois, notamment sur les œuvres les plus abstraites. Mon propre travail a la particularité d'être souvent désaturé. Des photos noir et blanc pourraient être un bon choix si on veut contraster avec l'intensité de ses propres couleurs.

« J'ai une proposition à te faire, je commence.

— Si tu cherches une interprète, je ne suis pas la bonne personne.

— Très drôle. »

Je lui résume ma discussion avec Valério Clos. Tara s'appuie contre le dossier de sa chaise et croise les bras sur sa poitrine. Elle me dévisage sans ciller, marque un temps de surprise puis revient à sa méfiance coutumière.

« Tu es sûr de vouloir faire ça avec moi ? Il y a plein d'autres peintres dans ce pays.

— C'est vrai. Il est probable d'ailleurs que tu sois la moins bonne d'entre tous. »

Elle lève les yeux au ciel. J'allume une cigarette et tire quelques lattes.

« Le thème de sa saison, c'est la résilience. Ça te parle ?

— Ça va. »

Je lui tends mon paquet et elle secoue la tête.

« Sérieusement, Tim, pourquoi tu me proposes de faire ça avec toi ? D'après ce que tu dis, tu pourrais complètement faire ce projet tout seul, je ne vois pas ce que je viendrais faire dans ton expo... »

Je soupire, agacé. Si elle veut jouer à la princesse, autant en rester là.

« Oui, je pourrais faire ça seul... »

Je marque une pause, et lâche :

« Ça serait la nième expo sur la Zaramestrie vue par un étranger. On trouverait ça poignant, subtil, éclairant sur la condition humaine confrontée au chaos. J'ai déjà fait vingt fois cet exercice, je sais très bien pourquoi je n'expose plus. Il se trouve qu'on m'a fait cette proposition, que je suis prêt à y répondre à condition qu'on présente pour une fois le travail d'un artiste de ce putain de bled. Ta guerre, c'est elle qui a lancé ma carrière. La Zaramestrie, c'est le pays qui m'a fait connaître, c'est comme ça. Après, je ne suis pas venu ici pour m'acharner à te convaincre et te dire à quel point ton travail est extraordinaire et mériterait d'être exposé. Si tu as besoin de l'entendre : je ne te propose pas ça pour le cul. Maintenant, si tu préfères me conseiller l'un de tes camarades, libre à toi. »

Un mince sourire flotte sur ses lèvres. Enfin, elle se déride. Elle attrape une clope dans le paquet posé sur la table basse, inspire quelques bouffées et demande :

« Quel type de tableaux est-ce qu'il te faudrait ? »

Je passe les jours suivants à faire le tour de mes archives. Tout ce que j'ai sur la Zaramestrie est là : des scènes d'assauts et d'incendies, plusieurs clichés sur les murs de Solvic pendant leur construction, beaucoup d'images de Miralem tentant de vivre pendant le siège ; les distributions de rations alimentaires, les femmes risquant leur vie pour aller laver le linge, les cours d'école improvisées dans les cages d'immeubles, une veillée de la nuit des morts, un concert de musique dans une discothèque de la vieille ville que les jeunes continuaient de fréquenter, malgré la menace des snipers dans les rues alentour. Bon. Les souvenirs remontent, le bon comme le mauvais. Je croise une première sélection d'une centaine de clichés avec mes photos plus récentes et les reprographies des peintures de Tara.

Quand je cause de nouveau avec Valério Clos, j'ai assez de matière pour achever de le convaincre. J'obtiens de placer une peinture toutes les quatre photos en lâchant au passage cinquante pour cent de commission sur les ventes.

Il me concède un à-valoir de quatre mille euros contre une ristourne généreuse sur mes propres droits d'auteur. La moitié servira à financer les impressions, les deux milliers restants permettront à la peintre de payer ses factures de chauffage et de mettre du gras dans sa soupe. Une telle somme représente six mois de salaire par ici.

Sur les quarante œuvres livrées sous forme de diptyques ou de triptyques, reste encore à produire un bon quart. Après avoir fait la fine bouche, Tara a tenu à créer de nouvelles toiles pour l'occasion. L'avance, argue-t-elle, va lui permettre de décliner quelques commandes graphiques et dégager du temps. Elle n'a pas l'air mécontente.

Pour tout dire, moi non plus.

𝄢

« Échauffez-vous les poignets. On reprend sur les ras de la dernière fois. »

La voix de ténor de Milan résonne dans le studio. Huit baguettes tournoient silencieusement : haut bas, droite gauche, mouvements circulaires. Les batteries disposées en demi-cercle ressemblent à d'énormes insectes secouant leurs mandibules.

Les quatre élèves s'échauffent sur la caisse claire en alternant frisés et roulements. Je comprends sans effort ce langage, pour avoir vu Adèle s'y exercer de nombreuses fois. Ils doivent avoir entre quatorze et dix-huit ans. Le premier est un grand blond discret qui manipule ses baguettes avec des gestes délicats ; les deux autres sont de toute évidence de la même famille, bruns et plutôt trapus avec une barbe irrégulière. Une fille aux cheveux rose chewing-gum complète la cohorte ; ses yeux gris-bleu s'allongent comme deux amandes sur son visage rond.

« On part sur la même rythmique que la dernière fois et

on remplace le dernier coup par un ras de trois. Mitzel, tu commences ? »

L'adolescente hoche la tête et s'exécute. Elle frappe la grosse caisse, le charley et la caisse claire sur l'équivalent de deux mesures. À la troisième répétition, elle intègre trois coups serrés sur les toms un quart de temps avant la note forte. Milan hoche la tête sans commentaire et se tourne vers le suivant. Assise dans mon coin, je guette les signes de méfiance ou d'animosité qui pourraient survenir, comme je me l'imagine, entre les membres de chaque communauté. Tout me semble, cela dit, relativement normal. Milan énonce les consignes en anglais, traduit en zaramestre certains mots difficiles :

« Maintenant, on tient la rythmique tous ensemble. Pavlov, attention à ne pas accélérer. Vous reprenez à la mesure suivante si vous perdez le fil. »

Le rythme est simple et entraînant, on sent l'air qui vibre jusque dans la cage thoracique. Entre ces quatre murs capitonnés, Milan est un poisson dans l'eau, sa présence fait l'effet d'une sorte d'évidence. Personne ne questionnerait son sweat à capuche noir ou le bandeau qu'il a glissé dans ses cheveux, dégageant son front haut, sa barbiche et ses rouflaquettes apparentes.

Je ne constate pas de tension avérée entre les musiciens – peut-être une vague défiance entre Mitzel et Georges au cours de l'un des exercices qui suit, et encore. Mon attention retombe et mon esprit divague, porté par la fatigue.

Je rêve d'un bon café. La nuit était encore opaque quand mon réveil a sonné ce matin, à cinq heures et demie. J'ai ressenti en m'extrayant des couvertures un profond sentiment de vertige au milieu de ce dortoir vide. J'ai passé un peu d'eau sur mon visage et sauté dans un jean propre avant de descendre avaler sans grande conviction la part d'omelette graisseuse que Milan venait de me faire frire. Mon hôte, lui, était frais comme un gardon. J'ai remarqué la batterie qui trônait en face du canapé de son salon et la volée d'affiches de musique accrochées aux murs. D'autres instruments à percussion traditionnels étaient disséminés un peu partout entre les meubles et sur les étagères. De toute évidence, aucune compagne, encore moins des enfants, ne partageait cette maison. Je ne lui avais posé aucune question à ce sujet au cours de la journée de route, supposant que j'aurais mes réponses tôt ou tard en arrivant chez lui. Milan a chargé de nouveau ma valise contenant les instruments dans la voiture, puis nous avons roulé au pas sur moins d'un kilomètre dans l'habitacle couvert de givre, qui me faisait l'effet d'un igloo à moteur. Nous nous sommes arrêtés devant une vieille bâtisse de deux étages. À moitié réveillée que j'étais, j'ai suivi Milan hors de la voiture, passé un vieux portique, remonté une allée verglacée. Un graff immense représentant des instruments à cuivre enchevêtrés comme un réseau de tuyauterie recouvrait la façade principale. Nous avons traversé un hall haut de plafond, poussé une première porte, une seconde, descendu un escalier, pour gagner finalement cette grande salle capitonnée au sous-sol.

Le cours terminé, les quatre adolescents attrapent prestement leurs manteaux ; il est huit heures moins le quart. À ce que je comprends, ils ne disposent que de quelques minutes pour rejoindre leur lycée. Milan rappelle Mitzel sur le pas de la porte, qui s'arrête, surprise.

« Quelques musiciens viennent rencontrer Leila ce midi. Tu peux te joindre à nous ? »

J'ai été présentée brièvement au tout début du cours et la jeune fille hoche poliment la tête en croisant mon regard. Nous échangeons un sourire, et elle rejoint les autres qui se dirigent vers la sortie.

« Bon, je te fais faire un tour de l'école ? » propose Milan en se tournant vers moi.

J'opine en souriant, enthousiaste. Nous regagnons le couloir du sous-sol. Milan extrait de sa sacoche son lourd trousseau carillonnant. À quelques mètres de la première salle, je découvre un petit studio d'enregistrement aux murs rouge vif qui sent la peinture fraîche. Sous la vieille toiture de cette bâtisse qui ne paye pas de mine, l'idée que je puisse me trouver dans une caverne aux merveilles commence à se former dans mon esprit.

« On a refait la salle à neuf le mois dernier, sourit Milan. Après quelques mois dans l'école, chaque élève intègre un groupe multi-instrumentiste. Ça tourne trois fois par an pour éviter les regroupements communautaires. À partir de la deuxième année, chaque groupe peut s'enregistrer une fois par trimestre. Je loue aussi l'espace à des musiciens extérieurs. Ça permet d'attirer de nouvelles têtes et d'alléger aussi quelques factures. »

Mes sourcils s'arrondissent. Avec le groupe, nous avons enregistré une dizaine de titres l'été dernier à l'aide de nos économies et d'une modeste campagne de financement participatif. Notre premier album. L'idée de ramener toute la bande ici, au fin fond de la Zaramestrie, pour enregistrer de nouveaux morceaux, me semble à la fois saugrenue et diablement séduisante.

Nous sortons du studio et repassons au rez-de-chaussée, puis au premier étage. Je découvre trois salles de répétition supplémentaires équipées de batteries, d'amplis et de claviers. La plupart sont suffisamment vastes pour accueillir jusqu'à six musiciens. Détail original, toutes les portes arborent un écriteau sur lequel figure le nom d'un groupe de rock iconique : Dire Straits, Police, Led Zeppelin, Metallica... Au deuxième et dernier niveau, des niches de plus petite taille destinées aux cours particuliers se succèdent sous les combles. Au bout du couloir, Milan déverrouille la serrure d'une porte dénuée d'inscription. Nous pénétrons dans un immense grenier. Mes yeux font le tour de la pièce et tombent sur une série de cuivres et d'instruments à vent. Sous un drap blanc fantomatique, je devine la silhouette d'une contrebasse assoupie. Un immense soubassophone sommeille dans un coin comme un python en pleine digestion. L'ensemble offre au regard un éventail de couleurs chaudes et de courbes charnues dans une odeur de bois et de poussière. Je me revois quelques secondes dans l'atelier de Min', entends distinctement le bruit du bois poncé, le toc sur les planches dont il évalue la facture, l'odeur traînante d'huile d'abrasin. Malgré l'aspect un peu chaotique de l'endroit avec sa profusion d'objets, une douceur se dégage de ce bataillon d'instruments au repos.

« J'entrepose ici les instruments endommagés que je retrouve ici et là, précise Milan. Je les confie à un luthier de Plavitza qui les rénove progressivement. Beaucoup de nos élèves n'ont pas les moyens de s'équiper correctement et empruntent tout leur matériel ici. »

Je jette un regard à mon hôte qui se tient légèrement voûté, beaucoup trop grand dans cet espace bas de plafond. Je me rappelle que son père était luthier lui aussi. Nous devons partager le même genre de respect religieux pour la fabrique et l'entretien des instruments.

« C'est aussi là que seront conservés les violons de Nermin ?

— Oh, ceux-là sont en parfait état, ils vont très vite trouver preneurs. Les quatre musiciens à qui j'ai donné rendez-vous ce midi pour faire ta connaissance seraient ravis de s'entraîner sur de meilleurs instruments. J'ai pensé que tu pourrais les leur remettre. Si tu es d'accord, bien sûr. »

Je hoche la tête d'un air naturel. Même si je peine à me l'avouer, je suis un peu inquiète à l'idée que ces quatre instruments confiés par mon grand-père se retrouvent aussi vite entre les bras de jeunes inconnus. Il est pourtant normal, et souhaitable, de trouver à chacun un violoniste d'adoption.

Nous sortons du grenier et regagnons le rez-de-chaussée. La lumière ténue du jour naissant perce par les fenêtres et égaye le grand hall désert que nous avons traversé deux heures plus tôt. Dans la pénombre, la salle m'a d'abord fait l'effet d'un manoir abandonné à l'aspect plutôt lugubre. Mes yeux parcourent de nouveau le carrelage irrégulier et la peinture écaillée sur les murs. Le comptoir dans l'angle autour duquel convergent quelques tables en plastique. À l'autre extrémité de la pièce, une estrade surélevée s'étend sous la bannière qui cascade du plafond. Le nom de l'école, Plavitza Rock School, s'y détache en lettres blanches sur fond noir. Dans la pénombre, je n'avais pas non plus remarqué tout à l'heure la dizaine de vieux tapis aux motifs bariolés agglutinés aux murs et au plafond tout autour de la scène : un stratagème esthétique et malin pour étouffer l'écho. Milan toussote et se tourne vers moi.

« Je t'aurais bien proposé de faire un tour dans la vieille ville, mais il faut que j'aille régler quelques problèmes administratifs qui sont tombés hier, explique-t-il.

— Pas de problème, ce n'est que mon premier jour.

— Si tu veux te promener en attendant midi, il te suffit de remonter l'avenue à gauche en sortant de l'école, tu tomberas rapidement sur le pont de Plavitza. C'est un monument classé au patrimoine de l'Unesco, tu verras, c'est très beau. Autrement, tu peux aussi rester dans l'école, bien sûr. C'est comme tu préfères. »

La journée d'hier a été dense en découvertes et je ne suis pas contre l'idée de ralentir le pas. Je songe qu'il ne me reste qu'une matinée avant que les violons ne soient confiés aux élèves de Milan et je demande à brûle-pourpoint :

« Tu crois que je peux m'installer au grenier avec les instruments ? Comme ça, je les prépare pour tout à l'heure...

— Bien sûr. Bonne idée. »

Il me tapote l'épaule et sourit. Nous redescendons dans la salle des percussions au sous-sol où nous avons laissé la valise. Malgré mes protestations, mon hôte porte seul la cargaison jusqu'au deuxième étage puis me confie les clés de la salle.

« Mon bureau est au rez-de-chaussée, dit-il, la deuxième porte du couloir à gauche de l'entrée. N'hésite pas à venir me voir si tu as besoin de quelque chose. Autrement, je remonte te chercher ici dans quelques heures ?

— Oui, très bien. »

Je glisse la clé dans la serrure et pousse la valise devant moi. Dans mon dos, Milan descend les marches en sifflotant. Je referme la porte, avance de quelques pas et m'agenouille pour ouvrir le bagage : une imposante malle de plastique aussi volumineuse qu'impersonnelle, spécialement achetée pour l'occasion. Le cadenas cliquette, puis s'ouvre à contrecœur. Mes mains repoussent doucement le couvercle, comme si elles effleuraient un vieux coffre au trésor muet depuis des siècles et rempli de secrets.

Enveloppés dans de vieux draps informes, les quatre étuis somnolent dans une mer de billes en polystyrène. Je peux comprendre la surprise du douanier à l'aéroport lorsqu'il m'a demandé d'ouvrir ma cargaison. Je sors le premier instrument, déroule délicatement son cocon de tissu. Je fais de même avec les trois autres.

Assise à même le sol sur le plancher poussiéreux, j'ouvre au hasard l'un des étuis et prends dans mes bras le violon qui semble tout à coup minuscule au regard de la taille des enveloppes successives qui l'ont protégé jusqu'ici. Je passe délicatement mon doigt sur la volute ronde, puis le long de la table et des ouïes.

Les semaines précédant mon départ, j'ai passé plusieurs heures à découvrir les derniers instruments créés par mon grand-père. J'ai admiré la qualité du manche finement travaillé, l'âme parfaitement réglée entre les graves et les aigus. Toutes leurs nuances de vibrato, et la richesse des notes jaillissant joyeusement à chaque mouvement d'archet, comme si ce moment-là était tout ce qu'elles attendaient. Ce n'était pas des instruments d'étude que mon grand-père avait fabriqués là ; ces objets étaient l'œuvre de longs mois de travail. Je sais que Min' a restauré plus d'instruments au cours de sa vie qu'il n'a pu en créer, faute de temps. Ce travail-là a dû représenter pour lui une forme d'aboutissement.

J'ai choisi pour moi-même un violon à la table d'érable

sycomore. Celui que je tiens dans mes mains est fait du même bois. J'attrape l'archet aux crins flambant neufs dans son étui, le resserre légèrement, place la mentonnière contre mon cou et improvise quelques notes pour dégourdir mes doigts. La musique vibre contre ma joue. Je ferme les yeux et murmure *sotto voce* ce qui me passe par la tête. Peu à peu le temps s'arrête et les silences s'entremêlent, joueurs. J'entends mon cœur battre lourdement, un métronome irrégulier. Peut-être chantonnerais-je par-dessus la musique si ma gorge n'était pas aussi nouée. L'intensité de l'émotion que je ressens à cet instant me prend de court. Je ne veux pas ouvrir les yeux de peur de briser le cocon mélodieux qui m'enveloppe. Si ce violon était une lampe magique et que Nermin pouvait en rejaillir… J'ai cette étrange sensation qu'en continuant à jouer je tomberai tôt ou tard sur la mélopée merveilleuse capable de lui redonner forme. Alors elle grandirait, *forte*, il suffirait d'alimenter la mélodie pour que son hologramme finisse par apparaître, un fil ténu entre nos mondes. Sa voix grave et chantante s'écoulerait dans mon oreille. *Tu es venue, finalement. Je suis bien content.* Je lui répondrais que je ne sais pas vraiment ce que je fais ici, faire tout ce chemin pour se dire au revoir, était-ce bien nécessaire ? Il sourirait, les rides plissées au coin des yeux. *Il était important que tu voies ce monde-là pour continuer de te construire*, arguerait-il. Et toi, tu es le maître de la délégation et des réponses évasives, conclurais-je. Milan l'a lui-même remarqué.

Je le regarderais longuement sans oser le toucher, de peur que le mirage ne se dissipe. Ses longs doigts fins, son regard doux déjà lointain, sa silhouette dégingandée. Je tenterais d'imprimer une dernière fois dans ma rétine ces fragments vacillants, jusqu'à me rendre à l'évidence que l'essentiel n'est plus là, que son image m'échappe. Rien ne pourra changer, pourtant, ce lien indéfectible tissé au fil des ans, qui nous dépasse et continue de vivre hors de nous-même. Leila a aimé Min'. Min' a aimé Leila. Je pourrais disparaître à mon tour, cette trace nous survivrait. Elle serait le vestige de notre bref passage : une force qui ne finit jamais de traverser le temps et d'adoucir ce monde.

J'ouvre les yeux sur le grenier désert, cernée par un bataillon d'instruments au repos. Je pose le violon sur mes genoux et je remarque enfin le voile liquide sur mon visage. Les mots ne sont plus nécessaires : l'hologramme s'est enfui et ne reviendra pas. Alors j'ouvre les vannes une bonne fois pour toutes et pleure de longues minutes avec un profond soulagement. Nos chagrins sont pressés de rejoindre la mer. Je charge celui-ci des derniers mots d'adieu, de toute ma gratitude et d'un vœu de tendresse ineffable.

Deux coups au battant de la porte de bois. Encore les gamins qui s'emmerdent dans la cage d'escalier et taquinent un peu trop. Je décolle l'œil de l'ordinateur et regarde par la fenêtre : il neige sans discontinuer sur Miralem depuis trois jours. Le déluge, version hiver sans fin. Plus un chat dans les rues, la ville fait le dos rond et attend que ça passe. Toutes les façades s'effacent sous la bouillasse grise, réduites à l'état de croquis. Même ici, personne n'a l'habitude de tempêtes pareilles.

J'ai terminé de retoucher les images de Solvic depuis belle lurette. Je m'occupe sur de vagues recherches, un plan de la Zaramestrie devant les yeux. Quand ça se calmera, il faudra repenser à faire un tour dans la campagne. Miralem ne m'inspire plus grand-chose et j'ai besoin de deux ou trois clichés supplémentaires, pour l'exposition. Une idée en entraînant une autre, j'ai fini par me souvenir de cette école de musique dont quelqu'un m'a parlé il y a un an de ça. Impossible de retrouver le nom du bled.

On frappe de nouveau. Je me lève et marche jusqu'à la porte, prêt à en découdre. Le problème de vivre dans un quartier yassimil, c'est d'avoir pour voisins des parents qui ne tiennent pas leurs mômes. Ceux-là ne vont pas m'oublier de sitôt... Deux flics me cueillent sur le perron. Je ravale ma surprise, jette un coup d'œil aux flingues pendus au ceinturon et compose un visage placide. Pour être trempés, ils le sont. Il faut avoir de bonnes raisons de se traîner jusqu'ici par un temps pareil.

« Tim Volker ?

— Lui-même. »

Le plus jeune dégaine son téléphone et pose sa question en anglais :

« Vous êtes bien l'auteur de cette photo ? »

Je reconnais mon portrait de Jol Foje sur les toits publié il y a quinze jours dans le *New York Times*, avec l'article de Balden. Je hoche la tête.

« Nous pouvons entrer ? »

Je hausse les épaules et m'écarte. Les flics font quelques pas dans mon terrier et observent sans un mot les photos agrafées au mur de la cuisine. J'ai disposé toutes les images en vrac il y a moins de deux jours, pour tester en vitesse des idées de scénographie. Leurs yeux s'attardent sur l'image de Jol Foje, épinglée entre celle du père de Tara et le portrait de la générale.

« Vous vivez seul ?

— Comme vous le voyez.

— Tous ces clichés ont été pris en Zaramestrie ? »

Je hoche la tête en allumant une cigarette. Sur la table, mon cendrier dégueule. J'attrape l'objet pour le vider machinalement dans la poubelle.

« Vous êtes photographe de guerre, c'est bien ça ?

— C'est exact.

— Pouvez-vous le prouver ? »

Je lève les yeux au ciel. Encore une question à la con.

« Vous pouvez consulter les archives du *New York Times*, de *Life* et du *Telegraph*. Mes crédits figurent sur les images dont je suis l'auteur. »

L'agent note studieusement les noms dans son carnet. Teint pâle, arcades et pommettes prononcées : un Zaratien, comme son collègue.

« Vous n'avez pas de carte de presse ? »

J'attrape mon téléphone sur la table de la cuisine et prends mon temps pour retrouver dans mes dossiers une version numérisée du document. Les deux auscultent mon écran comme une pièce à conviction, zoomant et dézoomant sur ma photo d'identité certainement plus engageante que ma gueule défraîchie d'aujourd'hui. Le jeune recopie soigneusement le matricule.

« Et l'original ?

— Chez ma famille, en Allemagne, je mens. Je peux savoir ce qui me vaut votre visite ? »

La carte est quelque part dans l'appartement, noyée dans la pile de papelards en pagaille sous le lit. Ne jamais se mettre en posture de se faire « emprunter » ses papiers est une règle d'or. Laisser entendre qu'on a des relations hors du pays soucieuses de votre devenir en est une autre, que je juge opportun de glisser en passant.

Les deux flics échangent un regard. La neige de leurs manteaux s'égoutte sur mon parquet.

« Jol Foje, que vous avez rencontrée le mois dernier, est responsable du meurtre de deux hommes », déclare le plus vieux.

Le plus jeune flic observe son collègue à la dérobée, surpris. Le premier lui répond d'un discret signe de la main, l'air de signaler que tout est sous contrôle. Je frotte d'un geste lent mes joues râpeuses.

« Accusée, ou responsable ?

— Elle reconnaît être responsable de leur mort. »

Jol Foje. Les mille précautions que nous avons dû prendre avant de l'approcher me reviennent en mémoire. La nervosité de ses gestes. Une femme intelligente, quand même. Pas du genre à péter les plombs. Cela dit, elle ne serait pas la première que ce pays déglingue.

« Qu'est-ce qui s'est passé exactement ?

— Le meurtre a eu lieu dans la rue Tsega Lite. La candidate affirme que deux hommes ont tenté de l'agresser.

— Ah. Ça change un peu la donne, je relève.

— Pouvez-vous nous faire part de ce qu'elle vous a dit, pendant cette interview ? »

Je hausse les épaules.

« Tout est retranscrit dans l'article que vous avez lu.

— Tout ? »

Je relis brièvement l'article sur mon écran de téléphone. Balden a bien sûr fait mention des menaces de mort évoquées par la candidate à la toute fin de l'entretien. Aucune raison de se priver de cette pincée de sel.

« Tout ce dont je me souviens y est, oui. Notamment les insultes et intimidations dont elle nous a parlé.

— A-t-elle cité des noms ?

— Pas à mon souvenir. »

Je me ressers une louche de café et retourne m'asseoir.

« Ceux qui l'ont attaquée sont yassimils ?

— ... Ce genre de détail ne vous concerne pas. »

Je passe la main sur mes paupières et retiens un soupir. Le programme non nationaliste de Jol Foje a pu lui attirer des ennemis d'un bord comme de l'autre, c'est vrai. Si les deux morts sont yassimils, sûr que l'information sera récupérée pour monter les deux camps les uns contre les autres. À deux semaines des élections, les politiciens en présence ont tout à y gagner. S'ils sont zaratiens... L'incident serait un moindre mal. La candidate pourrait d'ailleurs gagner en popularité.

« Comment va-t-elle ? je demande.

— Elle est en garde à vue pour le moment.

— Vous ne répondez pas à ma question.

— Votre rôle n'est pas de poser des questions, mais d'y répondre, rétorque sèchement le plus vieux. Deux hommes sont morts. Ceci est une enquête, pas une interview. »

Je termine mon café, cul sec. Le flic garde un visage de marbre.

« Vous avez d'autres questions ? je lâche.

— Pouvez-vous nous communiquer les coordonnées de la journaliste qui était avec vous lors de l'entretien ?

— Elle risque d'avoir elle-même plusieurs questions à vous poser.

— Nous ferons en sorte de canaliser sa curiosité. »

Je hausse les épaules. Ils connaissent déjà le nom et l'identité de Balden. J'arrache un bout de papier et recopie son adresse mail.

« Pouvez-vous également nous envoyer l'ensemble des photos que vous avez prises ce jour-là, avant retouches ?

— Vos désirs sont des ordres. »

Il me tend sa carte sans sourciller et se dirige vers la porte d'entrée avec son acolyte.

« Jol Foje va bien, lâche-t-il en se retournant. Elle ne porte aucune trace physique de sa prétendue agression, ce qui rend ses propres accusations... discutables. »

Je me force à sourire.

« Me voilà rassuré. »

La porte se referme. J'allume une nouvelle cigarette et entrouvre la fenêtre. La silhouette des deux agents apparaît dans la ruelle blanche, comme une ombre mobile happée par le blizzard. Ils progressent péniblement sous la neige et disparaissent à l'angle de la rue.

Je reviens à mon bureau. Prévenir Amnesty d'abord, Balden

ensuite. J'envoie une série de mails et vérifie les informations locales : aucune mention de l'arrestation de Jol Foje, encore moins de la mort de deux hommes et de son agression. J'appelle Tatjana au cas où quelque chose m'ait échappé. Elle travaille pour un institut de sondage et doit être informée des nouvelles officielles sur la campagne électorale.

« Tim ! s'exclame-t-elle d'une voix chaude. Comment vas-tu ? Tara nous a appris que tu avais été malade...

— C'était une simple grippe, je modère.

— On meurt encore de ces choses-là, tu sais. »

J'étouffe une quinte de toux et referme la fenêtre.

« Ne t'en fais pas, ta belle-famille m'a remis sur pied. Dis-moi, est-ce que tu as entendu parler de Jol Foje dans les médias, récemment ?

— Jol Foje, la candidate ?

— Oui.

— Pas plus que d'habitude. Pourquoi ? »

J'hésite quelques secondes.

« Tim ?

— La journaliste du *New York Times* qui l'a interviewée me demande des nouvelles sur l'avancée de sa campagne. Elle envisage de refaire un papier à son sujet avant les élections. Je me demandais si tu avais entendu du nouveau.

— Ce serait une bonne idée, réagit Tatjana. Il y a de plus en plus de femmes qui la soutiennent, même parmi les Yassimils, maintenant. Je pense vraiment qu'elle peut encore gagner des voix. »

Je retiens un soupir. Mes yeux parcourent l'appartement et les divers endroits où mes deux visiteurs ont égaré leurs mains. Tatjana évoque la fin de la tempête prévue pendant la nuit et me propose de venir déjeuner chez eux le lendemain. Si les routes sont dégagées d'ici là, je ne dirais pas non à l'idée de sortir de ce trou. Je raccroche et arpente la pièce de long en large. Cette affaire sent le coup monté. Il n'est pas impossible que deux nationalistes illuminés aient pris l'initiative d'une agression fortuite, ça ne serait pas la première fois. Mais si les pouvoirs zaratiens ont étouffé le fait divers, pourquoi m'avoir mis à l'instant dans la confidence ? Il suffit de suivre mes publications pour savoir que je suis le point de contact de plusieurs journalistes étrangers. Même si la Zaramestrie désintéresse le plus grand nombre, l'information qu'ils m'ont donnée est suffisamment sensible pour faire relever le nez de quelques rédactions. Ma rencontre avec Jol Foje remonte à trois semaines. Ils devaient se douter que je n'aurais rien d'autre à leur apprendre, et leur requête de voir mes clichés est bidon.

J'attrape mon manteau, la sacoche de mon Leica et descends les trois étages de l'immeuble. Je manque de piétiner la horde de gamins qui jouent à la police dans la cage d'escalier. J'aurais préféré leur visite. Besoin de prendre l'air, ne serait-ce que quelques minutes. La neige a déjà recouvert la trace du passage de mes visiteurs. Miralem en hiver. Je me souviens d'une tempête similaire en décembre 1995. La ville était dans l'œil du cyclone. La glace gelait les cendres comme des cristaux de dentelle noire et étouffait le bruit des affrontements. Personne ne se souciait de déblayer les routes, et une odeur de trêve flottait sur les artères désertes. La ville dans son silence retrouvé avait une atmosphère de fin du monde. J'avais pensé que c'était une solution. Une tempête éternelle pour arrêter proprement ce carnage, à défaut d'un accord de paix.

Je n'arrive plus à trouver d'esthétique dans la mort. Ni cette indignation qui porte sur le front tous les photographes de guerre. Lutter contre l'oubli, contre l'impunité, contre les statistiques qui arrachent aux humains leur visage : j'y ai cru, longtemps. Je garde au fond la conviction que certains clichés qu'on prend le risque d'aller chercher peuvent dénoncer à temps, provoquer une intervention militaire, éviter un massacre. Ça ne marche pas à tous les coups, mais ça fonctionne encore à de rares occasions, et le travail ne manque pas ; en l'espace de deux mois, j'ai reçu trois commandes, pour couvrir la Syrie. J'ai décliné, prétextant un besoin de repos.

J'allume une clope sous le porche de mon immeuble, respire plusieurs bouffées et cligne des paupières, surpris. Au beau milieu de la route, sous les flocons épais, un chien noir me fixe sans bouger, les pattes enfoncées dans la neige. Je recule. Il a la taille d'un doberman et la gueule pas commode. Probablement un chien errant. Qu'est-ce que ce clebs fout ici ? C'est contre tout instinct de ne pas se mettre à l'abri sous une bouillasse pareille, et il n'y a pas d'ordures à retourner dans le secteur. Il s'assoit sur le cul sans me quitter des yeux. La scène me fait penser à une image de Koudelka. Sans geste brusque, je m'agenouille, sors mon Leica de son étui et baisse la garde une demi-seconde. Je m'apprête à shooter et détache l'œil du viseur : aucune trace du cerbère dans mon objectif, ni en dehors. La rue est blanche, déserte comme tout à l'heure, le clebs s'est taillé je ne sais où.

Je me redresse sur mes deux jambes en regardant autour de moi, perplexe. Mon téléphone vibre à ce moment dans la poche de mon jean. Balden a une borne wifi greffée au cervelet, elle a déjà dû lire mon mail. Je lui résume de vive voix la scène de ce matin avec mes propres conclusions.

« Pourquoi est-ce qu'ils voudraient que tu divulgues l'information ? réagit-elle, surprise.

— Honnêtement, je ne suis pas bien sûr.

— Tu penses qu'ils pourraient t'avoir donné une fausse information ?

— C'est peu probable, mais il faut vérifier. Tu peux essayer de l'appeler ?

— Jol Foje ? Je lui ai déjà laissé un message vocal, un message WhatsApp et un mail, énumère Balden. Elle était très réactive la première fois que je l'ai contactée. Si elle est en mesure de réagir, elle devrait me répondre rapidement.

— Ils disent qu'elle est en garde à vue... »

J'écrase ma cigarette sous mon talon et exhale une longue bouffée de vapeur blanche. Mes doigts gèlent. Je suis nerveux. Je repense aux deux flics, qui de toute évidence n'étaient pas raccord. Nous abordons les diverses hypothèses : une fuite préméditée, avec ou contre l'aval de leur hiérarchie. La tentative d'alerter, dans un sursaut de conscience, de la mauvaise posture de la candidate. Une perche pour me piéger et trouver un prétexte pour me faire quitter le pays. Je suis ici, après tout, depuis un certain temps – suffisamment pour commencer à déranger.

« Peut-être... Peut-être qu'ils pensaient sincèrement que tu pourrais leur apprendre quelque chose pour leur enquête, tout simplement ? suggère Balden, hésitante. Avec les élections, l'arrestation de Jol Foje va devoir être dévoilée tôt ou tard... »

Flottement. Je surveille la rue déserte, reboucle sur la scène du clebs sorti de nulle part. Peut-être qu'elle a raison. Et peut-être que non ; la paranoïa chez moi est devenue une seconde nature.

« J'appelle le rédacteur en chef et je regarde les billets pour venir sur place, décrète-t-elle. C'est un gros sujet.

— Pas sûr que ça soit une bonne idée. Ça peut s'échauffer rapidement, autant ne pas être deux à se mettre en porte-à-faux. »

Elle ne répond pas. Je perçois sa surprise à l'autre bout. Elle ne m'a jamais vu aussi sérieux, et soucieux.

« Si je ne le sens pas et que ça s'envenime, je prendrai mes distances, dis-je pour la rassurer. Tiens-moi au courant si les flics te contactent, d'accord ? »

Je raccroche et lève le nez vers le ciel blanc. La lumière décline, la tempête faiblit enfin. Tant mieux. J'enfonce un pied après l'autre dans la neige. L'exercice m'épuise correctement, assez pour ne penser à rien pendant plusieurs minutes. J'atteins en quelques brasses le seul bistrot ouvert du quartier. Mon pantalon est humide, je tremble comme une fillette. J'ai perdu du poids depuis le mois dernier, ce coup de fièvre m'a atteint plus que je ne veux l'admettre. Je commande un raki au comptoir et vide mon verre en deux gorgées. Je pense à Tara. Elle doit être occupée à peindre, trop heureuse d'être bloquée chez elle pour abattre sa besogne. Je ne l'ai pas revue depuis la semaine dernière. Elle m'envoie des photos de ses toiles, ça avance, elle passe visiblement ses nuits dessus.

Dans quelques mois, peut-être finalement quelques semaines, je partirai de Zaramestrie. Ça devait arriver tôt ou tard. Cette femme, son frère et sa belle-sœur rejoindront les autres dans l'armoire à souvenirs. Je réalise subitement que c'est bien l'essentiel que je conserverai de mon passage ici.

« Leila est la violoniste française dont je vous ai parlé, elle va passer deux semaines avec nous à Plavitza, explique Milan, mains croisées sur son ventre. Mitzel ne va pas tarder, faisons un tour de présentation. Lerna, tu commences ? »

Je souris aux quatre têtes sages devant nous, aussi intimidées que moi. Nous sommes dans le hall de l'école, en face de la scène. Notre groupe a pris place autour de l'une des tables en plastique entreposées près du comptoir. À ma droite, une jeune fille menue à la longue chevelure noire murmure timidement son prénom. Comme Milan l'encourage à s'exprimer, elle indique dans un anglais laborieux son âge, seize ans, et son expérience de la musique : elle est en troisième année à Plavitza Rock School, mais pratique le violon depuis l'enfance avec ses frères et sœurs. Sa voix est un mince filet d'eau et je dois tendre l'oreille pour le saisir. Elle précise pour finir ses origines yassimiles. Le garçon à côté d'elle, Jolan, est en première année, yassimil également et d'un an son cadet. Il étudie la contrebasse et le violon. Il porte de petites lunettes rondes, son visage est sévèrement marqué par les traces d'acné et son grand corps dégingandé m'évoque celui d'un paresseux. L'anglais n'est pas non plus sa tasse de thé, Milan n'insiste pas. Vient le tour du deuxième garçon, Andreï. Cheveux ras, regard gris, silhouette athlétique, en deuxième année. Il est d'origine zaratienne, âgé de dix-sept ans, pratique le violon depuis dix ans et aime composer de la musique électronique. Son rêve, précise-t-il avec un accent impeccable, serait de devenir informaticien dans une entreprise étrangère. Je hoche la tête, étonnée. La dernière violoniste, Katarina, est une jolie blonde aux cheveux courts et aux yeux gris-vert tachés de rouille. Elle est en troisième année, comme Lerna, pianiste et violoniste, zaratienne et âgée de seize ans. Je tente de retenir le principal.

Mon tour vient de me présenter. Je saupoudre mon récit de quelques anecdotes pour amuser les quatre adolescents, consciente de la curiosité que je suscite dans leurs regards. J'évoque mon enfance parisienne, ma pratique du violon depuis l'âge de raison, mes dix premières années au conservatoire. Puis ma rencontre avec Adèle, percussionniste, suivie de celle avec deux autres instrumentistes sur un site de rencontres musicales. À la suite de cela, le grand virage de la musique classique vers le rock indé. Katarina et Andreï sourient ; Jolan écarquille les yeux. Je mentionne pour finir ma double vie, laborantine le jour et musicienne la nuit. Quelques secondes flottent, puis Lerna lève timidement la main.

« Pourquoi tu viens ici, en Zaramestrie ? demande-t-elle sans animosité.

— Eh bien, à la base, pour apporter des instruments de musique… Ensuite, parce que ça m'intéresse aussi de découvrir votre pays. »

Milan me tapote l'épaule avec bienveillance.

« Le grand-père de Leila était un bon ami, précise-t-il. C'était aussi un grand luthier. Il est parti, hélas, il y a quelques semaines. Il a souhaité léguer quatre de ses violons à Plavitza Rock School, Leila s'est donc personnellement chargée de les apporter ici. C'est pour ça qu'elle est là et qu'elle va passer quelque temps avec nous avant de repartir. »

Lerna fronce les sourcils et s'adresse à Milan en zaramestre. Elle n'a visiblement pas tout compris et mon hôte lui traduit ses propos. Mitzel, la batteuse aux cheveux roses croisée ce matin même, déboule à ce moment dans le grand hall. Elle se dirige vers notre table, attrape une chaise et s'assoit discrètement près de nous.

Le groupe désormais au complet, Milan dévoile sans faire davantage de mystères la raison pour laquelle il les a rassemblés ici : remettre à chaque instrumentiste l'un des violons de mon grand-père ; mais aussi préparer des reprises tous ensemble en vue du prochain concert de l'école, pour faire honneur à cette donation.

L'étonnement glisse d'un visage à l'autre. Je suis moi-même surprise de cette seconde annonce, qui explique également la présence de Mitzel parmi nous. Une batteuse ne sera pas de trop pour accompagner un quatuor de violonistes.

J'échange un bref regard avec mon hôte, qui me lance un clin d'œil confiant. Comme les adolescents paraissent intimidés et pris de court, il précise :

« Le concert est dans dix jours, donc si vous êtes d'accord avec ce que je vous suggère, ça veut dire qu'il ne faut pas chômer. À vous de voir. »

Dix jours, c'est effectivement très peu pour travailler déjà un seul morceau, d'autant plus si les musiciens n'ont pas pour habitude de répéter ensemble. Tous les élèves acquiescent cependant. À vrai dire, la *suggestion* du directeur de Plavitza Rock School n'a pas vraiment été tournée de manière à pouvoir être refusée.

« Bon. J'ai anticipé et bloqué la salle de répétition Dire Straits, reprend mon hôte. Si vous voulez, elle est pour vous tous les soirs de la semaine entre dix-sept et vingt. Leila, étant donné le peu de temps dont ils disposent, tu es d'accord pour les aider ? »

Ma réponse enthousiaste provoque quelques sourires plus spontanés parmi les musiciens, qui ont levé la tête à cette dernière remarque. Je jette un regard aux violons posés sur la plateforme de la scène derrière nous, encore dissimulés sous leurs étuis. Milan est repassé me voir au grenier tout à l'heure et nous sommes descendus ici avec les instruments.

Dans une ambiance aux airs de remise de diplômes,

nous procédons à la distribution. J'ai retenu les prénoms de chaque violoniste et leur remets leur instrument en croisant leur regard : Jolan ; Lerna ; Andreï ; Katarina. Le soin avec lequel chacun d'entre eux extrait son instrument de son étui et la reconnaissance pudique sur chacun des visages achèvent de me convaincre que tout ceci, ce voyage, et le labeur de Min' derrière cette donation, avait un véritable sens.

Je songe à ma mère et mon frère qui ne voient rien de tout cela et suggère une photo. Quelques regards interrogatifs glissent vers Milan, qui acquiesce et appelle un élève dans une salle à côté pour faire le photographe. Tandis que le groupe se dissout et que les jeunes rangent les violons dans leurs étuis, mon hôte me murmure discrètement :

« Évite de diffuser cette image sur les réseaux sociaux, si tu veux bien. Il vaut mieux éviter d'attirer l'attention sur Jolan ; sa famille est encore très méfiante vis-à-vis de l'école. »

Je hoche la tête, étonnée. Mes yeux retombent sur mon smartphone pour voir le résultat : tous les visages sont souriants, ouverts. Ma tignasse sombre rappelle avec une évidence frappante celles de Milan, Jolan et Lerna.

Quelques minutes plus tard, nous ressortons dans la rue blanche que je vois de jour pour la première fois. Trois élèves sur cinq sont repartis pour assister à leurs cours de l'après-midi. Restent Andreï et Mitzel, à qui Milan a proposé de se joindre à nous pour le déjeuner. Après cette matinée passée dans les salles tamisées de l'école, je suis éblouie et surprise par la vivacité de la lumière, comme au sortir d'une séance de cinéma.

Je n'ai encore rien vu de Plavitza et ouvre de grands yeux sur les maisons de pierre autour de nous. Dans mon dos, Plavitza Rock School a des allures de manoir grunge abandonné. Le graff coloré qui s'étend sur toute la façade principale égaye l'édifice et lui donne des allures de squat berlinois. Je marche prudemment, en m'appliquant à ne pas déraper sur une plaque de verglas.

Au-dessus des maisons aux toits couverts de neige et entre deux nappes de brouillard, on distingue les versants ensevelis des montagnes. Ils renforcent l'impression d'être coupé de tout, ou plutôt de se trouver précisément à la frontière entre deux mondes. Mes yeux reviennent à Plavitza et je remarque de nouveau les lignes de drapeaux entraperçus dans la pénombre en venant ce matin : comme à Solvic, ils sont un peu partout, suspendus au fronton des maisons, entre deux lampadaires ou à l'angle d'une rue, bleu ciel ornés d'un blason blanc.

« Ici, c'est une zone zaratienne, c'est ça ? » je chuchote à l'adresse de Milan.

Mon hôte acquiesce et précise que l'école se trouve à la jonction de deux quartiers, yassimil et zaratien. Nous entrons dans une auberge de taille moyenne, à la décoration et au mobilier désuets. J'ouvre mon manteau pour apprécier la chaleur sèche. Nous nous installons à une table près d'un vieux poêle en cuivre. Un poste de télévision muet diffuse les images d'un journal tourné dans un studio tout droit sorti des années quatre-vingt. L'aubergiste vient à notre rencontre, engage une conversation joviale avec Milan et me serre courtoisement la main. À en juger par les tapes amicales que les deux hommes s'assènent dans le dos, ils se connaissent bien.

« Qu'est-ce que tu penses de la Zaramestrie ? » me demande Andreï avec curiosité.

Même si je suis dans son pays depuis tout juste vingt-quatre heures, je raconte au jeune homme ainsi qu'à sa voisine aux cheveux roses mes premières impressions de la veille, en me gardant bien d'aborder tous les aspects non consensuels de ces observations. J'évoque l'architecture de la vieille université de Solvic sans mentionner la triste bizarrerie de ses frontières internes. Mes considérations sur le climat et le froid arrachent pour finir un sourire aux deux adolescents.

L'aubergiste nous apporte rapidement un imposant chausson farci au chou et à la viande, similaire en tout point à notre dîner à Solvic la veille au soir. Il semble que la golsh est à la Zaramestrie ce que les nouilles sautées sont au Vietnam... Nous passons le reste du déjeuner à discuter de potentielles reprises de rock transposables en duo, trio ou quatuor pour violons. Je pense à *Thunderstruck*, Mitzel et Andreï suggèrent *Back in Black*, *Viva la Vida*, *Nothing Else*

Matters. Pour nous faire une idée, nous écoutons quelques extraits sur le téléphone de Mitzel. Milan reste en retrait. Vers treize heures, il se lève pour régler la note, puis attrape son manteau et annonce :

« Je dois filer, un rendez-vous avec le maire. Leila, je suis navré de ne pas pouvoir passer plus de temps avec toi aujourd'hui. Demain, si tu veux, on ira faire un tour des environs...

— Avec plaisir, ne t'en fais pas », dis-je en lui décochant un clin d'œil.

Je soupçonne mon hôte de vouloir me laisser avec ses deux élèves pour nous offrir le temps de faire plus ample connaissance. Milan parti, Mitzel, Andreï et moi restons quelques minutes de plus à table, le temps pour moi de finir mon assiette. Une part de golsh ne s'avale pas comme une lampée de gaspacho. Comme je les interroge sur leurs débuts à Plavitza Rock School, Mitzel me confirme qu'elle a rejoint les rangs de la toute première promotion. Andreï, quant à lui, a intégré l'école l'année suivante.

« On est cousins germains, précise-t-il. C'est cette fille qui m'a écarté du droit chemin pour me convaincre de venir, raille-t-il en tirant affectueusement sur les cheveux de sa voisine.

— Pas de regrets, alors ? dis-je sur le même ton ironique.

— Il ne se passe pas grand-chose ici, tu sais, répond l'adolescent avec plus de sérieux. Plavitza, c'est une ville toute petite, un village, plutôt. Tout le monde se connaît

– ce qui ne veut pas dire que tout le monde se parle. Quand tu intègres cette école, il t'arrive des choses, au moins. Tu fais des concerts, des voyages, Milan fait venir des profs d'ailleurs, comme toi... C'est cool. »

Mitzel est moins bavarde que son cousin et hoche la tête en signe d'assentiment. Cette jeune batteuse doit avoir un certain courage pour avoir rejoint la toute première cohorte, dans le contexte que Milan m'a décrit. Nous prenons nos manteaux et ressortons dans la rue froide. Les deux adolescents me proposent de marcher jusqu'au fameux Ponsk – le pont de Plavitza détruit pendant la guerre et reconstruit il y a quelques années.

Nous remontons l'avenue principale dans la direction opposée à l'école. J'enfonce mon nez dans mon écharpe et fourre mes mains tout au fond de mes poches. Rapidement, les maisons de pierre basses sont remplacées par des bâtisses de quelques étages. Certaines ont été rénovées récemment, mais la plupart arborent des stigmates apparents. Des ruines de bâtiments à moitié effondrés s'intègrent ici et là dans le décor. À l'angle d'une rue, mes yeux sont aspirés par une vision étrange : derrière une fenêtre éventrée, un fauteuil bleu rongé jusqu'à la corde fait face à un antique poste télévisé. Le tout repose en équilibre sur un monticule de gravats. Si on peut aisément imaginer une scène de vie dans ce salon avant l'écroulement du plafond, je trouve d'autant plus sidérant que personne n'ait songé à altérer ce vestige dérangeant.

« Ça, c'est la partie moins cool de notre ville, commente Andreï en suivant mon regard. Mais c'est déjà bien mieux qu'il y a dix ans. »

À vrai dire, je suis plutôt fascinée par la décrépitude des lieux. Pour l'heure, je me garderais bien d'en faire la remarque aux deux adolescents. Ils ne se doutent pas que ce décor post-apocalyptique ferait rêver plus d'un enfant de l'Ouest, nous qui n'avons jamais vu la guerre autre part que sur nos postes télévisés ou derrière les manettes de nos jeux vidéo.

L'avenue, peu fréquentée jusqu'à présent, se densifie au fur et à mesure que nous nous éloignons de l'école. Des vieilles femmes voûtées aux bras chargés de provisions croisent notre route et me dévisagent longuement, sans animosité mais avec insistance. Certains passants s'arrêtent même quelques secondes pour nous regarder et alpaguent Mitzel et Andreï.

« On n'a pas l'habitude de voir des étrangers ici, explique Andreï. Encore moins des Français.

— J'ai l'air d'une touriste à ce point ?

— Physiquement, non. Mais on peut voir à tes vêtements que tu n'es pas d'ici. En fait, si tu étais habillée comme nous, tu pourrais presque avoir l'air yassimile, ajoute-t-il, amusé.

— Ne dis pas n'importe quoi, Andreï, coupe sèchement Mitzel. Leila, c'est un prénom oriental, tu sais bien. »

Le jeune homme hausse les épaules. Je ne relève pas et

continue à avancer comme si de rien n'était. En France, mon nom, mon teint olive et mes cheveux frisés aidant, il m'est arrivé très souvent qu'on me prenne pour une Maghrébine. Il vaut sûrement mieux entretenir le mythe pour l'instant et éviter de révéler mes ascendances yassimiles au milieu d'un bastion zaratien. Je me demande si ma tenue détonne à ce point des deux autres, vêtus à l'occidentale. Je porte un simple jean et une doudoune pas très élégante – le vêtement le plus chaud que j'aie trouvé au fond de mes placards.

« Tu sais que le royaume de Zaramestrie a longtemps été allié avec l'Empire ottoman, Leila ? remarque Mitzel, qui semble encore gênée par la remarque de son cousin.

— Non, je ne savais pas », dis-je, amusée.

Je reconnais les bruits d'un marché d'où vont et viennent les passants devant nous. Nous dépassons une série d'étals où des monticules gargantuesques de choux violets côtoient des pommes de terre, des navets, des carottes, et d'autres espèces de racines. Les victuailles ont l'air aussi rigides que des légumes surgelés et les marchands eux-mêmes se déplacent au ralenti, dans une grande parcimonie de gestes, le visage renfrogné et le haut de leur corps ployant sous d'épaisses couches de couvertures. Je remarque derrière l'un des étalages un grand baril d'où s'échappent des gerbes de flammes. Plusieurs personnes se pressent autour, paumes tendues, un gobelet de plastique à la main. Mitzel et Andreï insistent pour m'acheter un verre de cette boisson typique, qui s'avère être du raki (une sorte de vodka locale) dilué avec du sirop de betterave et de l'eau bouillante. La buée épaisse qui s'échappe de tous ces visages engourdis renforce la sensation troublante d'une communauté entière en lutte contre un climat hostile.

Nous dépassons le dernier étal. Le bruit d'une chute d'eau écrase les rumeurs du marché. La place rectangulaire que nous venons de traverser, cernée de bâtiments, déboule sur un parapet. Nous approchons de la balustrade, les températures dégringolent (si cela est encore possible), et je repère enfin le pont à son extrémité : dans le prolongement de la route d'asphalte, une épaisse structure de pierre enjambe un précipice.

Mes yeux descendent sur la gorge impressionnante : une pente abrupte où de rares sapins sont parvenus à prendre racine. Leurs aiguilles gelées accrochent le moindre brin de neige. En face, la falaise est complètement verticale, striée de veines noires et blanches. Il n'y a guère que la mousse et quelques fougères accablées par le gel pour pousser dans les failles de la roche.

Le pont est lui-même formé de trois arcades épaisses, à la manière d'un viaduc. Les colonnes s'encastrent sur un fronton de pierre où une seule ouverture permet d'apercevoir la cascade qui s'écoule dans un grondement mat. Sur les côtés, l'eau s'est solidifiée. Le lit du torrent doit se situer deux cents mètres plus bas.

J'observe la cascade un long moment, troublée par cette

apparition féerique. Le pont se prolonge par une route étroite qui serpente à flanc de falaise, en direction des montagnes. Je m'appuie à la rambarde et emplis mes poumons d'une longue bouffée d'air gelé, presque douloureuse. Hier encore, je ne voyais pas plus loin que ça : arriver à Plavitza – et livrer à bon port ces quatre instruments. J'écoute avec les yeux, respire avec mes oreilles, l'ensemble des sensations qui me parviennent : l'odeur minérale de la neige et de la roche humide, le froid omniprésent, dense comme une chape de brouillard, le bruissement de l'eau en contrebas luttant pour échapper au gel. Je contiens mes frissons de plus en plus violents ; mon corps proteste comme un chat d'appartement soudain jeté dans le grand air.

« Ce pont, c'est un exploit du royaume zaratien, explique fièrement Mitzel à côté de moi. C'était très compliqué de construire quelque chose comme ça, à l'époque. C'est l'architecte Dimitri Ponskovin qui a supervisé sa construction, mais on dit que c'est sa femme Lydia qui aurait dessiné tous les plans.

— Et la route de l'autre côté, où va-t-elle ?

— Jusqu'à la frontière ukrainienne. Au Moyen Âge, la route des épices passait par là, c'était l'une des lignes de commerce principales entre Istanbul et Moscou. Ça a contribué à faire de Plavitza et de Solvic des villes-étapes très importantes...

— On ne dirait pas comme ça avec sa tête de punk, mais Mitzel est un rat de bibliothèque, intervient Andreï.

Il n'y a bien que sa batterie qui entre en concurrence avec ses manuels d'histoire. »

Mitzel fait mine de pousser son voisin au bord du précipice, mais sourit, visiblement ravie du compliment.

« Mon cousin Andreï, lui, préfère parler pour ne rien dire, comme tu vois. »

Je m'écarte d'un pas du parapet et observe les deux adolescents. Je suis impressionnée par l'aisance avec laquelle ils s'expriment en anglais, comme s'il s'agissait de leur langue maternelle. Leur niveau est nettement supérieur au mien. Nous sommes au milieu des Carpates, à mille lieues d'un pays anglophone. Où ont-ils appris à s'exprimer ainsi ? Je formule ma question à voix haute, et Andreï répond :

« Quand tu nais dans une famille zaratienne, tu apprends l'anglais et le russe au berceau, ici. C'est la règle.

— La règle ?

— On est un peuple de marchands, de scientifiques et d'érudits. Tout Zaratien digne de ce nom maîtrise au moins deux ou trois langues en plus de la sienne.

— Et les Yassimils ? » dis-je, curieuse.

Ils se consultent un court instant, l'air de chercher une réponse adéquate.

« Non, les Yassimils... n'accordent pas forcément la même importance à ces choses, commence Mitzel.

— Ils ont déjà du mal à maîtriser leur propre langue », ajoute Andreï spontanément.

Mitzel détourne brièvement les yeux, mais ne dément pas.

Je songe aux difficultés d'élocution de Lerna et Jolan tout à l'heure en anglais. Mes pensées divaguent, je me souviens des *r* roulés que Min' a conservés jusqu'au bout de sa vie, et ses refus tenaces quand il était question de regarder un film dans une autre langue que le français – même avec des sous-titres.

« Et la musique ? dis-je d'une voix innocente. Les Yassimils ont-ils aussi du mal à maîtriser ce langage-là ?

— Non, en musique, c'est différent, répond Andreï. Ils sont très mauvais en solfège, c'est un fait. Mais ils ont des facilités réelles dans ce domaine, une bonne écoute, beaucoup de vivacité. Ce qui fait qu'il est parfois difficile de jouer ensemble, c'est que les Yassimils marchent à l'instinct. Ce n'est pas un problème pour eux de dériver complètement de la ligne initiale s'ils le sentent. À plus de trois ou quatre musiciens, ça peut vite devenir un enfer. »

Je souris. L'enseignement de la musique en France est certainement plus proche de la vision des Zaratiens.

« Est-ce que vous avez... des appréhensions, à jouer avec Lerna et Jolan ? » dis-je, songeant à la première répétition qui nous attend ce soir, et à la meilleure stratégie pour impulser une dynamique de groupe.

Andreï hausse les épaules, mais Mitzel répond :

« Lerna a beaucoup de talent, ce qui ne l'empêche pas d'être une musicienne humble et attentive. Pour n'importe qui, c'est un bonheur de jouer avec elle. En plus, elle s'entend déjà bien avec Katarina, elles ont joué plusieurs fois ensemble. Je connais moins bien Jolan, qui est débutant. Mais ne t'en fais pas, les jeunes de Plavitza Rock School ne se comportent pas comme les adultes, ici, ajoute-t-elle en lançant un sourire entendu à son cousin. Nous allons tous faire des efforts pour que les choses se passent au mieux. »

Décidément, Mitzel m'est de plus en plus sympathique.

Je frissonne violemment, ferme mes poings gelés tout au fond de mes poches et suggère de faire demi-tour vers l'école. Le jour décline. Je sors mon téléphone pour prendre en photo la cascade. Je saisis ensuite une volée de selfies aux côtés de mes guides, pour leur plus grand plaisir. Je me demande brièvement s'ils seraient aussi diligents avec moi en ayant connaissance de mes lointaines ascendances. J'ai mille questions à poser à Milan, que je note dans un coin de ma tête en attendant notre prochaine conversation loin des oreilles indiscrètes.

Tatjana me serre dans ses bras avec une chaleur maternelle. Ses longs cheveux rouges sont détachés sur un pull cotonneux, elle a une gueule d'ange, un sourire qui désarme. Je lui tends la bouteille de raki que j'ai achetée en chemin, elle pose mon offrande sur la commode et me conduit dans le salon. Anton se lève, bière à la main, pour me serrer la pince. Tara est là aussi, vautrée dans le canapé. Elle vient d'arriver. La peau rose vif de ses genoux ressort sous son jean troué. Elle me lance un clin d'œil, visiblement de bonne humeur.

« Tu es venue en bus ? je demande.

— À pied. C'est la première fois que je sors en cinq jours, j'avais besoin de m'aérer. »

Anton me tend une bière puis tire une chaise de plus pour que je puisse m'asseoir.

« Quand elle était gamine, Tara se baignait dans la Salta au premier dégel, elle ne t'a pas dit ? C'est une masochiste du froid... »

Le frère et la sœur se jettent un regard ironique. Tatjana dépose un bol de chips sur la table puis rejoint Tara dans le canapé. Elle pose affectueusement la main sur l'avant-bras de son amie. Je remarque devant elle un verre de jus d'orange.

« Quoi de nouveau à l'est ? » je lance, l'air de rien.

Le temps d'entamer l'apéritif, nous échangeons quelques banalités. Tatjana adresse un regard à son homme et lâche finalement la nouvelle. Tara sourit, déjà dans la confidence.

« Vous allez déménager, je suppose.

— Tu ne crois pas si bien dire. »

Un silence hésitant suit la remarque. Anton annonce de but en blanc que Tatjana poursuit un processus de recrutement dans un institut de sondage moscovite. Tara avale son raki de travers. Le premier entretien téléphonique s'est déroulé il y a deux jours, précise Tatjana en lançant un regard à sa voisine. On lui en propose un second demain matin. L'institut est pressé et cherche quelqu'un pour le début du mois prochain. Le visage de Tara oscille entre la déconfiture et la contrariété à peine voilée. Son regard va de l'un à l'autre.

« Vous pensez sérieusement partir ? »

Anton hausse les épaules.

« La Zaramestrie n'est pas un bon pays pour élever un enfant, ma chérie, argue doucement Tatjana en reprenant la main de sa belle-sœur. Encore moins un enfant bicommunautaire. C'est comme ça qu'il sera étiqueté ici, tu sais bien. Quel avenir est-ce qu'on lui donne si nous restons ? En plus, ce job est deux fois mieux payé que ce que je gagne actuellement, je ne pourrai jamais prétendre à un salaire pareil à Miralem.

— Anton ne parle pas russe, fait remarquer Tara.

— Il va apprendre. Je lui apprendrai. Le plus difficile est d'obtenir un visa de travail. Si je décroche ce job, tout sera beaucoup plus simple ensuite... »

Tara décolle son dos du canapé et hoche la tête à contrecœur, mains jointes sur ses genoux, regard rivé sur le plancher. Anton et Tatjana me lancent un regard d'excuse. Tous les Zaramestres rêvent de partir d'ici, probable qu'ils s'attendaient à une réaction plus joyeuse.

« Et si Jol Foje passe ? reprend Tara. Ça peut changer les choses. Pour votre enfant, aussi. »

Je fixe le fond de mon gobelet. Anton soupire et entreprend de raisonner sa sœur aînée. L'échange se poursuit pendant plusieurs minutes, alterne de l'anglais au zaramestre ; je me tiens prudemment en retrait.

« Toi, tu as rencontré Jol Foje, Tim, n'est-ce pas ? remarque Tatjana pour faire diversion. Qu'est-ce que tu as pensé d'elle ? »

Tara relève les yeux et croise mon regard avec intensité.

« C'est une femme courageuse, je marmonne. Avec des idées différentes. Mais il y a trop de plomb dans le système. Elle ne peut pas changer du jour au lendemain la marche du pays, pas à court terme, en tout cas. »

J'ai contacté Balden en partant de chez moi : Jol Foje ne répond toujours pas à ses messages. Nous sommes convenus d'attendre cinq heures de plus, l'équivalent d'un tour et demi de cadran depuis que la police s'est présentée sur mon palier. Si, d'ici là, la belle ne donne aucun signe de vie, le *New York Times* diffusera l'annonce de sa disparition.

Tara se lève et se dirige vers la fenêtre en nous tournant le dos. Elle reste plantée là un bon moment, les poings serrés saillants sous les poches arrière de son jean. Sa silhouette maigre se dessine en contre-jour sur le décor blanc de la ville. Si on pouvait à cet instant disséquer l'intérieur de son crâne, on y verrait probablement fumer un cratère de colère, de confusion et de tristesse.

« Je descends fumer, lâche-t-elle. Tim, tu veux venir ?

— L'intoxication est mon sport préféré. »

Elle ne sourit pas et m'attend sur le pas de la porte, le temps que j'attrape mon manteau. Nos pas résonnent dans le silence de la cage d'escalier. Vague réminiscence de cette soirée d'anniversaire il y a un mois de ça. Tara et sa politesse de pitbull. Moi, l'automate désabusé.

Nos pas s'arrêtent sur le parvis de l'immeuble, en face de ma bagnole garée quelques mètres plus loin. Je lui tends discrètement mon paquet. Je garde mes distances, le temps qu'elle digère son trop-plein. Elle tire plusieurs lattes avec nervosité et décrète finalement :

« Je sais qu'ils ont raison. C'est ça le pire. »

Je hausse les épaules en étouffant une quinte de toux. Ce n'est pas moi qui vais la contredire.

« Ça ne s'arrête jamais. Tout le monde s'en va, ceux que tu aimes les premiers. Il n'y aura bientôt plus que des fantômes dans ce pays, lâche-t-elle.

— Et des photographes errants. »

Elle me jette un regard, irritée.

« On se demande ce qui t'intéresse tant ici, d'ailleurs, quand tout le monde cherche à partir. À croire que la misère des autres te fait du bien à l'âme. »

Silence. Toujours un plaisir de partager une clope en bonne compagnie. Tara secoue la tête en expirant une longue bouffée.

« Excuse-moi, reprend-elle.

— Tu n'as pas tout à fait tort. Mais moi aussi, je vais finir par partir.

— Je sais. »

Nous restons un moment côte à côte à regarder ce paysage urbain et triste à en crever, que tout le monde finit un jour ou l'autre par ne plus voir.

« Voir du pays, c'est le meilleur moyen que j'ai trouvé pour ne pas subir mon existence, je reprends. Toi, tu te maintiens en vie en dessinant. Tatjana et Anton ont décidé de faire un môme... Chacun fait comme il peut, avec ce qu'il a.

— Et ma mère s'est donné la mort. Encore une autre solution.

— Le problème, c'est que personne n'est jamais revenu de ce pays-là pour nous dire ce qu'il vaut. »

Je lui lance un regard. Elle détourne les yeux, s'approche et se blottit contre mon torse avec cette brusquerie imprévisible qui est sa marque de fabrique. Je jette ma cigarette pour tenir dans mes bras cette drôle de détresse. Elle est moins vulnérable qu'il n'y paraît. Le corps de cette femme est une boule de nerfs. Malgré ses allures de brindille, il y a assez de vie en elle pour tenir en respect une armée de fantômes. J'aimerais faire l'amour avec elle dans un lit, juste une fois.

« Les morts n'ont pas de pays, marmonne-t-elle finalement sur un ton d'évidence. C'est déjà assez d'avoir à supporter des idéologies nationalistes de son vivant. »

En remontant, Tara et Tatjana se tombent dans les bras, puis nous passons à autre chose. Le déjeuner reprend sans nouveau mélodrame. Tatjana voudrait en savoir plus sur cette expo en gestation, la discussion occupe le reste du repas. Ils sont tous beaucoup plus enthousiastes que moi au sujet des endroits où je pourrais me rendre pour compléter la série : Zlatav, une commune de vingt mille âmes à l'ouest, peuplée majoritairement de bicommunautaires et jouissant de l'unique administration non nationaliste du pays. Oransk, un village fantôme non loin de la frontière ukrainienne, complètement déserté depuis la guerre et retourné à la nature. Dans la même région, Tatjana a entendu parler d'un bus roulant de village en village pour dispenser des cours de musique mixte à la jeunesse désœuvrée du coin. Je tilte :

« Une école de musique dans le même genre, ça ne te dit rien ?

— Le bus dont je te parle, il appartient à une école basée à Plavitza, je crois. »

Plavitza. C'est bien le nom du bled dont quelqu'un m'a parlé quand j'étais à l'hosto, il y a un an de ça. Ça pourrait justifier une excursion de quelques jours après les élections...

Dans la voiture, tandis que nous prenons la direction d'Altibastov, Tara me propose de venir avec elle dans un squat d'artistes à la périphérie de Miralem. Elle compte y passer la soirée. Je surveille mon téléphone, fais mine de réfléchir, hésite. Quinze heures cinquante. Toujours aucune nouvelle de Jol Foje. L'article de Balden paraîtra dans deux heures, *alea jacta est.* S'il est repris correctement, la nouvelle pourra faire son chemin. Cette histoire sent le gaz depuis le début. Un obscur repaire d'anarchos m'occupera la tête aussi bien qu'autre chose ; j'accepte l'invitation.

« Tu as l'air nerveux, relève Tara.

— J'attends un retour de commande, c'est tout. »

Quinze minutes plus tard, ma bagnole s'arrête devant une grange abandonnée. Le premier bâtiment rénové est à cinq cents mètres de là. Nous sommes sur les marges crevassées de Miralem, aux alentours desquelles il n'a jamais fait bon flâner. La bâtisse recouverte de tags tombe à moitié en ruine, on a rafistolé les brèches avec des plaques de tôle et des planches de bois vermoulues.

« Tu es sûre de ton plan ? » je lance en claquant la portière.

Tara hausse les sourcils et avance tranquillement vers l'édifice miteux. Je lui emboîte le pas en vérifiant machinalement mon stationnement en face des trois autres bécanes. Autour de nous, il n'y a que des décombres ensevelis sous la neige et un silence glauque entrecoupé par le bruit du blizzard. Ces anciennes lignes de front ont absorbé le plomb de quatre ans de rafales. Elles ont payé le prix pour s'acheter une paix sans hommes.

À la veille d'élections en Zaramestrie, une politicienne disparaît

La politicienne féministe Jol Foje est portée disparue depuis ce mercredi 11 février. Selon une source du New York Times, *la candidate aurait été arrêtée par la police de Miralem et serait actuellement incarcérée. La proximité des prochaines élections coïncide de manière alarmante avec sa disparition.*

Rappelons que cette politicienne de trente-deux ans a récemment pris ses distances avec le ZPR (premier parti nationaliste zaratien) pour annoncer une candidature indépendante aux élections cantonales. Dans un entretien accordé récemment au New York Times, *la candidate affirme porter la voix de tous les Zaramestres ambitionnant de dépasser les questions nationalistes : « Nous ne pouvons plus passer notre temps à ressasser les mêmes débats qui maintiennent notre pays dans l'immobilité depuis quinze ans. Il faut avancer. » Un tsunami dans le paysage politique de la Zaramestrie, où les partis nationalistes du ZPR et du YASD se partagent le pouvoir depuis les accords de paix.*

Plusieurs ONG chargées des droits humains sont entrées en contact avec les officiels de chaque communauté. « Les premières victimes de la guerre, ce sont les femmes, yassimiles ou zaratiennes », confiait Jol Foje à la même occasion. Espérons que la suite ne lui donne pas raison une nouvelle fois.

Judith Balden pour le *New York Times*

Deux heures plus tard, je rafraîchis la page du *New York Times*. Toujours rien. Tara discute un peu plus loin avec ses amis. L'os de sa clavicule saille sous son pull informe. Dans la pénombre, sa peau boit la lumière, ses cheveux noirs épais tombent sur sa nuque gracile. Trois Yassimils lui tournent autour.

Depuis que la nuit est tombée, il n'y a que les téléphones portables et le feu qui vacille au fond des fûts pour y voir quelque chose dans le squat. Les corps s'agglutinent autour des barils rouillés, les flammes nourries par des rasades d'alcool blanc bondissent vers les trouées de la toiture. Ils étaient une dizaine tout à l'heure, maintenant près de vingt. J'ai socialisé ce qu'il faut avec les compères de Tara : une Yassimile tatouée au visage plombé de piercings, un Zaratien gay, et une poignée d'autres convives interchangeables. Ensuite, je me suis occupé à immortaliser l'ambiance cour des miracles, en restant en retrait.

À dix-huit heures passées, je m'assois à l'écart dans un

vieux canapé rongé par les insectes. J'accepte le verre que le gay vient m'offrir dans un gobelet plastique. Il veut voir mes photos, je lui fais défiler le carrousel, il me propose un joint. On communique avec mes mots de yassimil et par images interposées. La musique double de volume, je tire une latte qui n'est pas mauvaise et sent mon téléphone vibrer : un message de Balden. L'article vient de paraître. Je m'écarte du canapé où l'autre s'avachit et lis le texte en diagonale.

J'oublie la fête et l'endroit où je suis pendant plusieurs secondes, puis sors du bâtiment pour prendre l'air. Ma mâchoire se contracte pour encaisser le froid. Le ciel est dégagé comme par une nuit polaire, la musique pulse dans mon dos. Cette bicoque, la seule chose de vivant avant Altibastov, huit cents mètres plus loin.

Bon. L'article est un peu partisan, mais l'essentiel y est. Il n'y a plus qu'à attendre.

Les lumières de la ville sont assez en retrait pour que quelques étoiles s'égrènent et se détachent dans le ciel bleu charbon. La lune brille dans son premier quart. Échoués ici et là, d'autres édifices en ruine émergent du paysage nocturne. Des épaves conservées dans la glace. Leur forme noire de suie émoussée et compacte ressort sur la neige grise comme de vieux météores en exil. Plus personne pour se battre pour ces blocs de ciment bourrés de plomb, abandonnés aux quatre vents d'un commun accord.

J'étais sur la ligne de front de Miralem par une nuit

similaire quand j'ai vu ces colonnes de lumière sorties de nulle part : des flèches vertes, orange, violettes et bleues posées sur l'horizon à la manière de cierges. Un phénomène météorologique comme on en voit rarement, quand les cristaux de glace en suspension dans l'atmosphère propagent des couleurs aussi vives qu'une aurore boréale. De chaque côté, les tirs se sont interrompus à ce moment, et jusqu'au lendemain. Sur les toits de la ville, dans les rues, aux fenêtres, des centaines de gueules bleues restaient tendues en l'air. Même les yeux des cadavres allongés dans la neige brillaient différemment...

Je sors une cigarette, fais quelques pas vers la voiture et marque un temps d'arrêt. Il est là, à nouveau – le clebs de la veille. Non. On est beaucoup trop loin du centre, il doit s'agir d'un autre chien. Il renifle la roue arrière de la bagnole, relève le museau et m'observe fixement, un temps inquantifiable.

« Je te cherchais », lance une voix derrière moi.

Je me retourne. Tara a les bras croisés sur sa poitrine et se balance d'un pied sur l'autre. Mes yeux retournent à la voiture, pour constater que l'animal a disparu. Je scanne le terrain du regard, perplexe.

« Tu veux rentrer ? demande-t-elle.

— Chez toi ? »

Elle hausse les épaules. Je ne sais pas ce que ça veut dire. Nous retournons dans la voiture, je démarre aussitôt le moteur et pousse le chauffage au maximum. Je m'apprête à passer la première quand sa main se pose sur mon avant-bras. Je tourne le visage, elle m'embrasse à pleine bouche et se hisse sur mon siège, sans décoller ses lèvres un seul instant. Au choc de sa langue chaude et humide, mon sang afflue vers le bas-ventre. Changement de programme.

Mes mains remontent lentement sous son pull. Elles trouvent le chemin jusqu'à ses omoplates puis se lovent sur ses seins. Elle ne porte pas de soutien-gorge. Je déboucle sa ceinture et glisse ma paume entre ses cuisses. Son dos se courbe sur le volant, une buée blanche s'échappe de ses lèvres. Elle se contorsionne pour enlever son pantalon tandis que j'envoie mon blouson sur le siège arrière. J'attrape sa nuque et la prends lentement, nos gestes limités par l'espace exigu. Ma seconde main guide son bassin, elle se retire, revient, plusieurs minutes je joue au spectateur et la laisse cadencer. Je respire son odeur, explore de mes doigts ses reliefs, l'os de la pommette, la pulpe de ses lèvres, la clavicule saillante montant et descendant au rythme de sa respiration saccadée. Sous ma poitrine, les pulsations augmentent.

Derrière le pare-brise, l'édifice miteux où se poursuit la fête ne nous sert plus que de décor. Son souffle chaud remonte le long de mon oreille et je n'y tiens plus, malgré mon intention d'attendre, de retenir le temps, j'attrape son bassin à deux mains. Ses ongles s'enfoncent dans mon cou. Nos corps oscillent, du désir à l'ivresse, de la colère à l'abandon, jusqu'à ce qu'une vague trop brûlante s'élève.

Les déferlantes se brisent sur le capot de la voiture et nous ensevelissent entièrement pendant de longues secondes.

La marée se retire. Nos cages thoraciques s'affaissent. Mes mains restent plaquées contre son dos, nos peaux soudées contre le froid. Le quart de lune répand sa lueur bleue à la surface brisée du monde qui nous entoure. Le ronron du moteur nous parvient à nouveau. L'une de mes mains descend pour caresser ses reins, remonte jusqu'à sa nuque, s'enfonce dans ses cheveux. Elle s'écarte doucement, enjambe ma dépouille et regagne sa place sur le siège passager.

« Chez toi ou chez moi, peu importe », reprend-elle.

Sonné, je la regarde remettre son pantalon et boucler sa ceinture d'un geste souple. Nous échangeons un regard. Ma confusion l'amuse. Cette fille est l'une des femmes les plus baisables qu'il m'ait été donné de rencontrer. Qui l'eût cru. Mon corps n'a pas fini de s'en remettre.

Une torpeur gagne tous mes muscles, mon sexe revient lentement au repos. Je passe finalement la première. Je roule avec prudence sur la route verglacée tandis que le moteur ronflant diffuse sa chaleur dans l'habitacle. Le paysage peut continuer de défiler ou s'arrêter sur n'importe laquelle de ces ruines, ça ne changera rien à cette sensation d'être déjà arrivé quelque part. Je tâche de fermer ma gueule. Je me contente de conduire, en prenant tout mon temps.

9

Accroche-toi aux ombres
Qui savent d'où s'en vient la lumière
Aux ombres
Aux oiseaux
Au soleil...

Tant que ton corps tombera
Tu n'auras qu'à te laisser faire
Enveloppé de ces liens
Et quand le sol sera touché
Ne crains rien :
Tu auras atteint les étoiles.

Anja GIRIJKA, « De l'autre côté de la nuit »

Je retire un gant, puis l'autre : mes doigts tirent sur le violet. Je frotte mes paumes douloureuses et secoue la neige accumulée au bas de mon pantalon. Nous avons beau nous démener comme des forçats depuis tout à l'heure, le froid s'infiltre dans mes yeux, mes narines, mes chaussettes détrempées. Je n'arrive plus à refréner les tremblements qui tétanisent mes muscles.

Je fais signe à Milan, vingt mètres en contrebas. Nous nous sommes réparti le cimetière en deux zones : chacun de nous arpente son périmètre, défriche méthodiquement chaque sépulture en espérant trouver la bonne – si tant est que nous la trouvions. Savoir que la dépouille de mes aïeux repose ici, quelque part sous ces paquets de neige, aurait dû me suffire. De toute ma courte vie, Min' n'a jamais parlé de ses propres parents. Qu'ai-je en commun avec ce tas d'os, à part quelques chromosomes congelés ? Il n'y a pas une anecdote que je connaisse à leur sujet ; je n'ai même jamais vu de photos. Nous aurions rebroussé chemin depuis belle lurette si Milan n'avait pas décidé de faire de ces recherches une affaire personnelle... J'ai bien une part de responsabilité à l'avoir attiré dans ce traquenard et à avoir fait montre d'une curiosité un peu trop enthousiaste en arrivant ici.

Côté températures, nous frôlons les moins cinq, peut-être davantage. Mon hôte n'en démord pas. Il ausculte consciencieusement chaque sépulture, sans avoir l'air pressé. Cet homme a traversé une nuit d'hiver à moitié nu dans un camion de marchandises il y a vingt ans ; j'avais oublié ce détail. Cette excursion n'est pour lui rien de plus qu'une promenade de santé.

Je descends la pente douce du cimetière jusqu'à lui en enjambant tant bien que mal les ronces, les fougères et les tombes ensevelies sous cette montagne de farine. Des stalactites s'accrochent à la végétation et donnent au sanctuaire un aspect enchanté. J'ai été subjuguée par la beauté des environs en arrivant ici : les tombes yassimiles en granit blanc se fondent dans le paysage vallonné, comme une excroissance rocheuse. Aucune barrière ne délimite le début ni la fin du cimetière. On y entre littéralement comme dans un moulin, sous le regard indifférent des montagnes.

Milan est accroupi devant un imposant bloc arrondi lorsque j'arrive à son niveau.

« Je suis en train de geler sur place », je bafouille.

Les muscles de ma mâchoire sont tellement engourdis que j'articule avec difficulté.

« Je ne suis pas venue à la bonne saison pour faire des fouilles archéologiques, tant pis pour...

— Regarde cette tombe, et on rentre », murmure Milan en souriant.

Je m'agenouille à côté de lui et suis la trajectoire de son regard. Les motifs concentriques gravés à même la roche sont abstraits et épurés, mais il n'y a pas de doute : un violon se détache sur le granit. Un violon !

Je passe ma main sur la figure en relief. La pierre est froide et granuleuse. La gravure est émoussée par le froid et le temps, mais on distingue nettement le manche, la table et les ouïes. La longue tige de l'archet est même représentée un peu plus loin. Je baisse les yeux, déblaye quelques centimètres de neige et remarque une frise de notes de musique gravée à la base du tombeau.

« Tu penses que c'est leur tombe ? » je souffle, en contenant mes claquements de dents.

Les Alaman n'étaient peut-être pas les seuls luthiers de Plavitza.

Milan tend son doigt rouge et criblé de craquelures vers une inscription discrète à côté de la partition. Je reconnais les quelques lettres de l'alphabet zaramestre qu'il a lui-même inscrites sur un bout de papier et que je cherche depuis tout à l'heure : *Alaman-lund*, lignée des Alaman. La surprise me sort subitement de ma léthargie. Je m'attendais à un simple caillou dénudé, agrémenté de dates de naissance et de mort. Nous aurions déterré la preuve de ma filiation avec Mozart que j'aurais ressenti un vertige similaire.

« C'est curieux, je remarque. D'une certaine façon, ça me rassure beaucoup de voir ce violon sur cette pierre.

— C'est gravé dans la roche, acquiesce Milan.

— Je devrais mettre à jour ma carte d'identité. »

Nous échangeons un sourire. Quelques secondes, j'imagine la carte plastifiée bleu lagon certifiant la couleur de mes yeux, mon genre, ma nationalité, et une ligne en dessous, ma qualité de violoniste.

« Tout le monde est encore musicien dans ta famille ? » demande Milan.

Je secoue la tête.

« Il n'y a plus que moi.

— Ta mère ?

— Elle s'est vite détournée du violon. Mon frère écoute de la musique, beaucoup. Mais il n'a jamais trop cherché à pratiquer un instrument.

— Tu reprends le flambeau, alors. »

Je hausse les épaules et lève les yeux vers les montagnes tout autour. De longues bourrasques poussent des moutons de neige en contrebas. Le paysage est lisse et blanc, à l'exception des empreintes chaotiques que nous avons semées autour de nous. Tout sera effacé dans une heure.

Mon esprit flotte quelques secondes au gré du paysage. Le soleil nébuleux signale son existence sous les épaisseurs de nuages, comme pour nous rappeler ce que nous lui devons, même ici, dans cette région si reculée où la nature mène à côté des hommes le même combat contre l'hiver. Mes pieds souffrent en silence, pris par le gel comme les racines d'une plante inadaptée. Les collines enneigées ondulent à l'infini vers les montagnes. Dans le temps si instable du présent, à peine saisi, déjà disparu, mes yeux s'accrochent encore une fois au paysage. Cet espace est trop grand pour tenir véritablement dans la mémoire, trop foudroyant pour être enregistré par la rétine. Il me traverse, et c'est tout.

Mes yeux retombent sur la partition gravée au bas de la tombe. La batterie de mon téléphone est sur le point de rendre l'âme. Je prends quelques photos, puis tente de chantonner les notes que je parviens à déchiffrer. La mélodie me dit bien quelque chose. Min' me l'aurait-il jouée lorsque j'étais enfant ? Peut-être. Sûrement. Je commence à admettre que ce voyage, au lieu de fermer des questions, ne fait qu'ouvrir de nouvelles portes.

« C'est un chant traditionnel yassimil, précise Milan. Ça raconte l'histoire d'un homme qui quitte son village natal pour chercher une vie meilleure.

— Ça me rappelle quelque chose, dis-je avec ironie.

— Ça remonte à l'époque où la quasi-totalité des Yassimils étaient persécutés dans toute l'Europe de l'Est. Beaucoup venaient trouver refuge en Zaramestrie, où ils étaient mieux tolérés.

— Les Yassimils sont presque un peuple errant, en fait ? Comme les Tziganes ou les Juifs ?

— Plus ou moins. Ils se sont tout de même stabilisés en Zaramestrie il y a plusieurs siècles, contrairement aux communautés dont tu parles. »

Un silence habité par les bruits du blizzard glisse un instant sur le cimetière. Mes doigts anesthésiés caressent la clé de *fa*.

« Comment se fait-il que cette musique soit gravée sur cette tombe ? je demande.

— L'un de tes ancêtres l'aimait bien, probablement. Peut-être qu'il en était l'auteur, qui sait. »

La neige commence à tomber. Je claque des dents de façon suffisamment pathétique pour alarmer Milan. Je me relève péniblement sur mes jambes engourdies et suis mon hôte dans la descente. Mes pieds s'enfoncent mollement dans la neige comme deux sacs de farine prolongeant mes mollets. Nous dévalons la pente en quelques enjambées. La voiture nous attend, garée en contrebas. L'habitacle est gelé mais nous protège au moins des courants d'air. Le moteur s'ébranle en crachotant après plusieurs essais.

J'enlève mes gants, défais mes lacets, et tends mes mains vers l'aération pour capter un peu de chaleur. Les flocons atterrissent mollement sur le capot de la voiture et une fatigue brutale s'abat sur moi.

« On est restés un peu trop longtemps dehors », reconnaît Milan, l'air coupable.

Il pousse le chauffage au maximum, et le moteur vrombit.

« J'ai oublié de te dire que j'étais une petite nature.

— Il faut que tu manges plus de golsh pour arranger ça. »

Je souris. J'ai beau boire des bières tous les soirs et me nourrir comme deux, la ceinture de mon jean commence à se détendre : l'effet du froid, je suppose, sur mon corps habitué aux hivers surchauffés en appartement. Je n'ai pas de vêtements adaptés à ces températures. Milan m'a dépannée avec une paire de moufles, et j'ai trouvé d'épaisses chaussettes en laine sur le marché de Plavitza. Enfin, j'ai fait l'acquisition d'une paire de godillots en cuir épais deux pointures au-dessus de ma taille : des Timberland contrefaites qui m'ont probablement sauvée de sérieuses engelures.

« On n'a jamais réussi à prouver que le gras isole mieux du froid que ne le font les muscles », fais-je remarquer d'un ton savant.

De vagues souvenirs de mon cours de master sur les cellules graisseuses me reviennent en mémoire. Je précise, amusée :

« On dit même que l'inertie de la graisse retarde les mécanismes thermorégulateurs qui protègent les organes vitaux...

— J'oubliais que je parlais à une scientifique, sourit Milan.

— C'est mon petit côté zaratien. »

Nous rions de bon cœur. La fatigue rend mon esprit planant et prêt à rire de rien – exactement comme si j'étais alcoolisée.

« Tu apprends vite, c'est bien. »

Milan conduit d'un air tranquille. Ses grosses bagues

en métal cliquettent régulièrement sur le volant de la voiture. Mes yeux s'attardent sur la gueule de loup argentée qui brille sur son auriculaire. Tout me semble fluide et évident, comme si le siège de cette voiture était ma place depuis toujours, et l'homme à mes côtés, une sorte d'oncle bienveillant.

« Je ne parle pas souvent de mon métier de biologiste, parce que je n'en suis pas vraiment fière, fais-je remarquer après un temps d'hésitation.

— Ah ?

— Le laboratoire pharmaceutique pour lequel je travaille produit essentiellement des crèmes de beauté et des formules anti-âge.

— Tu aurais pu me rapporter un pot », déplore Milan.

Je souris, sans parvenir à effacer de mon visage cette drôle de tristesse que je masque si bien d'ordinaire. Mon voisin garde le silence, attentif. Une chose en entraînant une autre, j'évoque le cancer de maman. L'impact de sa maladie sur mon choix de poursuivre des études scientifiques. Mon projet initial de contribuer à la recherche contre le cancer, et la réalité du monde du travail une fois mon master terminé. L'écoute de Milan m'encourage, même si je lutte contre la sensation d'être une enfant gâtée exposant ses malheurs au dalaï-lama. Je parle à l'homme qui a perdu presque toute sa famille pendant la guerre et qu'on a enrôlé de force dans une milice. Quelque chose pourtant me pousse à lui livrer ce pan-là de ma vie. Peut-être dans le souci de lui donner à voir la personne que je suis réellement, avec ce qu'il y a de médiocre derrière le visage de musicienne talentueuse que je présente aux jeunes de Plavitza Rock School et qui me semble une imposture. Peut-être parce que l'évocation de mon métier me rappelle brutalement à cette partie de moi, restée en France.

« Avant de fonder Plavitza Rock School, j'ai fait des choses très futiles en Suède, fait remarquer Milan. Ce sont parfois des étapes nécessaires pour parvenir à ses fins.

— En fait, j'ai peur de persévérer dans une voie qui va simplement m'éloigner du monde de la musique. Sans jamais m'approcher de ce qui me tenait vraiment à cœur dans la recherche.

— Tu peux être les deux à la fois ; biologiste et musicienne, remarque doucement Milan. Mais c'est un dialogue ; et comme tout dialogue, ça peut prendre du temps... »

Je relève la tête.

« Comme les négociations de paix ? »

Il sourit et caresse sa barbiche.

« Comme les répétitions à Plavitza Rock School, comme les discussions avec les parents d'élèves... »

Je le regarde du coin de l'œil, laisse flotter quelques secondes, et réponds :

« J'ai énormément d'admiration pour ce que tu as surmonté et ce que tu as accompli, Milan. Je me sens un peu bête de t'exposer tout ça.

— Il ne faut pas. En ce qui me concerne, tu sais, rien de

tout ça ne serait arrivé si je ne transportais pas ce bagage bicommunautaire, ajoute-t-il en croisant mon regard. Ça a été un handicap une grande partie de ma vie. Mais je ne crois pas non plus que j'aurais fait ce que j'ai fait sans ce genre d'héritage. »

Le silence se prolonge, au rythme des flocons dansant sur le pare-brise comme des fleurs de coton.

« En fait, tout le monde peut accomplir des choses justes et importantes, tant qu'on ne renie pas une part de ce qu'on est, reprend-il. Tout ça revient souvent à une histoire de confiance. Il y a assez de place pour que tout cohabite. Quand une partie de nous cherche à museler l'autre, c'est le début des problèmes, si tu veux mon avis.

— On dit même que c'est ça qui provoque les cancers », je relève.

Milan plisse les sourcils, intrigué. Je tente de résumer en quelques phrases tous ces articles de recherche, tous ces discours de professeurs qui convergeaient en fin de compte vers le même scénario : un beau jour, une partie de notre organisme se persuade que ses propres cellules sont dangereusement défectueuses. Nos anticorps s'attellent alors à détruire les intruses de façon méthodique, persuadées d'agir pour la sauvegarde de notre vie. Dans les corps vieillissants, plusieurs mécanismes expliquent de tels carnages. Ce qu'on ne comprend pas vraiment, c'est ce qui pousse un sujet jeune et bien portant à tomber quelquefois dans ce piège, lui aussi. J'ai écrit mon mémoire de master sur les facteurs psychosomatiques des dérèglements cellulaires, nourrie par le cas de ma mère, tout en ayant le sentiment de marcher sur des œufs : la médecine dure voit souvent ces sujets comme du charlatanisme…

La chaleur monte dans l'habitacle, le sang afflue enfin vers mes orteils. Ma voix est enjouée, l'enthousiasme me gagne… Et retombe. J'aimerais avoir cette assurance tranquille qui a permis à mon voisin de déplacer des montagnes, un millimètre à la fois. Je n'ai jamais été confiante. Ni patiente. Ici, à distance, tout semble étonnamment plus simple, plus évident.

Huit jours que je suis ici. Le vide creusé par le départ de Min' se remplit de souvenirs, de paysages immenses, de discussions trop denses pour être assimilées en une seule fois. À quelques occasions, j'ai ressenti la sensation troublante d'avoir laissé l'ancienne version de moi à la maison, ligotée sous mon lit. Mais non. La Leila de Paris est ici, avec moi : dans ce jean détrempé et ces chaussures trop grandes.

Milan gare la voiture devant la maison, et je regagne le dortoir, les jambes cotonneuses. Après une demi-heure sous l'eau chaude, mes muscles me font l'effet d'un marshmallow au feu de bois. Je m'étends sous la couette telle une baleine échouée. La prochaine répétition avec le quatuor est dans plus de deux heures.

J'attrape mollement mon téléphone et découvre un message de Raphaël, vide. En pièce jointe, une planche de BD encore non coloriée présente une version picaresque des *Aventures de Leila à Plavitza*. Milan arbore une carrure de superhéros, Plavitza ressemble à la cité des Elfes du *Seigneur des anneaux* et l'école ne va pas sans rappeler le château de Poudlard. Je pouffe en découvrant de quelle manière Raphaël a lui-même décidé de se représenter : un narrateur et amoureux transi, resté seul au pays pendant que l'héroïne brave un hiver sans fin. Il présente un concours pour une école d'illustration dans quelques mois, et c'est la deuxième planche qu'il m'envoie en une semaine. Malgré l'intensité de mon séjour ici, il me tarde de le revoir.

Un léger vague à l'âme me traverse en parcourant des yeux le dortoir vide. Le concert de l'école a lieu après-demain. Milan et moi retournerons vers Miralem quelques jours après. Mon hôte m'a proposé de séjourner chez une amie la veille de mon vol de retour, pour me laisser le temps de visiter la capitale. La ville ne présente selon lui pas beaucoup d'intérêt, mais j'aurais néanmoins la sensation de repartir avec une vision très partielle de la Zaramestrie si je n'avais pas le loisir d'avoir un aperçu, même bref, de son point névralgique. Je règle mon réveil sur quinze heures et m'enroule dans les draps. Une mélodie ténue m'emporte imperceptiblement, comme un mince filet d'eau à travers les chemins du sommeil.

Dans la spiritualité yassimile, l'Amour est vu comme une puissance magique, présente à peu près partout là où il y a de la vie. De même que mille racines et filaments tapissent les sols de la forêt, nous sommes nous-mêmes à l'origine de fils, de nœuds, de liens – reliés les uns aux autres par le Nistaya.

Ces liens sont la manifestation la plus spontanée de l'Amour. Ils courent entre les hommes, les femmes, les amis et les amants, les parents et les enfants, le voyageur et la montagne, le violoniste et sa musique. Tout cela est relié et interdépendant, alimenté par le même flux surnaturel.

Dans la vie, on peut craindre deux choses : qu'il arrive malheur à ceux qui nous sont chers, ou que ces liens eux-mêmes ne se délitent. La puissance des rites et des temples, la foi que nous y prêtons sont une façon de les protéger. Pour la plupart d'entre nous, les liens sont invisibles ; ils se développent et se ramifient dans des directions imprévues, et mènent leur propre vie, indépendante de notre volonté.

À notre mort, la plupart de nos liens se dissolvent et retournent à la terre. Les plus vibrants, les plus étroitement tissés rejoignent le Nistaya : un immense filet de lumière qui agrège et rassemble notre monde, pour lui donner la forme que nous lui connaissons. Les étoiles en sont les seuls nœuds visibles. Les constellations, son tissage le plus dense, et le sol des forêts en dissimule de vastes pans.

Sans cela, sans le Grand Filet, l'univers reviendrait à son essence originelle, le chaos.

Pendant les funérailles, une fine cordelette est enroulée au poignet des défunts ; elle symbolise les liens tissés tout au long de la vie. Les morts remettent cette offrande aux esprits, qui profiteront de la pleine lune suivante pour rapiécer le Nistaya. C'est un travail de toute éternité. Les ruptures du Filet sont fréquentes, et des points de faiblesse se forment continuellement à sa surface : c'est par ces endroits-là que le chaos, la haine et la souffrance s'infiltrent dans notre monde. Mais c'est là également que les hommes entrevoient les grands secrets du monde et de son équilibre.

Si je crois à ces histoires ? Oui, d'une certaine façon. Disons qu'elles m'aident à me lever tous les matins. Comme tu as pu le voir, ce n'est pas toujours simple, quand il fait nuit dehors et que la route est verglacée jusqu'à l'école !

Nous ressortons sur le parvis, épuisés par la répétition. Je souhaite une bonne soirée à Mitzel, Andreï et Katarina qui me saluent d'un signe de la main avant de repartir vers leur côté de la vieille ville.

Bien sûr, les trois vont discuter entre eux de ce qui s'est passé ; espérons qu'il en ressorte plus de bien que de mal. Je chemine seule avec Lerna dans la direction opposée : nous faisons d'habitude un bout de trajet avec Jolan, mais ce dernier a préféré rester dans la salle Dire Straits pour continuer à s'entraîner, ce qui n'est pas une mauvaise chose.

Une neige fine tournoie dans le blizzard, se faufile sournoisement dans tous les interstices découverts de la peau. C'est désagréable, mais les températures par temps de neige demeurent en vérité beaucoup plus supportables. J'enroule mon écharpe jusqu'aux yeux, enfonce mon bonnet sur mon crâne. Une myriade de flocons s'accroche en quelques minutes à mes cils, mes sourcils et au pourtour de ma capuche, me donnant des allures de yéti. Lerna a aussi enroulé son long châle autour de ses cheveux. Nous marchons côte à côte en silence, un peu plus proches que d'habitude.

Jolan est arrivé trois quarts d'heure en retard à la répétition. La dernière fois déjà, il ne nous a rejoints qu'à mi-séance, déchiffrant à moitié l'introduction de *Thunderstruck* qu'il joue avec Katarina. Ce nouvel impair à moins de vingt-quatre heures d'intervalle a suscité quelques tensions. Andreï et Katarina pestant en son absence, Lerna a commencé à prendre sa défense. Les six premières répétitions se sont pourtant très bien passées. Jusqu'à ce soir, j'aurais pu croire que les tensions intercommunautaires étaient un mythe, du moins en ce qui concernait les élèves de l'école. Dans un ping-pong étrange, Lerna a brusquement pris la parole en zaramestre avec une virulence que je ne lui connaissais pas, face aux deux Zaratiens qui continuaient de lui répondre calmement dans un anglais parfait – pour que je puisse entendre ce demi-dialogue, ou bien pour instaurer une distance supplémentaire avec la jeune fille yassimile, je ne saurais le dire. Mitzel, qui restait en retrait derrière sa batterie, la mine embarrassée, est venue me traduire au fur et à mesure les propos de Lerna. Jolan était souvent retenu chez lui par sa famille et il aurait été moins puéril de faire preuve d'indulgence vis-à-vis des contraintes qu'il subissait lui-même, arguait-elle. Quand bien même sa famille le retenait prétendument sur le pas de sa porte, a rétorqué Andreï, cela l'empêchait-il aussi de travailler le violon dans sa chambre ? Jolan avait six frères et sœurs, a rappelé Lerna, dont il devait également s'occuper. Andreï ne s'est pas retenu de lever les yeux au ciel. Le visage de la jeune fille s'est fermé en retour. Tous deux avaient la mémoire courte, a-t-elle asséné. Quelque chose s'est passé à ce moment-là – Lerna et Katarina ont échangé un regard, et cette dernière a détourné les yeux.

« Jolan est seulement en retard, il n'y a pas mort d'homme », suis-je intervenue.

Un flottement a suivi mon propos. J'ai poursuivi en rappelant que les répétitions pour le concert avançaient bien, il n'y avait donc aucune raison de s'inquiéter outre mesure. J'ai précisé qu'il était toujours plus constructif que chaque membre du groupe se considère garant de la qualité de l'ensemble, plutôt que de rejeter la faute sur l'un des musiciens moins expérimentés. S'il s'avérait que Jolan ne parvenait pas à suivre le rythme, il serait toujours possible d'alléger sa contribution et de chercher des solutions ensemble. L'adolescent est entré à ce moment-là dans la salle, la mine embarrassée. Il s'est assis à son pupitre sans un mot et s'est aussitôt occupé à appliquer sa colophane sur les crins de l'archet. L'heure de répétition suivante, nous sommes parvenus à rectifier le tir et à finaliser intégralement le second morceau du répertoire. L'atmosphère de travail était froide, professionnelle, franchement étrange.

Lerna tourne son visage emmitouflé vers moi pour me dire au revoir dans la rue blanche, au croisement où nos routes se séparent tous les soirs. Son visage est soucieux, la jeune fille prend sur elle, mais je vois bien que la dispute l'a affectée. Je lui souris avec chaleur et lui tapote l'épaule. Elle me serre spontanément dans ses bras en retour, puis s'écarte et murmure :

« Leila, je suis désolée que tu aies assisté à tout ça.

— Ne t'en fais pas pour ça, vraiment.

— Tu sais, dans le fond, on a seulement envie d'une vie normale... Tu le sais, n'est-ce pas ? »

Je hoche la tête, prise de court.

« J'ai parlé de toi à ma famille, poursuit-elle lentement. Ma mère veut absolument t'inviter à dîner. Ce serait un honneur si tu venais chez nous, par exemple le lendemain du concert.

— Ça serait un grand plaisir, Lerna. »

De nouveau, nous échangeons un sourire. Puis la jeune fille me fait un signe de la main et tourne les talons. Je poursuis seule ma route sur l'avenue principale jusqu'à la maison de Milan, troublée. Le chien Zichka, aucunement dérangé par la neige et au contraire surexcité, se précipite à ma rencontre en remuant son arrière-train. Je caresse le pourtour des oreilles quelques secondes, ses deux pattes avant sur mon buste, avant de monter prudemment à ma chambre par l'escalier glissant. Je m'écroule sur mon lit, comate je ne sais trop combien de temps. Milan va rentrer d'un moment à l'autre et ce sera l'heure de dîner. Nous pourrons discuter de ce qu'il s'est passé. Les vibrations de mon téléphone, toujours dans la poche de mon sac, me tirent de ma rêverie. Je me relève sur le matelas. Le portrait de ma mère sur fond de vacances sourit paisiblement dans sa bulle verte. Je décroche et marmonne quelques mots avec le ton bourru d'une femme des cavernes.

« Oulah. Tu as attrapé froid ?

— Non, non. J'étais en train de m'endormir. »

Maman m'appelle de sa voiture, elle roule en direction de l'hôpital. Elle travaille tous les jours de seize heures à minuit cette semaine.

« Pas terrible, comme horaires, je remarque. Tu n'as pas pu récupérer les créneaux du matin ?

— Ça m'arrange, explique-t-elle. De toute façon, je n'arrive pas à m'endormir avant deux ou trois heures ces derniers temps, autant faire le service de nuit pour arranger les autres. »

Je me rallonge et m'appuie sur le coude, active le haut-parleur et pose mon téléphone sur le matelas en mâchouillant mes lèvres. Sur sa photo de profil, ma mère est rayonnante, bronzée derrière ses lunettes de soleil. Dans la vraie vie, aussi loin que je me souvienne, maman a rarement eu l'air franchement heureuse. En dépression après le divorce, puis en lutte contre sa maladie. Ces cinq dernières années lui ont heureusement apporté un répit. Peut-être devrais-je passer plus de temps avec elle à mon retour, l'aider avec toutes ces démarches de droits de succession.

« Alors, tu es toujours contente de ton séjour ? reprend-elle. Les élèves de l'école sont sympas ? »

Je lui raconte brièvement l'incident de cet après-midi, puis tempère mes propos :

« Comparés à Mathias et moi à la même époque, les jeunes d'ici sont vraiment très matures.

— C'est sûr que ce n'est pas la même réalité. »

Je marque un temps d'arrêt. Tout anodine qu'elle soit, sa remarque me surprend. J'aimerais lui faire découvrir l'autre facette de ce pays, celle dont personne ne parle. Le côté féerique des paysages enneigés, l'énergie des élèves de Plavitza Rock School, le courage inspirant de Milan... Chronologiquement parlant (et même génétiquement), maman devrait être plus proche de ce pays que moi, la petite-fille aux origines diluées. Peut-être suis-je passée de l'autre côté d'un mur qu'elle n'a elle-même jamais eu l'occasion de franchir : celui des clichés fantasmés à distance sur un pays que la guerre a rendu tristement célèbre, que les médias ne continuent de raconter qu'à travers des histoires glauques de corruption, de crimes et de pauvreté.

« Ça ne te fait pas bizarre, que je sois revenue ici avant toi ? je demande à brûle-pourpoint.

— Revenue ?

— Oui, enfin... Tu vois ce que je veux dire. »

Sa voix hésite ; je perçois au bout du fil une sorte de

perplexité. Non, avoue-t-elle finalement. Elle n'a jamais vraiment pensé à visiter la Zaramestrie. Enfant, personne ne l'a encouragée à s'y intéresser. Min' voulait que sa fille soit une Française comme les autres. La Zaramestrie n'avait jamais donné matière à de longues discussions à la table du soir. Ce pays appartenait au passé, il était de meilleur goût de se tourner vers le présent et l'avenir. Par la suite, les aléas de l'âge adulte ont laissé peu de place à une exploration de ses lointaines origines.

« Ce ne sont pas des origines si lointaines, fais-je remarquer.

— Je n'en sais rien, écoute. C'est plus de ta génération, il paraît, de se poser tant de questions... Je ne dis pas que c'est une mauvaise chose. Mais à l'époque où j'aurais pu m'intéresser à ça, la guerre a jeté une lumière franchement blafarde sur la Zaramestrie. J'étais plutôt en recherche de sérénité, ces années-là. »

Je garde le silence, pensive. Peut-être faut-il avoir grandi très loin des sources du malheur pour avoir le luxe de s'intéresser à ce que tant d'autres aspirent à fuir ou oublier. Loin dans l'espace, mais aussi dans le temps.

« C'est tout de même curieux, je relève, que Min' ait à ce point coupé les ponts. Je veux dire, même avant que la guerre ne démarre. C'était quand même toute son enfance, sa jeunesse...

— C'était une autre époque, rappelle maman. Les immigrés qui venaient en France voulaient s'intégrer à tout prix, on ne roulait franchement pas sur l'or et les vols *low cost* n'existaient pas. Et puis ton grand-père n'était pas particulièrement bienvenu à Plavitza.

— Ah bon ? »

Un drôle de flottement suit ses paroles.

« Oui, ce... Ça n'a jamais été tout à fait clair pour moi non plus. Comme je te l'ai dit, on en parlait très peu. D'après ce que j'ai compris, Min' aurait mis une fille enceinte au village, juste avant de partir en France. Il venait d'obtenir sa bourse, tu sais. Il a envoyé quelque temps de l'argent à la mère, ce qui rendait mamie furieuse. »

Mon cœur réagit avant moi. Il cogne lourdement, pris de court. Je me redresse sur mon lit et reprends mon smartphone à deux mains.

« Cet enfant vit encore à Plavitza ?

— Non. Elle est morte pendant la guerre, précise-t-elle d'une voix triste.

— Pourquoi tu ne me dis ça que maintenant ? » dis-je en tentant de garder mon calme.

Une boule de colère, de tristesse et d'incrédulité se condense dans ma gorge. Je ne veux pas m'énerver contre elle, pas comme ça, au téléphone. Je me répète factuellement cette étrange vérité pour lui donner une forme, une essence : Nermin a eu une première fille, ici. Ma mère a eu une demi-sœur, tuée pendant les conflits. J'ai eu une tante. À Plavitza.

« Je ne sais pas, ma chérie, soupire la voix depuis le

haut-parleur. Je ne l'ai jamais connue, cette enfant. C'était à Min' d'en parler, s'il avait voulu partager cette histoire... Enfin, peu importe. Tu le sais, maintenant. »

La lumière rebondit dans toutes les directions sur les champs ensevelis. Trop de réverb, mes yeux tirent. Au moins, la route est dégagée. À croire qu'on me déroule le tapis rouge pour cet aller-retour.

Il me faudra trois heures pour atteindre Solvic, deux et demie de plus pour gagner Plavitza. Je rencontre ce Milan Doroven, visite son école, shoote quelques images du concert dont il m'a parlé et repars en début de soirée. Je serai revenu à Miralem pour trois heures du matin ; une journée dense, mais j'aime autant ne pas dormir sur place.

Je ne suis pas mécontent de me tailler de cette ville de fous, ne serait-ce qu'à la journée. Une bouffée d'oxygène qui rappelle que je peux m'arracher à tout ça en un tour de moteur. Je m'arrête toutes les heures pour me griller une clope sur le bord de la route. Le soleil froid me scalpe le visage pendant que le tabac me brûle les poumons, et ça n'est pas désagréable. Plus je mets de kilomètres entre moi et Miralem, plus le corps de Tara me revient et m'entête.

J'ignore le nombre de jours ou de semaines qu'il me reste par ici. Je devrai la revoir, au moins une dernière fois.

En quelques jours, l'annonce du *New York Times* s'est déversée sur les réseaux sociaux.

« Des médias étrangers ont annoncé pendant la nuit la disparition de Jol Foje, a hoqueté Tara au lit le lendemain matin de la publication, les yeux rivés au téléphone.

— Ah ? »

Elle m'a lancé un long regard en biais avant de retourner à sa lecture. Puis elle s'est habillée en hâte en enchaînant les coups de fil. Partout en même temps, l'information s'est propagée comme de la poudre, le choc partant loin de son épicentre pour mieux revenir à la source. Après l'article du quotidien new-yorkais, repris par une poignée de médias étrangers, une proportion croissante de locaux s'est emparée de la nouvelle, relayant à qui veut ; en l'espace de vingt-quatre heures, la quasi-totalité du pays se trouvait dans la confidence, jusque dans les cantons les plus perdus. En l'absence de réponse officielle du gouvernement qui applique pour l'instant la politique du silence, le peuple laisse libre cours à l'élaboration des théories les plus variées : Jol Foje séquestrée par le gouvernement, punie pour sa tentative prétentieuse de renverser l'équilibre bipartite. Jol Foje exfiltrée par le FSB au terme d'une mission d'espionnage. Jol Foje réfugiée en Ukraine après avoir vidé les caisses du ZPR, Jol Foje noyée sous les glaces du lac Valkaï... Et ainsi de suite.

Sans surprise, les flics m'ont gratifié d'une nouvelle

visite dès la première journée, soi-disant pour répondre aux besoins de l'enquête. Aucune question ne m'a pourtant été posée sur la fuite, et mon lien évident avec elle. Dur de comprendre à quoi ils jouent, et les consignes absurdes qu'on a pu leur donner. Rebelote les jours suivants : de courtes interventions, meublées de questions de façade, visiblement sans autre raison d'être que de me faire comprendre que je suis désormais dans leur radar. J'espace mes déplacements, vérifie que personne ne me suit quand je prends la voiture. Je ne pensais pas m'autoriser cette escapade avant la fin des élections, mais le directeur de l'école m'a rappelé très rapidement. J'ai saisi le prétexte d'un reportage facile en solitaire.

J'ai pu subir des intimidations d'un tout autre niveau sous d'autres latitudes. Mon statut d'étranger me protège, mais il attire trop l'attention. Cette fois, le problème réel tient à mes accointances avec certains civils. On a vu des gens disparaître par ici pour bien moins. Je ne sais pas franchement ce que j'attends pour décamper définitivement. Il m'aurait suffi d'embarquer le reste de mon matériel, mon PC et trois slips pour tracer jusqu'à la frontière ukrainienne et ne plus revenir. À une autre époque, c'est ce que j'aurais fait.

Je dépasse le préfabriqué miséreux tenant lieu de station-service où nous avons fait halte avec Tara il y a quelques semaines ; puis Dolba et sa mémoire sinistre. En contournant Solvic, je pense au vieux et ses bouquins qui m'a logé chez lui plus d'une semaine, à quelques pas du temple sur la butte yassimile. Je passerais le voir si j'en avais le temps. L'heure tourne, ça sera pour une autre fois.

Ce qui me plombe, c'est ce poids dans le bide. Je ne l'ai plus, cette rage qui me grignotait les entrailles et me rendait si leste. Elle me donnait une consistance. Une direction. À la place, j'ai cette indifférence qui prend de l'embonpoint. Les guerres finissent par se ressembler toutes.

Drôle de voir comment ce qui t'a nourri si longtemps peut te vider du jour au lendemain. C'est ici, en Zaramestrie, que je me suis senti vraiment vivant ; ici que je l'ai regardée, la mort, et qu'elle est devenue le contraste de toute chose. Peut-être que je me suis un peu tué pour devenir ce fantôme affranchi de son ombre, et qu'à partir de là le vide entre le monde et moi s'est enfin résolu. Ici que j'ai compris que la justice et les nations n'étaient que de vastes foutaises, des cathédrales de non-réalités... Non, je ne suis plus formaté pour retourner en Occident. Ça serait pire encore que de repartir sur le front. Ma place, il n'y a pas si longtemps, elle était encore là. Maintenant j'ai trop de doutes, voilà la tuile. Dès que tu doutes de ce que tu viens foutre sur le terrain, les problèmes rappliquent. Cette balle perdue au Soudan, je n'étais pas censé la prendre. C'était l'usure bête et méchante. On peut faire les gros bras devant les rédacteurs en chef, marteler que les souffrances subies par les civils n'ont rien de comparable avec ce que l'on vient couvrir par choix. Il y a bien eu une fois, au bout de sept ans de métier, où je me suis réveillé avec une tête d'Elephant Man. Un milicien bourré comme une barrique avait voulu me faire exécuter la veille avec une kalach vide. J'ai été secoué quelques jours, et puis la faim est revenue. Cette fois, le temps ne change rien à l'affaire ; j'ai brûlé la mèche, voilà tout.

Après Solvic, le paysage évolue rapidement. Des conifères chargés de givre remplacent les troncs noircis aux écorces dépouillées. Les collines blanches se transforment en rocheuses. Je progresse plein nord, vers le cœur des Beskides où passe la frontière ukrainienne. Quelques pics écorchés accrochent les rayons du soleil. La bagnole à l'arrêt, il faut tordre le cou pour les apercevoir. La voiture longe des gorges où des torrents zigzaguent une cinquantaine de mètres en contrebas. Les flancs aval de la montagne sont plongés dans l'ombre. Des sapins figés y croupissent, résignés à ne plus recevoir la lumière du jour. Si la gamine qui m'a parlé de cet endroit n'a vu que ça, je peux comprendre qu'elle soit repartie avec des illusions plein la caboche et un avis incohérent sur le pays...

Je m'arrête en bord de route pour vider ma vessie. En regardant le jet dégringoler vers le ravin, je me demande si ma pisse va rejoindre les eaux de la rivière, au lieu de creuser une rigole minable dans un talus de neige et de s'y perdre pour toujours. Le ciel bleu s'affadit, la pénombre grignote peu à peu les couleurs. Bon, je serai à Plavitza dans une heure.

En route.

Sur scène, Mitzel apparaît en premier. Elle s'installe promptement derrière sa batterie. Jolan, Lerna, Andreï et Katarina se présentent à leur tour dans leurs tenues loufoques. Les quatre violonistes conservent leur sérieux et se placent par binômes dos à dos. Leur silhouette et les reliefs de leur visage se détachent de profil face au public, nimbés d'une lumière jaune citron. La lèvre inférieure de Katarina tremblote, mais tient bon.

Sur la droite, le premier duo formé par Lerna et Andreï démarre avec emphase un air de Vivaldi. Je tourne le cou pour scruter les visages derrière moi.

Une soixantaine de personnes sont rassemblées dans le grand hall : la quasi-totalité des élèves de l'école, mais aussi d'autres adolescents rameutés par l'annonce du concert. Dans le fond, je note aussi une vingtaine d'adultes. Milan émerge d'une bonne tête par-dessus la mêlée, les bras croisés sur la poitrine et une bière à la main. J'entends comme si c'était hier ses précisions, la première fois que je lui ai parlé au téléphone : *Ici, on ne joue que du rock. Si tu es de formation classique, tu devras peut-être t'ajuster à l'esprit...*

En miroir, le duo de Katarina et Jolan entonne les premières notes de *Thunderstruck* ; quelques rires s'élèvent. Lerna et Andreï se tournent vers les deux autres d'un air offusqué et reprennent Vivaldi. Le ping-pong se poursuit sur l'équivalent d'une minute, par salves de plus en plus serrées. Katarina rattrape sans trop de difficultés les quelques impairs de Jolan. L'intensité augmente jusqu'à ce que les quatre violonistes viennent à rompre les rangs et se toisent, face à face. La batterie entre à ce moment, les cheveux roses de Mitzel flamboyant par-dessus les cymbales.

Les quatre violonistes reprennent de concert la mélodie de *Thunderstruck*. Sans m'en rendre compte, je garde la bouche ouverte depuis le début du morceau et un immense sourire me barre brusquement le visage. Je ne suis pas mécontente de ce travail de mise en scène auquel nous avons réfléchi pendant les trois dernières répétitions, qui amuse le public et donne une vraie touche déjantée au spectacle.

Le premier morceau s'achève sur une vague d'applaudissements ; la lumière et le silence retombent. Lerna et Katarina s'avancent l'une vers l'autre sur la scène, violon à bout de bras. Par-dessus une première base de vêtements noirs, les deux adolescentes arborent des accessoires brillants, bijoux volumineux et maquillage pailleté qui détonnent joyeusement avec leur attitude sérieuse. Chacune se tourne autour avec un regard prédateur troublé par quelques sourires vacillants qu'elles ne parviennent pas à masquer. Mitzel prolonge l'atmosphère d'attente par quelques salves saccadées. Les cercles concentriques se réduisent et les corps se rapprochent. D'un seul geste souple, toujours sans se quitter des yeux, les deux jeunes filles replacent leurs violons sur leurs épaules. Plusieurs exclamations ravies s'élèvent de la foule, qui reconnaît les premières notes grinçantes de *Back in Black*.

Après le duo, le groupe enchaîne sur le dernier morceau, sans doute mon préféré : *Viva la Vida* de Coldplay. Cette fois-ci, les quatre violonistes se placent dos au public. Ils forment un demi-cercle autour de la batterie et s'en éloignent graduellement, jusqu'à ce que chacun touche le pourtour de la scène. Je relève quelques fausses notes côté Andreï, qui passent heureusement inaperçues. Jolan décroche au deuxième couplet mais parvient à rattraper la cadence. Le spectacle se termine sur une belle vague d'applaudissements. Milan, qui a ouvert le bal en rappelant la mission assignée à cette formation temporaire – faire vibrer de concert les quatre violons de Min' – monte à nouveau sur scène et félicite les cinq musiciens. Il croise ensuite mon regard, un mélange d'affection et de malice au fond des yeux. Je lui lance un clin d'œil depuis le premier rang. Sous les encouragements ravis des autres, il me tend une grande paluche pour me catapulter à ses côtés. Je souris au public et surtout au jeune groupe en rougissant comme une pivoine. Nous ressortons de scène, et le concert embraye sur d'autres musiciens de Plavitza.

Je suis les cinq adolescents vers le fond du grand hall et accepte la bière que me propose Andreï. L'ambiance est survoltée, la chaleur des corps se propage dans la salle. J'ai un début de mal de gorge, peut-être un peu de fièvre, dont je me moque pour le moment. Je me sens fière, comblée, bien plus que je ne l'aurais cru.

« À vous cinq, dis-je en levant mon verre.

— À nous six ! » corrige Lerna.

Je croise son regard enfantin sous ses sourcils épais et sa chevelure abondante. Il faut bien reconnaître que nous nous ressemblons vraiment. Elle pourrait être ma petite sœur. Les autres musiciens acquiescent avec emphase. Je les contemple l'un après l'autre en les complimentant pour leurs prestations respectives. Nous avons travaillé d'arrache-pied ces derniers jours pour être prêts à temps.

« Engagée ! » plaisante Milan en m'assénant une grande tape dans le dos qui me décolle les poumons.

Je tousse et relève les yeux vers mon géant de voisin. Les autres rient, Andreï renchérit :

« Mais oui ! Tu devrais rester ici plus longtemps, tu viens à peine d'arriver... »

Milan incline la tête en signe d'assentiment, amusé. Une fraction de seconde, l'idée me traverse l'esprit. Rester ici. Travailler six mois, un an, pour Plavitza Rock School. Apprendre le zaramestre, me faire à ce climat hostile, vivre cette parenthèse comme une expérience, non plus pour m'acquitter des dernières volontés de mon grand-père, mais simplement pour moi... Je sors de mon vertige et retombe sur mes pieds d'une pirouette :

« Je crois que mon métabolisme ne me permettrait pas de survivre tout un hiver ici... Mais c'est sûr que je reviendrai ! Je veux voir Plavitza en été.

— Tu es bienvenue ici quand tu veux, sourit Milan. L'école t'est grand ouverte, et tu connais maintenant plusieurs de ses élèves qui seront ravis de t'y inviter à nouveau, je crois. »

Le groupe accueille sa remarque avec enthousiasme.

« C'est vrai que si tu retires la musique, il n'y a rien à faire par ici en hiver, relève Mitzel. L'été, c'est beaucoup mieux, tu pourras te baigner dans la rivière, grimper au sommet de l'Altaï...

— Si tu reviens pour la fête de Vohom, renchérit Lerna, tu verras plein de Yassimils qui portent des flambeaux jusqu'au brasier en haut de la montagne. C'est très beau, ça fait des serpents de lumière... Et il y a aussi des concerts en plein air avec des groupes de musique étrangers !

— Ah oui ? dis-je, intriguée, en croisant le regard de Milan.

— Tout à fait, il faudra que je t'en parle, répond-il en me lançant un clin d'œil. J'ai même l'idée de développer l'été prochain une Mobile Rock School avec un van itinérant dans la région... »

Il termine sa bière et s'excuse :

« Je vais aller voir les adultes par là-bas et m'assurer que tout va bien. »

Cinq autres groupes succèdent au quatuor dans la même ambiance survoltée. Le concert s'achève aux alentours de dix-neuf heures. La foule d'adolescents s'attarde dans le grand hall empli d'odeurs de cigarettes. Une première vague rentre chez elle, charriant Jolan et Katarina vers leurs quartiers respectifs. Un noyau dur subsiste ; c'est une belle soirée que personne n'est pressé d'interrompre.

Au fil de mes conversations avec Milan et de mes discussions de plus en plus fréquentes avec le groupe, j'ai fini par saisir jusqu'à quel point l'école faisait office de zone tampon. Dans le grand hall d'entrée, je remarquais régulièrement des petits groupes massés autour des tables, et même quelques jeunes solitaires en train de réviser ou bien de jouer sur leurs téléphones portables. Un soir sur le trajet du retour, Lerna et Jolan m'ont expliqué comment toutes les structures scolaires, et même le gymnase de Plavitza, étaient soumises à un système de rotation complexe évitant coûte que coûte aux jeunes de se croiser. Les navettes collectives sont même aménagées en deux espaces, comme au temps de la ségrégation raciale aux États-Unis. Seule Mitzel avait entendu parler des actions de la militante Rosa Parks et raconta un soir aux autres, après mon allusion, le refus de cette femme d'aller s'asseoir au fond d'un bus. En observant leurs mines déconcertées, je me suis demandé à cet instant l'influence qu'une telle histoire pourrait avoir sur ces adolescents, à la fois curieuse et inquiète des risques qu'ils seraient prêts à prendre à la lumière de ce modèle de dissidence. Internet et les réseaux sociaux les relient bien assez au monde pour qu'ils saisissent qu'ailleurs on ne vit pas toujours ainsi. Le groupe m'a plusieurs fois questionnée sur la France. Interrogée sur le nombre de communautés rassemblées à Paris, je me suis retrouvée bien incapable de leur fournir une réponse claire, tentant de leur dépeindre avec humour le bazar culturel de la capitale.

J'ignore finalement à quel point les élèves ont fait montre d'efforts surhumains pour éviter d'autres disputes après cet accrochage il y a trois jours, et le rôle tampon que ma présence a pu jouer. Un soir où nous dînions dans la cuisine, Milan m'a raconté diverses difficultés auxquelles plusieurs élèves avaient fait face pour rejoindre l'école. La résistance des familles à voir leurs enfants intégrer une école mixte était souvent liée à des drames personnels vécus deux décennies plus tôt. Au cours de la première année, Katarina a arrêté du jour au lendemain de venir à l'école. C'est finalement Lerna qui s'est rendue à pied jusqu'à l'immeuble de la jeune fille, escortée par Milan.

« Lerna n'est pas rentrée. Elle est restée sur le pas de la porte et n'a parlé que cinq minutes avec les parents. Le lendemain, Katarina est revenue en cours.

— Qu'est-ce qu'elle leur a dit ?

— Que leur fille était la meilleure violoniste avec laquelle elle avait eu le privilège de jouer. Surtout, qu'elle regrettait profondément le meurtre de plusieurs Zaratiens par l'un des membres sa famille. Et elle est repartie. »

À vingt heures, l'école ferme, Milan chasse les derniers adolescents ; j'accepte les chaleureuses accolades d'Andreï, Mitzel et Lerna.

« Demain soir, ma mère te prépare un plat traditionnel zaramestre, rappelle Lerna en souriant.

— Parfait, Leila va enfin découvrir autre chose que la golsh », commente Milan d'un air approbateur.

Nous rions. Il est vrai que la gastronomie n'aura pas été le point d'orgue de mon séjour chez lui. Les jeunes s'éloignent. J'attends sur le seuil que Milan termine de verrouiller la porte principale. L'air glacé descend dans mes poumons mais je ne suis pas mécontente de sortir de la salle enfumée ; mon mal de gorge s'est aggravé et je commence à avoir la migraine.

Nous remontons la route sur laquelle une fine couche de neige s'est déposée quelques heures plus tôt. Le ciel est dégagé, l'absence d'éclairage nocturne permet de distinguer nettement plusieurs amas d'étoiles. Dans le sillage de Milan, mes jambes parcourent toutes seules le kilomètre entre l'école et la maison avec la familiarité des trajets quotidiens. L'adrénaline du concert retombe, j'ai le désir de rentrer rapidement, de prendre une douche brûlante puis de m'emmailloter jusqu'au menton sous plusieurs couches de couvertures. Je réalise avec vertige que nous sommes proches de l'heure où je sors du travail à Paris, l'heure où les voitures se déversent dans les artères de la capitale et où ma seconde vie de musicienne commence.

Aux abords de la maison, le chien Zichka nous accueille joyeusement. Lui aussi va sûrement me manquer. Milan me souhaite bonne nuit au bas de l'escalier menant à mon dortoir.

« Si tu veux, demain, on peut aller voir à Riskov l'une des plus grandes cascades de la région. Elle est complètement gelée à cette époque de l'année, c'est assez impressionnant.

— Avec plaisir ! »

Il me tapote l'épaule, sourit.

« Tu as fait un super travail avec les jeunes. Merci. »

Je me contente d'incliner la tête, heureuse du compliment. J'ignore si je le mérite, mais ce n'est finalement pas à moi d'en juger.

Je remonte prudemment l'escalier extérieur menant vers le dortoir, une main contre le mur et l'autre sur la rampe. Les marches recouvertes de neige sont particulièrement glissantes, et je me sens encore alcoolisée. Je me dirige directement vers la salle de bains, ouvre le robinet de la douche. L'eau chaude met en principe deux bonnes minutes à affluer, je retourne m'asseoir sur mon lit et sors mon téléphone. Une vague de surprise me traverse : maman a essayé de m'appeler trois fois en moins d'une heure. Mon appareil était en silencieux tout au fond de mon sac. Je sais qu'elle n'est pas complètement tranquille de me savoir seule en Zaramestrie, et je ne l'ai pas rappelée depuis notre conversation bizarre il y a trois jours. J'avais besoin, je crois, de digérer d'abord tout ce qu'elle m'a appris... Je recompose son numéro et explique aussitôt :

« Maman ? Désolée, je viens de voir tes appels, j'étais à un concert et je n'entendais rien... »

Un lourd sanglot se noie à l'autre bout du fil. Mon cœur se serre de culpabilité.

« Leila, il faut absolument que tu rentres, hoquette-t-elle en reprenant son souffle. Il y a eu un attentat à Paris ; ton frère est à l'hôpital. »

3.
L'HORIZON

Au cinquième jour de la disparition annoncée de Jol Foje, le ZPR sort du silence et reconnaît détenir la candidate, pour le meurtre présumé de deux jeunes Zaratiens. L'identité desdites victimes est laissée sous silence. Moins d'une heure plus tard, le chef de parti YASD s'offusque de découvrir l'affaire si tardivement, fustige le silence malhonnête du ZPR et sa violence latente. D'un côté comme de l'autre, cette disparition sans autre forme de procès à une semaine des élections survient à point nommé.

Dans la société civile, une vague de réactions clivantes suit ces déclarations : soulagement que Jol Foje soit au moins rescapée (à défaut d'être libre), satisfaction chez d'autres que son emprisonnement coupe court à sa candidature. Haine décuplée envers la meurtrière, ou orientée *a contrario* vers l'État bipartite. Fait intéressant, une nouvelle ligne de fracture se tend entre les radicaux et les habituels silencieux, loin du clivage idéologique usuel.

« Une manifestation s'organise pour demain, m'annonce

Tara au téléphone le jour même. L'initiative est portée par plusieurs groupes de femmes. Des Zaratiennes, mais aussi des Yassimiles. Je n'ai jamais vu ça. »

J'allume une clope en m'asseyant à la rambarde de la fenêtre. Je suis dans le coaltar, rentré à l'aube de mon aller-retour express à Plavitza. Je n'ai dormi que quelques heures.

« Tu comptes participer ? À la manif ?

— Bien sûr, murmure-t-elle.

— Il risque d'y avoir des émeutes, tu as conscience de ça ?

— Évidemment. »

Je rejoins mon bureau, parcours en quelques clics les actualités. Un rassemblement prévu demain matin sur la place Yarovit annonce effectivement trois mille participants sur les réseaux sociaux.

« Qu'est-ce que tu fais ce soir ? reprend Tara.

— Je t'offre un verre ?

— D'accord. »

Je raccroche le combiné. Soupire. Mon cœur tape légèrement contre l'étau de suie dans ma cage thoracique. Je fume trop. J'envoie un message à Balden pour la prévenir de l'actualité. Je lui écris une ou deux fois par jour depuis près d'une semaine pour lui notifier les visites dont m'honore la police : la dernière en date m'a tiré du sommeil ce matin même, alors que je m'étais pieuté trois heures plus tôt. Ma courte absence ne leur a visiblement pas échappé, et les condés ont insisté sur l'importance que je ne m'éloigne pas de Miralem dans les prochaines semaines, pour les prétendus besoins de leur foutue enquête. Mon cul. C'est une question de jours avant que je me fasse coffrer.

« Ça ne serait pas le moment de faire profil bas ? suggère prudemment Balden. Si la police te voit à ce rassemblement, tu seras harcelé de plus belle…

— Je compte plier bagage après ça, je tranche. S'il n'y a plus moyen de travailler ici, autant ne pas s'attarder.

— Je comprends. Sache que l'affaire prend de l'ampleur, en tout cas. Le gouvernement zaramestre a été contacté ce matin par la branche de l'ONU chargée de la défense des femmes. Ils demandent des comptes sur les conditions de détention de Jol Foje, et les preuves justifiant sa privation de liberté. Je crois que tout ce qu'on a fait valait vraiment la peine, tu sais… »

Sa voix brûle d'enthousiasme. Jeunotte. Qu'elle en profite tant que ça dure… Mes yeux retombent sur l'ordinateur et cet article ouvert où la politicienne sourit avec défiance. L'icône se cristallise, dérive loin de celle qui portait ce visage, pour se transformer en symbole. Qu'une femme seule ait pu mater deux types excite tout particulièrement la populace. Des centaines de nationalistes zaratiens se réjouissant de l'arrestation d'une dangereuse semeuse de trouble, inconsciente des conséquences de ses déclarations dans un pays sur le fil du rasoir depuis quinze ans. Leurs homologues yassimils, goguenards, félicitent publiquement la candidate d'avoir semé la confusion au sein du ZPR et de s'en prendre à la jeunesse de son propre camp. Mais on voit autre chose. Avant-hier, une poignée de professeurs-chercheurs de l'université zaratienne de Miralem fustigeaient publiquement le niveau de corruption du gouvernement, provoquant un tollé. Simultanément, un collectif d'artistes yassimils ont accusé de complaisance le parti YASD devant les agissements antidémocratiques du camp adverse.

Est-ce que tout ça en vaut la peine, comme dit l'autre ? Dans quel état libéreront-ils cette femme, si tant est qu'ils la libèrent ? Tout ce bruit, ce lynchage, toute cette démonstration grotesque de despotisme au ras du sol. Je ne crois plus à la politique depuis un moment. Ni aux individus. Sauver sa peau est déjà un combat de tous les jours. Mais il faut reconnaître que cette affaire provoque plus de remous que je ne l'aurais cru.

Je retrouve Tara à dix-huit heures dans le vieux bar près de chez elle où elle m'a donné rendez-vous. Je gare ma voiture à bonne distance, termine les deux cents derniers mètres à pied et vérifie que personne ne me suit. Elle m'attend tout au fond de la salle enfumée, installée dos au poêle. Comme elle me demande à quoi j'ai travaillé ces derniers jours, j'évoque mon reportage express à Plavitza, un sujet *feel good* qui se vendra très bien à la presse étrangère, avec un grand format pour compléter l'expo.

« C'est bien que tu aies pris le temps d'aller jusque là-bas. La Zaramestrie ne se résume pas à Miralem et Solvic.

Envoie-moi les photos, je verrai ce que je peux dessiner à partir de ça. »

J'acquiesce en avalant une rasade de bière. Observe ses épaules minces, ses deux yeux noirs qui aspirent la lumière et les taches de rousseur qui envahissent sa figure. C'est plus dur que prévu. Je pose mon verre sur la table et lui raconte de but en blanc les visites répétées de la police et la nécessité que je parte bientôt. À mon soulagement, elle ne pose pas de question, ne cherche pas à en savoir davantage. C'est mieux pour tout le monde. Elle entoure son verre de ses mains, murmure simplement :

« Je pense que tu as raison. Des journalistes disparaissent tous les ans par ici. Ton statut d'étranger ne te protégera pas éternellement, il faut que tu te sauves.

— Pour le projet d'exposition, ne t'en fais pas, ça se fera quand même, dis-je, histoire de la rassurer.

— Je ne suis pas inquiète pour ça. Tu sais ce que tu vas faire, alors ? Où tu vas aller ?

— Aucune idée.

— D'autres zones de conflit ?

— Non. Je n'ai plus l'âge pour ça. Des pays d'après-guerre, éventuellement. »

Elle fronce les sourcils, étonnée.

« Comment est-ce que tu définis ton travail, au juste ? Tu es journaliste ? Artiste ?

— Je ne suis pas un artiste, non. Un photoreporter, éventuellement. Je raconte en images, voilà.

— Un conteur d'images, alors ?

— Si tu veux. »

Je penche mon visage vers elle, avec l'envie de mordre dans ses lèvres.

« Tu as un visa qui te permet d'aller n'importe où, reprend Tara. Au Groenland, en Amazonie... Pourquoi tu ne fais pas quelque chose de complètement différent ? Tu as cette liberté. Tu pourrais faire de la photographie animalière, capturer des images de nature, d'icebergs...

— C'est un autre métier, dis-je en me reculant. Je ne sais rien photographier d'autre que les hommes. C'est leurs histoires qui m'intéressent, même si elles sont absurdes, et violentes. C'est comme ça.

— Les hommes sont partout et ne sont pas si différents des animaux. Il leur arrive de faire autre chose que la guerre, aussi. »

Elle termine son verre d'une traite, qu'elle a déjà bien entamé en m'attendant, et se déplace jusqu'au comptoir pour repasser commande. Les autres Yassimils du bar, essentiellement des hommes, me regardent à distance du coin de l'œil, surpris de voir un étranger dans un endroit si populaire en compagnie de l'une des leurs. Tara s'attarde quelques minutes de plus au bar pour discuter avec la poignée d'habitués qui l'alpaguent. Elle me sourit discrètement en remarquant que je la regarde. Trois hommes à côté d'elle lèvent leurs verres dans ma direction, et j'incline la tête. Elle revient finalement à moi, une chope dans chaque main, et remarque :

« C'est dur de ne pas dire aux gens que tu es l'étranger qui a révélé l'arrestation de Jol Foje... Tu caches bien ton jeu, il faut dire. »

Je penche la tête d'un air dubitatif. Je ne suis pas vraiment surpris qu'elle ait tout deviné. Peut-être que bien mal m'en a pris de révéler cette information qui m'attire maintenant autant d'emmerdes. Mais c'est les règles du métier, taire une énormité pareille serait revenu à une faute grave. Tara rapproche légèrement son tabouret du mien et murmure :

« Tu ne te rends pas compte, Tim Volker. Jol Foje n'est pas la première opposante politique à disparaître, loin de là. Mais c'est la première fois qu'on en parle vraiment. Ce que tu as révélé, ça va peut-être changer les choses dans ce pays. Il n'y a rien d'étonnant à ce que la police cherche à t'intimider. Même si ton départ me désole. »

Je hausse les épaules.

« Du côté de ton frère, du nouveau ? »

Elle hoche lentement la tête. Son buste s'affaisse imperceptiblement sur la table.

« Tatjana a décroché le poste à Moscou. Si tout se passe normalement avec les demandes de visa, ils partiront d'ici la fin du mois.

— Et la grossesse ? Tout se passe bien ?

— Oui. Tatjana est une femme forte, mon frère a choisi la meilleure des personnes pour fonder sa famille – n'en déplaise aux détracteurs des unions mixtes.

— Et toi ?

— Quoi, moi ?

— Tu fonderas une famille, un jour ? »

Elle termine son verre, contemple quelques secondes le gobelet vide.

« Je ne crois pas, non. »

𝄢

Le premier homme a été abattu par la police. Le second s'est donné la mort, en pleine rue.

En vérité, je pense rarement à eux. Sans visage, ils sont les sinistres pantins d'une Main maléfique, sans forme ni contour. Un jour, la Main s'empare du cœur de quelques-uns. À mesure que l'étau se resserre, le muscle se contracte et se gorge à ras bord d'une rage animale. Lâchés sur la foule, ils n'ont alors de cesse que de mordre et tuer. Après cela, la Main se crispe une dernière fois, et les cœurs fous explosent dans un dernier spasme de délivrance.

Puis cela recommence ailleurs.

Dehors, le monde est en effervescence. Des inconnus changent leurs photos de profil sur les réseaux sociaux, apportent des fleurs sur les lieux du drame, organisent des marches et des minutes de silence. Des experts, des politiciens et des militants confrontent leurs opinions. Des représentants internationaux formulent leurs condoléances et condamnent les méfaits. Des salles de spectacle annulent des concerts programmés de longue date. Des militaires sont détachés autour des lieux de culte, des centres commerciaux et des gares. Des rescapés et des familles de victimes témoignent. Maman et moi préférons décliner les sollicitations de tous les journalistes, quel que soit leur bord.

Au bout du troisième jour, je cesse de lire la presse et désactive mon compte sur les réseaux sociaux, en même temps que celui de Mathias. À y repenser, je ne parviens pas à voir cela autrement que comme une maladie. Une maladie protéiforme aussi vieille que le monde...

Le temps passe, trop lentement. Mon frère ne se réveille pas. Ses fonctions végétatives, comme sa digestion, sa circulation sanguine ou sa respiration, marchent encore normalement. La réponse qu'il donne à un stimulus douloureux est proche du simple réflexe ; son esprit est inconscient. C'est pire que le coma vigil. Moins dramatique que le coma profond, où les fonctions vitales sont maintenues artificiellement.

Aucun médecin ne peut fournir de pronostic fiable sur le rétablissement, ni même se prononcer sur le moment de son réveil. Maman et moi tâchons de composer avec l'horrible incertitude de ce temps suspendu où rien ne se passe, où tout est attente. Nous avons le soulagement de savoir Mathias en vie, de voir les hématomes se résorber de jour en jour sur son visage, d'entendre son souffle régulier. De pouvoir lui parler, en espérant qu'il nous entende.

J'écris à Milan presque tous les jours. Nos échanges m'aident à gérer l'angoisse qui m'étreint au milieu de la nuit. Mon court séjour en Zaramestrie dérive chaque jour comme un mirage. Le fondateur de Plavitza Rock School est la trace qui subsiste de ce voyage interrompu, le marque-page dans un livre de contes refermé brutalement. Mais la situation que je retrouve ici est plus irréelle que le rêve. La familiarité des boulevards parisiens donne un ton cauchemardesque à ce nouveau chapitre : quelqu'un a lacéré mon monde en mon absence, avant de s'en aller dans un bruit d'explosifs.

Avec maman, je ne peux m'empêcher de présenter une façade, un mur d'espoir et de confiance. Nous sommes trop proches du malade pour pouvoir partager nos frayeurs à son sujet ; nommer les choses risquerait de leur donner corps. Un soir où nous rentrons de l'hôpital, elle déclare dans la voiture :

« Je vais reprendre le travail après-demain. Ça me fera du bien. »

J'acquiesce. La date de ma reprise approche aussi. Cette perspective me semble tellement absurde et virtuelle que je n'arrive même pas à y penser.

Je suppose que je saurai le jour venu si je suis réellement capable de me présenter au labo.

« Tu devrais sortir voir tes amis et reprendre les répétitions, ajoute-t-elle. La musique fait partie de ton équilibre, c'est important. »

Mes yeux détaillent le va-et-vient sur le pare-brise. Le trafic est lent, la route encombrée. Les gouttes de pluie s'accumulent sur la vitre et accrochent l'éclat des néons publicitaires et des feux de signalisation. Orange. Vert. Mauve. Toutes les cinq secondes, l'essuie-glace efface. De nouvelles constellations s'agrègent, scintillent, puis se brouillent.

« Je ne suis pas sûre d'en avoir très envie. »

Ma voix est rauque. Mon corps vit sa propre vie depuis quelques jours ; la fatigue et l'angoisse emprisonnées creusent des galeries pour s'échapper. Les larmes suintent, le cœur bat par saccades, mes ongles martyrisent la peau de mes poignets, les aliments explosent dans mon ventre quand ils parviennent à passer la trachée. Plusieurs psychologues ont été détachés auprès des familles de victimes le lendemain des incidents. Je présente des symptômes légers de stress post-traumatique. On m'a prescrit un rendez-vous d'une heure toutes les deux semaines, ainsi qu'une liste d'exercices de respiration que je ne pratique pas.

Maman sort du périphérique pour prendre l'embranchement vers Bagneux. Le trafic finit par se fluidifier. Elle me regarde et marque un temps d'hésitation. Elle s'apprête à me dire quelque chose, mais se ravise et garde le silence.

Je m'assois sur une chaise, allume une clope et la regarde.

Un rayon de lumière frappe son épaule droite sous le Velux rouillé et éclabousse le drap blanc. Le mur verdâtre sort de l'ombre, un clair-obscur de bas en haut. Le visage est enfoui sous la chevelure noire. On ne voit que la joue, sur laquelle traînent encore quelques traces de peinture.

Je laisse mon boîtier sur la table, attends. L'image serait parfaite. Je choisis de rester au-dedans.

Le studio à l'étage s'étend tout en longueur. Dans mon dos, la cuisine sommaire, le poêle à la chaleur mourante et cette échelle aux lattes défoncées. J'ai manqué de m'y casser la gueule en montant hier soir. On ne peut pas dire qu'elle vive dans un palace. À l'inverse de l'atelier au rez-de-chaussée, les murs ici sont restés nus, recouverts simplement d'une couche de peinture fraîche pour cacher la misère.

En arrivant chez elle en fin de soirée, elle comme moi étions ivres. Nous avons fait l'amour une première fois. Je suis redescendu pisser et j'ai jaugé chemin faisant le tableau de cet homme au visage bicolore, mi-yassimil, mi-zaratien. Je ne sais plus exactement ce que j'ai suggéré en remontant là-haut. Une chose en entraînant une autre, elle a fini par se tartiner le visage de peinture, exactement comme sur la toile.

« On pourra appeler ça le monstre de Zaramestrie, a-t-elle décrété en se regardant dans la glace près du lit.

— C'est toi, le monstre ? » j'ai dit en embrassant son cou.

Les motifs en losange peints à même la peau donnaient une franche altérité à son visage. Ça se superposait comme des écailles : bleu d'un côté, jaune de l'autre. Pour du maquillage fait en trois coups de pinceau, ça n'était pas trop mal. Elle s'est rallongée sur le lit en allumant une cigarette, le cendrier à même le sol. Elle avait renfilé une culotte et son pull. On entendait le vent mugir dehors. J'ai saisi mon boîtier et me suis mis debout pour shooter une image en plongée maximale, au-dessus du matelas. Puis je lui ai demandé de retirer son haut. Elle s'est raidie et m'a fixé avec méfiance – avec la peinture, son regard ressemblait à celui d'un cobra.

« Je veux te prendre à hauteur des épaules, j'ai précisé. Personne ne verra tes nichons sur l'image, rassure-toi. »

Elle a posé sa clope au bord du cendrier avant de retirer son pull d'un geste. Au niveau de la hanche, une fine cicatrice remontait jusqu'à la naissance des côtes. Plus haut, vers le buste, on distinguait très nettement le réseau de veines bleues sous la peau translucide, et de nombreux grains de beauté autour de l'os de la clavicule. Le piercing de métal sur l'aréole brune accrochait la lumière de l'ampoule. Un début d'érection a commencé à tendre le tissu sous mon jean.

« Toi aussi, déshabille-toi, a-t-elle commandé.

— Pourquoi ?

— Je serai plus à l'aise. »

J'ai haussé les épaules, débouclé ma ceinture et envoyé mon pantalon sur la chaise derrière nous.

« Tu te sens mieux comme ça ? Ou mon slip te dérange ? »

Une douceur moqueuse s'est attardée dans son regard, comme une poussière dans l'œil. Elle m'a lancé un vague sourire en reprenant sa cigarette. Sous la peinture, on ne voyait plus que ça : deux prunelles noires, intenses et vulnérables. L'ivresse retombait. Je n'avais pas besoin de vérifier le résultat sur l'écran numérique pour savoir que les images que je prenais étaient les bonnes. Le manège a duré une minute de plus. Quand j'ai eu terminé, ma bouche a rencontré ses seins, son ventre. Toute sa peau frémissait, chaude. J'ai voulu la conduire à l'orgasme par les mains, elle m'a interrompu et je l'ai pénétrée à nouveau. J'ai joui juste après elle, en m'effondrant contre son dos. Sa propre cage thoracique montait et descendait avec la mienne, je continuais de caresser machinalement sa peau, le sperme coulant de ses cuisses vers le drap souillé de peinture. Elle a fini par tourner son regard vers moi, le maquillage dissous en maints endroits de son visage. Une larme dessinait un sillon sur la palette de sa peau. Je n'ai rien dit et l'ai serrée un peu plus fort. Elle comme moi savions que nous étions en train de nous dire au revoir.

Tara termine de s'habiller et me fait signe qu'elle est prête. J'attrape ma sacoche, descends prudemment après elle l'échelle de bois vermoulu, enfile mon manteau. Nous avons échangé peu de mots au réveil, seulement un café fade. Je ne lui ai pas montré l'image volée de son sommeil. Si j'ai le temps, j'en tirerai un exemplaire à lui laisser, avec celle d'hier soir. Nous sortons dans la rue blanche.

Le rassemblement est prévu à dix heures sur la place Yarovit. J'ai un mauvais pressentiment mais je ferme ma gueule. Parler n'y changera rien. Je passe mon bras autour de son épaule en avançant, et sa main gauche s'accroche machinalement à ma ceinture. Sur une centaine de mètres, nous ressemblons à un foutu couple ordinaire.

« Pythagore, Platon et Aristote disaient que la musique a un pouvoir guérisseur, tu sais ?

— Si Aristote l'a dit, tout n'est pas perdu », je souris.

Je marche de long en large dans la cafétéria de l'hôpital. Je discute avec Milan depuis une demi-heure. C'est la première fois que nous parlons de vive voix depuis nos adieux dans le hall de l'aéroport. Je n'aurais pas imaginé que le son de sa voix suscite chez moi un tel réconfort.

« À l'hôpital, j'ai parlé avant-hier avec un musicothérapeute, dis-je en passant. Il accompagne les patients victimes de troubles psychosomatiques, et aussi quelques cancéreux.

— C'est un métier vieux comme le monde, relève mon hôte.

— Je ne savais même pas que ça existait... »

Je garde un souvenir brouillé des dernières heures que nous avons passées ensemble au cours de ce retour vers Miralem. Tandis que nous traversions la Zaramestrie, cette fois en sens inverse, de longues plages de silence alternaient avec de douces conversations, allant du plus léger au plus métaphysique. Je n'avais pas dormi de la nuit précédente et me suis assoupie à plusieurs reprises. La présence de Milan à mes côtés m'enjoignait de faire bonne figure, de ne pas m'apitoyer sur la situation. Rétrospectivement, j'étais déjà dans un état second. Tandis que mon frère oscillait entre vie et mort, j'oubliais par moments l'appel insensé de ma mère qui m'a si rapidement ramenée ici, dans cet hôpital.

Je n'arrive pas à intégrer que dix jours se sont déjà écoulés depuis mon retour à Paris. Je n'ai repris aucun contact avec mon entourage proche. Je réponds par des mots lapidaires aux messages d'Adèle. J'ai beau être physiquement présente, je ne suis pas rentrée, non : j'erre dans cet hôpital de jour comme de nuit, enchaîne les trajets entre Bagneux et Saint-Antoine, rêve de ces couloirs blancs jusque dans mon sommeil, un sas qui n'en finit pas. La densité de mon séjour à Plavitza Rock School est d'autant plus troublante en comparaison avec le flottement des jours passés où rien ne se produit et où tout est attente.

Parler avec Milan me replonge tout à coup deux semaines en arrière. Je n'ai plus repensé au sort de cette tante décédée pendant la guerre. Sauf une nuit d'insomnie, il y a deux jours de ça, où l'idée dérangeante qu'une malédiction pèse sur notre lignée m'a tourmentée des heures durant : le cancer de maman, la mort de cette tante, et désormais le coma de Mathias...

Lors de ce dernier trajet en voiture, comme encore

maintenant, j'hésite à raconter l'histoire de cet enfant illégitime à Milan, puis me ravise. Je préfère l'entendre me parler de Plavitza Rock School et des nouveaux projets du quatuor et de Mitzel.

« Tu leur as insufflé une bonne dynamique, tu sais ? Ils continuent de répéter ensemble. En ce moment, ils travaillent *Welcome Home* et *Nothing Else Matters*.

— J'adorerais entendre le résultat.

— Je leur demanderai de t'envoyer une vidéo. N'hésite pas à continuer de leur donner quelques conseils, même à distance, ils en seraient ravis... Mon cours commence dans deux minutes. *Do syvdachenya*, Leila, et courage : rappelle dès que tu as besoin, ça m'a fait plaisir de t'entendre.

— *Makaï marov*, Milan. Moi aussi, je suis contente de t'avoir parlé. »

Je raccroche et m'assois à une table en PVC blanc en ressentant un vide intense. J'aimerais pouvoir remonter le temps, revenir deux semaines en arrière, être à nouveau à Plavitza, manger une nième part de golsh, boire une bière bon marché avec les élèves dans le grand hall de l'école... Rester bloquée dans ce passé confortable, chaleureux et évident, avant cette hécatombe absurde, comme une balafre dans la course du temps. Mon attitude ici ne me ressemble en rien. J'ai encore un frangin à venir secouer tous les jours dans son lit d'hôpital, le moment est mal choisi pour se transformer en méduse... Reprendre la musique pourrait me faire du bien, maman a raison. Ne serait-ce que pour faire meilleure figure au chevet de mon frère.

L'heure des visites est déjà terminée. La cafétéria est quasiment déserte, à l'exception de la serveuse derrière le comptoir et d'un homme assis près de la fenêtre. Je remarque une béquille posée sur le carrelage à ses pieds, et un bandage épais autour de son mollet. Il a le teint gris, les cheveux épars, le visage renfrogné. Un instant, je me demande si je dégage moi-même quelque chose d'aussi triste. Nous devons être l'équivalent des deux derniers piliers de bar de ce self d'hôpital aux yeux de la serveuse, qui attend patiemment notre départ pour fermer boutique. Je n'ai aucun désir de repartir chez moi et de me confronter à une nouvelle nuit d'insomnie.

Je dois regarder l'homme un peu trop fixement, car il finit par me dévisager à son tour. D'un bleu pâle délavé, ses yeux sont la plus belle partie de son visage. À la fois tristes, absents et un brin méprisants, couronnés de sourcils dépouillés. Il me scanne des pieds à la tête et marmonne en anglais :

« Yassimile, n'est-ce pas ?

— Pardon ?

— Tu viens de Zaramestrie, non ? »

Je note un accent germanique. Mon cœur accélère légèrement. Peut-être parce qu'on me pose pour la première fois de ma vie cette question ici, en France, moi qui suis désormais capable de projeter une expérience vécue derrière ce mot.

« Effectivement, dis-je, étonnée. Enfin, j'en reviens. Comment savez-vous... ?

— Tu causais zaramestre à l'instant, fait-il sur un ton d'évidence. Et tu n'as pas une tête de Suédoise. »

Je le détaille avec plus d'attention. Il doit avoir une quarantaine d'années. Ses traits sont marqués prématurément. De taille moyenne, son corps sec et nerveux me fait l'effet d'une bête en cage, particulièrement inadaptée dans le décor impersonnel de cette cafétéria. Il termine cul sec sa tasse de café, à la manière d'un verre de vodka.

« Triste endroit, ajoute-t-il. La Zaramestrie.

— Comment peut-on être aussi catégorique ? »

Il me lance un bref regard, que je soutiens.

« J'étais là-bas pendant la guerre. Pour couvrir le conflit.

— La Zaramestrie d'aujourd'hui n'est pas qu'un pays triste », dis-je après un silence.

À titre d'argument, je lui parle brièvement de Plavitza Rock School. Il hausse les sourcils en regardant par la fenêtre d'un air dubitatif. Comme si j'étais une gentille fille qui ne sait pas ce qu'elle dit. Son visage se reflète dans la vitre où la nuit gagne du terrain. Avec ses airs désabusés qui frisent la caricature, ce quadra triste et suffisant m'est de plus en plus antipathique.

Mon ventre se tord sans prévenir. Je contiens une grimace. Mes yeux retombent sur son mollet bandé.

« Que faites-vous à Paris, si vous êtes reporter ?

— Rapatriement d'urgence depuis Khartoum », fait-il en remuant le genou.

Il pose un billet de vingt euros sur la table pour couper court, attrape sa béquille et se lève, ennuyé de toute évidence par mes questions. Je baisse les yeux, heurtée par autant de froideur, déçue de ce dialogue de sourds. Je crois que j'avais trop d'attente vis-à-vis de cet inconnu. Je me sens terriblement lasse, et seule. Je pense au corps de Mathias bardé de tuyaux, deux étages au-dessus de moi, à ses agresseurs qui sont maintenant de petits bouts de chair insignifiants sur un trottoir, nettoyés au jet d'eau. Le bruit métallique de la béquille contre le carrelage immaculé s'éloigne, et j'entends une porte claquer dans mon dos.

Je passe les mains sur mon visage et tire lentement mes joues vers mes oreilles en conservant les yeux fermés. Contenir le trop-plein. À l'abri sous mes paupières, les battements saccadés de mon cœur ralentissent. Comme l'a préconisé le psychothérapeute détaché auprès des familles de victimes, je tente d'imaginer une colonne d'air horizontale entre mes lèvres, comme un mince filet d'eau. Inspirer, expirer, trente fois. Gonfler le ventre puis les poumons. L'angoisse qui étreint ma poitrine se desserre. Au bout de quelques minutes, d'autres pas se rapprochent. Une voix de femme, plus douce. J'oublie la colonne d'air qui se dégonfle.

La serveuse m'informe poliment que le restaurant ferme.

Il est temps de rentrer.

Tara ralentit le pas pour ravaler sa déception à vingt mètres du groupe. Le temps d'encaisser la nouvelle, ses yeux parcourent la place vide pour bien comprendre que le système ne tombera pas aujourd'hui.

Sept femmes. La mobilisation politique vire à la réunion de copines. On a quinze minutes d'avance, n'empêche ; ça sent la dégonfle à plein nez. Je reconnais de loin certains visages croisés dans le squat d'Altibastov. Le monde de la dissidence est petit à Miralem ; chacun s'y connaît, et de toute évidence, ça ne fait pas le poids.

« Je ne comprends pas, murmure Tara, sans dissimuler son amertume. Il y avait des milliers de personnes annoncées sur les réseaux sociaux... »

Une part de moi accueille sans résistance, avec un certain soulagement, le fait que la manif tourne au non-événement. Moins de risques de voir une émeute éclater, de provoquer un effet domino... Je lui tapote l'épaule et remarque pour la forme, même si je n'y crois pas :

« Possible que des manifestantes se soient planquées dans les cafés autour en attendant. »

Elle hoche la tête et amorce quelques pas vers le groupe. À partir de ce moment, je décide de tenir mes distances. Mon rôle ici est d'observer. Préserver ma neutralité, pour ce qu'il en reste. Je sors mon appareil et saisis une image de la place où vacille au milieu un timide agrégat de silhouettes.

Quelques passants circulent, maintiennent leur cap sans dévier et dépassent le groupe en avançant d'un pas rapide. En cette saison et par un froid pareil, on ne flâne pas dans les ruelles, on reste encore moins à l'arrêt. Les tenanciers des commerces alentour balayent la neige devant leur porte, quelques-uns remarquent le rassemblement et s'en désintéressent aussi sec. Les fenêtres embuées des maisons tout autour donnent la mesure de leur indifférence.

J'allume une clope, examine les manifestantes : des Zaratiennes, en majorité. Il y a malgré tout deux brebis yassimiles dans le lot. Il gèle. Chacune garde le nez dans son écharpe en scrutant les alentours. Beaucoup semblent se demander ce qu'elles foutent ici. Anton et Tatjana ne viendront pas, trop de risques avec le départ proche et la grossesse en prime. Un Zaratien non loin tient ses distances et marche de long en large pour repousser le froid : probablement un flic en civil venu constater le désordre inexistant, à moins qu'il ne s'agisse d'un fauteur de troubles.

C'est à ce moment que je le remarque à nouveau. Le

chien. Exactement le même aspect que le molosse croisé devant chez moi et que celui venu rôder cette autre nuit autour du squat. Je vais finir par croire que c'est le même clébard qui me suit à la trace... Je me frotte les yeux, dérouté. Quand je relève le nez, rebelote : envolé, encore. Mon cœur comprend et fait une embardée. Je tente de garder mon calme, regarde autour de moi : bon. Ce détail mis à part, le monde semble encore à sa place. Ma main fouille dans ma poche, rencontre un téléphone, j'appelle directement ma sœur Kirsten, tombe sur son répondeur. Je laisse passer quelques minutes et lui envoie un SMS.

Au bout d'une demi-heure, le groupe de manifestantes dépasse une quinzaine de personnes. Exclusivement des femmes, et une bonne proportion d'étudiantes. Je note cette fois six Yassimiles venues grossir les rangs. Ça parle dissolution depuis un bon quart d'heure. Tara prend la parole, parle vite, plusieurs femmes se rassemblent autour d'elle et hochent la tête en l'écoutant. Les corps se collent instinctivement les uns aux autres pour chercher la chaleur. Quelques bouffées de vapeur blanche s'épaississent et se mêlent. Ce n'est pas tout, mais moi, je commence à geler. Et il faudrait que je m'occupe de ma santé mentale. L'autre homme rôde toujours autour du groupe, ça ne présage rien de bon. Je finis par rejoindre Tara qui cause avec une femme dont le visage m'est familier.

« Je n'ai pas le sang slave, les filles, je commence à

choper des engelures. Ça tient toujours, la marche ? Ou vous annulez ? »

Plusieurs femmes me dévisagent, surprises, puis échangent un regard. Tara fait les présentations.

« On y va, oui », ajoute-t-elle en aspirant une gorgée d'air comme on inhalerait du tabac.

Une part du groupe approuve. L'autre choisit de s'en aller à ce moment. Premier schisme, l'assemblée retombe à dix âmes. Sûr qu'il faut le vouloir. Si tant de présumées intéressées sur les réseaux sociaux ont fini par se dégonfler, c'est qu'elles ont dû faire l'addition des représailles en lice : des voisins, de la famille, et surtout au travail. Celles qui exercent dans l'administration et dans les entreprises d'État ont dû se censurer d'office, sous peine de se voir remercier le lendemain.

Fait intéressant, une seule femme yassimile bat en retraite, ce qui a pour conséquence d'équilibrer les effectifs. On compte désormais presque autant de visages de chaque bord. Tara s'approche discrètement de moi et chuchote :

« C'est déjà un exploit d'être réunies au sein d'un groupe mixte aussi large... Tu restes avec nous ? »

Je hausse les épaules, marmonne :

« C'est qui, le type là-bas ?

— Le petit ami d'une des filles, je crois. Il reste à distance parce qu'il ne souhaite pas participer. Mais il veille sur elle, quand même », ajoute-t-elle en me lançant un clin d'œil.

On ne peut pas dire qu'elles marchent en ligne droite. Depuis tout à l'heure, ça zigzague entre le boulevard Pia et l'avenue Dabravost, traverse un quartier zaratien, repart furtivement chez les autres. Une farandole de banderoles émerge au-dessus des visages, pour moitié en anglais. L'espoir d'une viralité par-delà les frontières et de messages lisibles pour un lectorat étranger :

Les preuves, ou la libération. La femme innocente est celle qui se laisse poignarder dans le dos. Des milliers de viols pendant la guerre, combien d'arrestations ? La Justice n'a pas de sexe...

Surtout, Tara a sorti de son sac une volée de masques identiques qu'ont enfilés les femmes en première ligne. On reconnaît sans peine le visage de Jol Foje. Celles qui les portent évitent le risque d'être reconnues, c'est toujours ça de pris. Pour l'heure, ça interpelle suffisamment pour camoufler la médiocrité numéraire du groupe et pour que les passants s'arrêtent, intrigués, et sortent leur téléphone portable.

Je marche une dizaine de mètres en amont. J'ai pris des photos au début et je n'ai plus grand-chose à faire. En l'absence d'émeute ou de dérapage, une manifestation n'a pas d'intérêt visuel, on récupère souvent le même type de clichés du début à la fin. En l'occurrence, quelques emmerdements rappliquent au bout d'une demi-heure. Des regards mauvais, des insultes, des poings serrés. Des hommes isolés d'abord, puis en bande de deux ou trois qui finissent par suivre le cortège à la trace.

« Il faut que vous vous dispersiez avant que ça dégénère », dis-je à Tara en revenant à son niveau.

Ses pupilles noires me fixent quelques secondes derrière son masque. L'espace d'un instant, je revois la politicienne sur les toits dans son tailleur impeccable, les bras croisés sur sa poitrine pour faire barrière au froid, le regard à la fois anxieux et rempli d'ambitions. Aurait-elle décidé de fuir le pays si elle avait eu vent du sort qui l'attendait ? Si la police accepte finalement de la laisser partir, il est probable qu'elle disparaisse cette fois-ci pour de bon.

Je m'éloigne légèrement et porte mon appareil à bout de bras pour prendre une vue plongeante, mâles en colère dans le viseur. Même si j'ai déjà dans la boîte l'image qu'il me faut, je répète régulièrement la manœuvre. Exactement l'inverse de ce qu'est censé faire un reporter qui veut passer inaperçu et faire de vieux os. Les femmes du cortège discutent entre elles, nerveuses, enfin conscientes du danger. La rue est étroite, la prochaine place se trouve à trois cents mètres, une foule de curieux commence à se masser sur les trottoirs et aux balcons.

Je lève de nouveau mon appareil à bout de bras à la manière d'une caméra de surveillance, en misant sur l'effet dissuasif, quand une main m'agrippe et me tire brusquement en arrière.

Je trébuche sur les pavés verglacés, atterris sur le bras.

Une douleur sourde explose au niveau de mon coude. J'entends une volée d'aboiements tout proches. Je lève les yeux en l'air, sonné. L'enculé qui m'a fait tomber m'envoie un coup dans le tibia. Garder son sang-froid. Protéger son visage. Le clebs m'aboie dans les tympans, et c'est de loin le plus insupportable. Je couvre ma tête de mes deux mains, bouche mes oreilles de mes épaules, remonte mes jambes vers mon thorax. Je distingue les canines retroussées du molosse, ses petits yeux brillants, prêt à mordre en pleine gorge. Il m'en décroche un troisième dans le dos et s'éloigne. Fils de chien. Mon corps accuse la douleur, soulagé malgré tout d'entendre les aboiements se transformer en grognements puis se fondre entièrement dans les bruits de foule.

Une main se pose sur mon épaule et je tressaille. Tara. Elle a enlevé son masque et se penche sur moi.

« Tu l'as vu ? » je siffle entre mes dents.

Ma respiration est douloureuse, mon corps endolori shooté d'adrénaline. À tous les coups, j'ai une ou deux côtes fêlées.

« Bien sûr que je l'ai vu ! Il vient de s'enfuir, mais nous serons plusieurs à pouvoir l'identifier en...

— Je te parle du chien.

— Le chien ? »

Je me redresse sur mon autre coude. Mon cœur accélère. Le groupe de manifestantes s'est arrêté et me dévisage. Tara garde sa main sur mon épaule et continue de me fixer avec appréhension.

« Est-ce que tu as vu un chien noir ? j'insiste. Ou entendu des aboiements ?

— Non, répond-elle, surprise.

— C'est ce que je craignais. »

Je me hisse sur mes jambes et sens ma carcasse vaciller.

« Je te raccompagne chez toi, décrète Tara en tentant de m'aider.

— Non. »

Je me dégage d'un geste brusque. Elle s'écarte, interdite.

« Quelque chose ne va pas. J'ai besoin d'être seul.

— Tim, tu viens de te faire tabasser...

— Fous-moi la paix ! j'explose. Tu m'attires des emmerdes, je me porte beaucoup mieux sans toi, tu ne comprends pas ça ? »

Ses deux yeux noirs me sondent intensément et s'élargissent quelques secondes. Puis son front se durcit, d'un coup, et son regard se ferme.

« Très bien. Rentre chez toi et pars de cette ville, alors. Tu n'es plus en sécurité par ici. »

Elle s'éloigne et retourne vers le groupe. Mon cœur bat la chamade, mon coude me lance violemment. Je marche en clopinant vers la première issue, une perpendiculaire qui rejoint le centre-ville. Je suis un vieux taré, un déchet, un sale con.

𝄢

Les semaines passent. Mathias dort encore.

Pardonne-moi, mon frère : j'ai repris les sorties, le travail, les répétitions, la routine quotidienne et ses écarts. J'avais besoin de vivre. Au départ, j'ai eu le sentiment de faire semblant. De jouer une comédie grotesque en attendant que tu reviennes. Mes premiers rires sincères sont morts dans ma gorge, sacrilèges. Il m'a fallu un certain temps pour accepter cela, la joie intermittente.

J'ai fini par remonter sur scène. Plusieurs nuits sont passées sur mon corps avant que je ne colle ma peau à celle de Raphaël. Sa tendresse animale m'ancre dans un présent tangible qui rend l'incertitude de l'avenir plus tolérable.

Faut-il l'avouer ? J'ai même apprécié mon retour au labo et aux problématiques très terre à terre des crèmes de beauté, même si la perspective d'une réorientation me semble désormais aussi inéluctable que l'impact du temps sur le vieillissement cutané.

Maman et moi nous relayons à ton chevet ; il faut dire

que tu nous tiens parfaitement le crachoir. Quand je ne sais plus quoi raconter, je prends l'archet et improvise. Maman, elle, te fait la lecture. Elle a demandé il y a peu sa mutation à l'hôpital Saint-Antoine, pour se rapprocher de toi. Nous plaisantons en supposant que tu te réveilleras peut-être le premier jour de son arrivée, foudroyé par l'effrayante perspective de la voir affectée à ta toilette.

Le quotidien continue d'avancer par secousses, par-dessus ton sommeil imperturbable. Mon cœur s'emballe toujours sans raison dans le métro quand je crois reconnaître la lame d'un couteau dans une main, là où ne brille jamais rien d'autre qu'un téléphone. Dans la rue, les vrombissements imprévus d'un moteur m'arrachent un sursaut mécanique. Il flotte toujours une odeur de méfiance et de peur dans les rues de Paris. Il faut se secouer soi-même en permanence pour ne pas se sentir gagné par cet étrange délitement. Rien n'est simple. Il n'y a pas d'ennemis extérieurs. Au fil des jours, des émotions contradictoires d'amour et de colère, de révolte et de lâcher-prise, d'espoir et de terreur finissent par vivre en bonne intelligence dans le même corps.

Il y a bien quelque chose que j'ai compris au bout de toutes ces heures passées à ton chevet. Quelque chose que je ne manque pas de marteler, aussi souvent que nécessaire, pour graver au burin cette pensée dans ton subconscient : tu n'es plus une *victime* ; tu es un *survivant*. Dans ce mot-là, il y a *vivant*, et voilà l'essentiel ; tu es bien plus vivant que ces âmes affligées qui voudront te faire croire qu'on ne se remet pas de ces choses-là, qu'on est marqué à vie comme le bétail, qu'il n'y a plus qu'à attendre et s'éteindre en silence.

Un de ces jours, tu te réveilleras. Tu quitteras cette ennuyeuse station horizontale, subitement plié en deux par une blague hilarante. Ou peut-être pas exactement de cette façon. À partir de ce moment-là, tu pourras décider de gravir des sommets, t'initier au tricot, te perdre dans la fête... À ta guise. Au début, bien sûr, tout sera difficile ; aucune de ces envies ne te viendra spontanément. Plus rien ne sera comme avant, et l'univers entier te semblera absurde, brisé. Tu t'accrocheras d'abord à quelques plaisirs simples. Un cornet de frites. Un bain chaud. Le sourire d'un ami. De proche en proche, ces instants isolés céderont le pas à d'autres, reliés par une mélodie discrète. Viendra enfin un jour où tu te tiendras au sommet du monde par temps clair. Ne me demande pas comment. Le chemin parcouru surgira des reliefs qui t'entourent : comme des empreintes dans la neige, comme des notes noires et rondes sur une feuille de papier. Tu ne seras rien de plus ni de moins à cet instant-là qu'un *vivant*, mon frère. L'auteur-compositeur de ces traces éphémères et fragiles. La force de ton voyage se déroulera devant tes yeux, une brève éclaboussure de musique dans le silence parfait...

Ce jour-là, ce sera le moment d'écouter.

J'écrase ma clope sous mon talon et me retourne vers la cage d'escalier. Une volée de pas monte dans ma direction. Ce sont eux, pas de doute. Ils reviennent me cueillir. Ils ont forcé l'appartement en mon absence dans l'espoir de m'y faire la peau. Déçus de ne pas m'y trouver, ils ont tout saccagé comme une bande de harpies, retourné les meubles, éventré le matelas. S'ils avaient pu, ils auraient défoncé le plancher et lacéré les murs. Les voilà qui reviennent, en force.

Putain, je n'ai pas couvert autant de conflits, vu autant de charniers et pris autant de balles perdues pour terminer comme ça. Fait comme un rat dans un taudis. Mes yeux scannent la pièce dévastée, les feuilles volantes éparpillées et la vaisselle brisée au sol. J'ai toutes les chances de me rompre le cou si je saute maintenant par la fenêtre, et quand bien même je me relèverais, ils me rattraperont et m'achèveront sur place, dans la rue, en me laissant face contre terre, la neige imbibée de mon sang. S'ils ne sont qu'un seul homme, ou deux, le mieux que j'ai à faire est encore de leur tenir tête.

Il faut être rapide. J'attrape au sol le fragment aiguisé d'une assiette encore souillée d'une sauce brunâtre. Ça devra faire l'affaire. J'entends leurs pas sur le palier et je me précipite silencieusement derrière la porte. Deux coups aux battants de la porte, puis rien. Ils hésitent. Est-ce qu'ils repartiront s'ils ne m'entendent pas ?

Mon téléphone sonne à cet instant à l'autre extrémité de la pièce, quelque part dans la poche de ma veste, j'ai le temps de songer une fraction de seconde que c'est Kirsten qui me rappelle... Agir. Maintenant. Je saisis la poignée et me jette sur la silhouette de l'autre côté qui recule de surprise. J'entends un cri de femme, un bruit d'objet qui tombe. Je m'écarte, atterré. Tara.

Je ferme les yeux. Le sang bat à mes tempes. Mon cœur cogne sourdement, conscient qu'il terminera sa vie ici, entre les barreaux de mes côtes.

« Tu es fou ?! »

Je relève les yeux, sonné. Tara regarde alternativement ma gueule hagarde et l'entaille rouge dans son bras. Je ne l'ai pas tuée.

« Je... »

J'aurais pu la tuer. J'aurais touché la gorge qu'elle se viderait devant moi de son sang. Avec un bout d'assiette. Moi qui... Bordel. Je suis dangereux. Elle a raison.

« Il faut que tu t'éloignes, je siffle. Non, en fait, c'est moi qui vais partir, tout de suite. »

Ses yeux me suivent à l'intérieur de l'appartement et

découvrent la pièce saccagée. J'attrape un sac et commence à y jeter quelques vêtements, pêle-mêle, tout ce qui tombe devant mes yeux. Mes mains tremblent. Garder son calme. Ne pas penser. Juste foutre le camp d'ici.

Elle reste plantée dans l'embrasure de la porte, effarée par le spectacle, sans se rendre compte que le sang coule abondamment le long de sa manche et goutte sur le plancher.

« Qui a fait ça ? murmure-t-elle. La police ? »

Je hausse les épaules. Elle ignore royalement sa blessure. Je jette mon sac sur le sommier à nu et ressors de la salle de bains avec une fiole de désinfectant réchappée du carnage. Je lui tends le flacon. Évite son regard. Elle me jauge avec méfiance, referme la porte derrière elle, passe d'abord un peu d'eau sur la plaie puis grimace en appuyant sur la compresse. Si je pouvais maintenant la prendre dans mes bras. La buée se disperse dans mon crâne. Je soupire, me ressaisis. Je lave mes mains poisseuses dans l'évier et me résous à m'approcher pour vérifier la gravité de sa blessure.

« C'est superficiel », dit-elle froidement.

Silence. Je tire une chaise à moi et prends ma tête entre mes mains. Oh putain. Ne pas chialer, même si j'en ai sacrément besoin à cet instant.

« Calme-toi, reprend-elle. Tu m'as prise pour quelqu'un d'autre. C'est un accident.

— Tu ne comprends pas...

— Explique-moi, alors. »

Je passe les doigts sur l'arête de mon nez puis sur l'arcade de mes sourcils. Le sang qui battait dans mes tempes se retire lentement. Je continue mon geste, mécaniquement. Les paroles sortent de ma gorge comme des morceaux de cendre :

« Ma mère a terminé sa vie dans un asile. Elle me cognait quand j'étais gosse, puis m'enfermait dans un placard pendant des heures. Le lendemain, elle découvrait mes bleus, s'excusait en pleurant. Elle m'aimait... Elle m'aimait, vraiment. Elle était simplement trop folle pour me protéger d'elle-même. »

Je relève les yeux, fixe le mur d'en face.

« Le mois dernier, à Solvic, j'ai vu des choses qui n'existent pas. J'ai cru que c'était un délire passager, mais non. Je suis exactement sur la même pente. Maintenant, je vois ce chien partout. Je deviens parano. Violent. Il faut que tu restes en dehors de ça. Navré de t'avoir fait du mal. »

Je prends mon courage à deux mains et tourne mon visage vers elle. Ses yeux me sondent plusieurs secondes avec une immense lassitude. Elle se lève, fait quelques pas dans l'appartement, enjambe les débris, puis se penche pour attraper quelque chose sur le sol. Un fragment du portrait d'Anton et Tatjana dans les ruines du QG du ZPR, déchiré proprement sous l'impulsion d'un geste sec. Elle soupire. La plupart des images destinées à cette foutue expo que j'avais épinglées au mur ont été arrachées et dispersées au sol. Tara explore patiemment la pièce en scannant le plancher jusqu'à ce qu'elle retrouve enfin la seconde partie de l'image. Elle dépose la photographie recomposée sur la table, attire une chaise à elle et s'assoit face à moi. Ses genoux sont à trois centimètres, évitent soigneusement le contact. Elle contemple à nouveau l'image.

« C'est une pièce importante, murmure-t-elle. Ça aura de la force, de l'exposer comme ça. »

Je retiens un rictus et relève la tête. Va savoir comment elle peut encore penser à ça. Elle hésite, extirpe une clope du paquet échoué sur la table, déclare :

« Ma mère était très belle. Elle s'est suicidée après un viol collectif commis par des Yassimils. Ce n'est pas mal non plus, n'est-ce pas ? »

Elle allume la cigarette, tire lentement quelques lattes.

« Des Yassimils, répète-t-elle. La violence contre son propre camp, nous connaissons bien, toi et moi. »

Je détourne les yeux. Chasse les images qui me reviennent que j'ai photographiées une fois, au zoom, de ces crimes banalisés à outrance par les chefs de guerre.

« Ton histoire est dure, reprend Tara. Mais elle n'a rien d'insurmontable. Fuir pour éviter que le destin ne se répète, en revanche, c'est la meilleure façon de rejouer l'enfer.

— Pas quand il est question de la survie des autres », je rétorque.

Son buste se raidit, elle me regarde avec une colère froide.

« Alors quoi ? Tu vas passer le reste de ta vie à raconter l'histoire des gens qui souffrent, plutôt que de faire face à tes propres problèmes ? C'est ça, ta solution ? Refuser de t'attacher à qui que ce soit, pour ne pas semer la douleur ? »

Je garde le silence. Elle ne comprend pas. Ses yeux retombent sur sa blessure. Elle expire lentement.

« J'en ai assez, de survivre. Tu penses que je n'ai jamais pensé à imiter ma mère, moi aussi ? »

Elle relève la manche de son pull et éteint sans prévenir la braise de son mégot à même son avant-bras ; le même bras que je viens d'entailler, où la plaie saigne encore. Je refrène un mouvement pour arrêter son geste.

« Nos corps, nos souvenirs. Tout est un champ de ruines, ici. Au bout d'un moment, on ne sent presque rien, tu sais ? Dis-moi que je ne suis pas la meilleure chose qui te soit arrivée depuis longtemps, que tu n'es pas vivant quand tu es avec moi. Que je suis juste une femme que tu as sautée quelques fois, entre deux errances, pour soulager tes pulsions. Une femme qui a le mauvais goût, en plus, de t'attirer beaucoup d'ennuis.

— Je ne vois pas où tu veux en venir, je marmonne. Tu n'as pas besoin de te mutiler devant moi pour...

— Pour qui tu me prends ? coupe-t-elle. Une pauvre aveugle, incapable de voir les choses en face ? Une victime qui s'ignore ? Je sais m'éloigner du danger quand je le reconnais. J'ai été entraînée à ça. Toute ma jeunesse... Tous les enfants de Zaramestrie sont des machines de guerre. Si tu me fais du mal, crois bien que je saurai me défendre ou partir. J'ai assez de lucidité pour ça. Plus que toi, visiblement, qui te persuades d'être fou. Pour le moment, tu m'as fait plus de bien que de mal, Tim, voilà ce que je sais. À toi de voir si tu préfères te contenter de fuir, comme tu sais si bien le faire. Mais laisse-moi décider pour moi-même ce qui est bon pour moi. »

Elle prend le temps de rallumer sa cigarette, ajoute :

« Même si tu étais fou. Même si cette paranoïa dont tu parles n'était pas une seconde nature, dans un pays où le pouvoir peut t'arrêter d'un jour à l'autre pendant qu'à l'extérieur les criminels de guerre vont librement. Tu oublies que la folie est un moindre mal. Peut-être que tu vois un chien qui n'existe pas, d'accord. Et après ? Il y a des gens très bien qui se croient poursuivis par des bancs de homards, ça ne les empêche pas de vivre. »

Je garde le silence. Oublie le vertige autour de moi.

Mes yeux retombent sur son poignet osseux, les veines bleues et violettes sous la peau translucide, et la croûte cramoisie de la brûlure qu'elle vient de s'infliger pour sa démonstration, juste en dessous de l'entaille fraîche.

« La folie, la vraie, c'est cette foutue haine qui ne s'arrête jamais contre soi et les autres, murmure-t-elle d'une voix étouffée. Si tu savais comme je me fous du reste... »

Je soupire. Mes yeux parcourent les décombres de la pièce, les photos déchirées, les meubles renversés. Le chaos.

Dehors, un lampadaire s'est allumé. La nuit tombe, déjà. Une traînée d'étoiles dérive lentement dans le ciel par-dessus les reliefs de Miralem, invisible à l'œil nu. Il nous faudrait sortir de cette ville de misère pour la distinguer réellement. Tous ces éclats de braises, d'obus, d'oubli, d'agonie millénaire, d'étendard-flambeau, de lumières mortes. Quand j'attrape finalement sa main froide, je devine sans les voir nos phalanges blanchir, nouées à la racine. Le plancher se craquelle. Enfin. Emporte le silence.

Sous nos peaux, il y a ce bruit de vent, de sang et de feuillage.

Un désir germé sur un tapis de ronces.

Une folie, avec elle.

Est-ce ici que la voix se tait ?
Quand nous aurons atteint le bord du monde
Quand tout sera dit dans un souffle
Quand il n'y aura plus de débuts ni de fin
Mais l'océan des jours
Quand tous les soldats de la Terre
Déposeront leurs armes
Pour écouter le vent.

Quand ton langage et mon langage
Seront des mélodies qui se complètent
Quand tous les ruisseaux et rivières
Avanceront vers le même rêve
Quand un seul baiser suffira
À soigner toutes les blessures
Et à ouvrir tous les chemins.

Quand tous les combats intérieurs
Se laisseront emporter
Par le monde-avalanche
Quand l'âme se sera dépouillée jusqu'au cœur
Et qu'un seul battement
Dictera l'essentiel –
Alors ta main tendue
Sera mon recommencement.

Anja GIRIJKA, « De l'autre côté de la nuit »

Épilogue

Les premières semaines du réveil de Mathias, je me suis accrochée à cette pensée simple, constante : la meilleure chose que nous avions à faire était de l'aimer patiemment, sans en attendre davantage – sans lui faire ressentir nos angoisses d'êtres humains penchés sur son matelas.

Maman, qui avait obtenu sa mutation à l'hôpital Saint-Antoine depuis désormais un mois, m'a appelée à l'heure du déjeuner une chaude journée de juin. Mathias venait d'ouvrir un œil, un seul. Une fenêtre sur notre monde, prête à se refermer si ce qu'il y trouverait lui semblerait grotesque ou dépourvu d'intérêt.

Après quatre mois d'inconscience, j'avais lu assez de témoignages de revenants, écumé suffisamment de blogs pour savoir une seule chose : Mathias était parti loin, très loin, et son réveil s'annonçait long. Peut-être ne se souviendrait-il pas de son propre nom et de nos liens de parenté. Peut-être lui faudrait-il tout reprendre, réapprendre, les gestes, la parole, les codes fortuits de notre société, le goût du quotidien, notre segmentation arbitraire du temps, de l'espace, des frontières intangibles entre soi et les autres. Pour l'aider à revenir, à dépasser la peur de ce qu'il trouverait dans ce monde chaotique et ce corps étriqué, nous devions invoquer ses souvenirs, ses émotions, ses goûts et ses désirs passés. Nourrir toutes les réminiscences de sa vie antérieure – tout en sachant que cette vie-là n'existait plus, qu'il ne retrouverait jamais l'existence d'autrefois. Maman et moi appartenions à son passé. Nous étions ses ancêtres, sa mémoire, deux voix distantes qui le guidaient pour avancer dans le brouillard.

Je m'empêchais d'imaginer dans le détail les divers scénarios de son rétablissement. La gravité des potentielles lésions, le caractère irréversible de certains handicaps. Dans un contexte comme le sien, qu'est-ce que cela pouvait bien vouloir dire, un retour à la *normale* ? Cette notion avait volé en éclats depuis longtemps. À la surface des choses, il n'y avait rien de *normal* dans l'existence, non : seulement des garde-fous pour nous permettre de tenir debout dans les moments d'épreuves et donner à la vie, sous ses soubresauts chaotiques, un ancrage de fortune. Je saisissais de mieux en mieux l'idée d'Amour surnaturel que m'avait exposée Milan lors de mon court séjour à Plavitza. Ce pont émotionnel était précisément ce qui nous permettait de maintenir le lien avec le monde de Mathias, d'atteindre son esprit malgré le corps inerte qui continuait de nous faire face. Si nous cessions d'y croire, j'étais persuadée que la sorte d'amarre qui reliait mon frère à la terre se dénouerait et le laisserait partir pour de bon. Si nous cessions d'y croire, comment pourrait-il dépasser sa peur de revenir, mû par la certitude que nous l'aimerions coûte que coûte, quel que soit son état d'arrivée ?

Trois semaines de plus ont été nécessaires pour que Mathias parvienne à l'état de conscience réactive et que sa main se serre imperceptiblement à la demande du médecin. Deux ans pour qu'il recouvre un usage fluide de la parole et de ses gestes, et que nous recollions ensemble le puzzle morcelé de sa mémoire.

Lorsqu'il évoque son expérience du coma, mon frère me raconte un voyage : au milieu de trous noirs et de vertigineuses sensations d'égarement, une chaîne de montagnes surgit tôt ou tard du néant. Il prétend avoir croisé Min' plusieurs fois, et même discuté avec lui. Très souvent, décrit-il, notre grand-père était accompagné d'une femme de l'âge de maman, au teint olive et aux cheveux noirs et frisés, qui ne parlait jamais mais jouait constamment du violon. Mathias aurait même survolé un village accolé à un pont majestueux : une vision inspirée, je suppose, de mes récits à son chevet. À moins que je n'y sois pour rien, et qu'il ait retrouvé par lui-même l'itinéraire jusqu'au village de nos aïeux.

Parlant de la Zaramestrie, je ne peux terminer cette histoire sans évoquer l'étrange coïncidence qui m'a conduite, il y a un mois de ça, à découvrir dans le Marais une étonnante exposition consacrée au pays. Devant le bâtiment, la banderole géante d'une femme au visage bicolore, aux grands yeux noirs et à l'allure défiante a happé mon regard. Il s'agissait d'une grande rétrospective photographique, du siège de Miralem jusqu'à la situation d'après-guerre actuelle. En miroir des clichés présentés, une dizaine de toiles de peinture offrait un second point de vue sur les mêmes événements. La visite induisait une alternance troublante entre l'hyperréalisme et l'onirisme, entre la pesanteur plombante du quotidien et l'espoir fou de celles et ceux qui exploraient d'autres façons de vivre, dans les failles d'un système moribond. Des coupures de presse, des citations, des explications de contexte donnaient corps aux histoires cachées derrière chaque personnage et chaque scène de vie ou de combat. Moi dont la fin de séjour en Zaramestrie avait été si brutalement interrompue, j'ai ainsi découvert en images Miralem, la capitale que je n'avais pas visitée, et quelques clichés stupéfiants de ces murs de Solvic que Milan m'avait montrés de loin. Plusieurs portraits donnaient à voir des visages de civils qui tentaient, par leurs actes passés ou leurs choix du présent, de s'écarter du lourd modèle divisionniste hérité de la guerre.

Dans la fraîcheur d'une alcôve, j'ai reconnu avec surprise le hall de Plavitza Rock School lors d'un concert : une image parmi d'autres, à laquelle le reste des visiteurs accordaient une attention distraite. Sans la légende datant la scène de l'hiver précédent, j'aurais pu croire qu'il s'agissait du concert de Mitzel et du quatuor de violonistes, où je m'étais tenue au premier rang.

Je suis restée plantée là un moment, submergée par une gratitude imprécise. Les souvenirs de mon voyage il y a deux ans rejaillissaient comme un trésor immatériel que personne d'autre ne pouvait voir. J'ai rappelé Milan le soir même. Nous ne nous étions pas parlé depuis des mois.

« Ah oui, je me souviens de ce photographe... Un drôle d'oiseau », a-t-il commenté, amusé.

Cette nuit-là, j'ai traversé dans mon sommeil un long corridor d'hôpital, peuplé d'ombres blafardes sous un néon puissant. Peu à peu, la lumière a faibli jusqu'à se condenser dans les phares d'une voiture. Le véhicule glissait dans un tunnel de roche. Un cœur battait, régulier. Peut-être celui de la montagne, ou simplement le pouls de Raphaël qui dormait à côté de moi. Au bout d'un temps très long, une lueur ténue est apparue, et le tunnel s'est achevé sur un grand éboulement, semblable à un immeuble en ruine. Un fauteuil éventré gisait sur un monticule de gravats en face d'un vieux téléviseur. J'ai escaladé les rochers les plus stables jusqu'à la source de lumière. Quelques fougères et des buissons de ronces étaient parvenus à y prendre racine, je ne sais trop comment. De l'autre côté, il n'y avait que ce paysage blanc, immense, et une volée d'empreintes dans la neige. Au fond de l'horizon, j'ai reconnu la silhouette du chien Zichka. Et, comme un *i* sur le ciel jaune, celle de son maître à ses côtés.

LEXIQUE MUSICAL

Clé de *fa*, registre grave

Mordant, battement rapide entre deux notes

Soupir, respiration d'un temps

Demi-soupir, respiration d'un demi-temps

Points d'orgue, suspension passagère du tempo

Crescendo, progression de l'intensité sonore

Barre de reprise, rejouer la partition depuis le début

Remerciements

À la genèse de ce roman, je remercie les porteurs de paix rencontrés dans le cadre des projets documentaires *Tales of the Afterwar* et *Katharsis*, conduits de 2016 à 2019 en ex-Yougoslavie, en Irlande du Nord, en Géorgie et au Rwanda : ce livre leur est dédié. Étudiants, artistes, anciens combattants, chercheurs, politiciens ou citoyens ordinaires, ces acteurs de la société civile contribuent à leur échelle au rapprochement entre les communautés divisées : à Orhan Maslo, fondateur de la Mostar Rock School ; au général Jovan Divjak, défenseur du siège de Sarajevo ; à l'activiste féministe Eliko Bendeliani ; aux artistes Raymond Watson, Frankie Quinn, Natacha Muzira, Epaphrodite Binamungu, Diogène « Atome » Ntarindwa ; aux éducateurs Alan Waite, Dijana Pejic et Tatjana Milovanovic ; au médiateur Michael Doherty ; au chercheur Jonny Byrne ; à l'interprète Dijana Miljatovic ; aux lycéens Tarik et Ivica ; à Jelena et son mari ; au restaurateur anonyme de la bibliothèque de Sarajevo ; et à tous les autres : merci.

Au fil de mes pérégrinations, plusieurs voix amies m'ont aidée, parfois sans le savoir, à affiner mes choix et accepter la part yassimile de mon cœur : merci à Claude Weber, Blaise Rosnay, Miha Colner, Meng Wang, Vera Heller et Eric Kabera, pour leur sensibilité généreuse et contagieuse. Merci également à Jean Kojeg pour le goût de l'Histoire, et à Marie-Claude Mathieu, Olivier Cohen et Blaise Mao pour m'avoir ouvert les portes de leurs rédactions.

Plusieurs amis et membres de ma famille ont prêté une oreille bienveillante à mes dilemmes narratifs : merci à Mathilde Groselle, Sophie Lacombe, Corinne, Michel et Marina Gau, Hugo Venturini, Marie Perez, Guillaume Compain, Camille Troisi, Catherine Hervieu, Jean Deydier, Lise Caillat, Maëlle Nagot et Brice Andlauer pour avoir posé les premiers leur regard de lecteur sur les aventures de Tim Volker et Leila Alaman.

À ma grand-mère Josette Tchekov, pour les récits de son enfance perdue pendant la guerre. À ma seconde grand-mère, Jeanne Gau, pour l'amour qui survit à la mort.

Aux essayistes et romanciers, dont l'œuvre a éclairé mes sentiers d'écriture et mes introspections : Alexandre Soljenitsyne ; Chimamanda Ngozi Adichie ; Shubhangi

Swarup ; Margaret Atwood ; Gaël Faye ; Alice Zeniter ; Alain Damasio ; Bérengère Cournut ; Hannah Arendt... Pour n'en nommer que quelques-uns.

À mes deux éditrices Goyave Verchezer et Edith Daurenjou enfin, j'exprime toute ma gratitude, pour avoir cru en ce premier roman et l'avoir défendu dans le contexte houleux d'une crise aux mille visages ; ainsi qu'à toute l'équipe du cherche midi pour leur accompagnement au fil de cette aventure littéraire.

Vous pouvez consulter notre catalogue général
et l'annonce de nos prochaines parutions sur notre site :
www.cherche-midi.com

92, avenue de France
75013 Paris

Conception graphique : Justine Dupré
Mis en pages par Nord Compo
Dépôt légal : mars 2022
ISBN : 978-2-7491-6789-3

MIXTE
Papier issu de sources responsables
FSC® C003309

L'éditeur de cet ouvrage s'engage dans une démarche
de certification FSC® qui contribue à la préservation
des forêts pour les générations futures.

Pour en savoir plus :
www.editis.com/engagement-rse/

Achevé d'imprimer par
Normandie Roto Impression s.a.s.
61250 Lonrai
N° d'impression : 2200680

Imprimé en France